内蒙古民族文化通鉴·研究系列丛书

达斡尔族民间文学概论

赛音塔娜　郭咏梅 ◎ 著

中国社会科学出版社

图书在版编目（CIP）数据

达斡尔族民间文学概论 / 赛音塔娜, 郭咏梅著.
北京：中国社会科学出版社, 2024.10. --（内蒙古民族文化通鉴·研究系列丛书）. -- ISBN 978-7-5227-4020-1

Ⅰ. I207.922

中国国家版本馆 CIP 数据核字第 2024ED4908 号

出 版 人	赵剑英
责任编辑	宫京蕾
责任校对	刘　娟
责任印制	郝美娜

出　　版	中国社会科学出版社
社　　址	北京鼓楼西大街甲 158 号
邮　　编	100720
网　　址	http://www.csspw.cn
发 行 部	010-84083685
门 市 部	010-84029450
经　　销	新华书店及其他书店

印刷装订	北京君升印刷有限公司
版　　次	2024 年 10 月第 1 版
印　　次	2024 年 10 月第 1 次印刷

开　　本	710×1000　1/16
印　　张	17.5
插　　页	2
字　　数	296 千字
定　　价	108.00 元

凡购买中国社会科学出版社图书，如有质量问题请与本社营销中心联系调换
电话：010-84083683
版权所有　侵权必究

《内蒙古民族文化通鉴》
编委会

主　任　吴团英
副主任　刘少坤　李春林
成　员　(以姓氏笔画为序)
　　　　马永真　王来喜　包银山　包斯钦　冯建忠
　　　　周纯杰　金　海　徐春阳　额尔很巴雅尔
　　　　蔚治国　毅　松

主　编　吴团英
副主编　刘少坤　李春林　金　海　马永真
　　　　毅　松　包斯钦

《内蒙古民族文化通鉴》总序

乌 兰

"内蒙古民族文化研究建设工程"成果集成——《内蒙古民族文化通鉴》（简称《通鉴》）六大系列数百个子项目的出版物已陆续与学界同人和广大读者见面了。这是内蒙古民族文化传承保护建设中的一大盛事，也是对中华文化勃兴具有重要意义的一大幸事。借此《通鉴》出版之际，谨以此文献给所有热爱民族文化，坚守民族文化的根脉，为民族文化薪火相传而殚智竭力、辛勤耕耘的人们。

一

内蒙古自治区位于祖国北部边疆，土地总面积118.3万平方公里，占中国陆地国土总面积的八分之一，现设9市3盟2个计划单列市，全区共有102个旗县（市、区），自治区首府为呼和浩特。2014年，内蒙古总人口2504.81万，其中蒙古族人口458.45万，汉族人口1957.69万，包括达斡尔族、鄂温克族、鄂伦春族"三少"自治民族在内的其他少数民族人口88.67万；少数民族人口约占总人口的21.45%，汉族人口占78.15%，是蒙古族实行区域自治、多民族和睦相处的少数民族自治区。内蒙古由东北向西南斜伸，东西直线距离2400公里，南北跨度1700公里，横跨东北、华北、西北三大区，东含大兴安岭，西包阿拉善高原，南有河套、阴山，东南西与8省区毗邻，北与蒙古国、俄罗斯接壤，国境线长达4200公里。内蒙古地处中温带大陆气候区，气温自大兴安岭向东南、西南递增，降水自东南向西北递减，总体上干旱少雨，四季分明，寒暑温差很大。全区地理上大致属蒙古高原南部，从东到西地貌多样，有茂密的森林，广袤的草原，丰富的矿藏，是中国为数不多的资源富集大区。

内蒙古民族文化的主体是自治区主体民族蒙古族的文化，同时也包括达斡尔族、鄂温克族、鄂伦春族等人口较少世居民族多姿多彩的文化和汉族及其他各民族的文化。

"内蒙古"一词源于清代"内札萨克蒙古"，相对于"外扎萨克蒙古"即"外蒙古"。自远古以来，这里就是人类繁衍生息的一片热土。1973年在呼和浩特东北发现的大窑文化，与周口店第一地点的"北京人"属同一时期，距今50万—70万年。1922年在内蒙古伊克昭盟乌审旗萨拉乌苏河发现的河套人及萨拉乌苏文化、1933年在呼伦贝尔扎赉诺尔发现的扎赉诺尔人，分别距今3.5万—5万年和1万—5万年。到了新石器时代，人类不再完全依赖天然食物，而已经能够通过自己的劳动生产食物。随着最后一次冰河期的迅速消退，气候逐渐转暖，原始农业在中国北方地区发展起来。到了公元前6000年—前5000年，内蒙古东部和西部两个亚文化区先后都有了原始农业。

"红山诸文化"（苏秉琦语）和海生不浪文化的陆续兴起，使原始定居农业逐渐成为主导的经济类型。红山文化庙、坛、冢的建立，把远古时期的祭祀礼仪制度及其规模推进到一个全新的阶段，使其内容空前丰富，形式更加规范。"中华老祖母雕像""中华第一龙""中华第一凤"——这些在中华文明史上具有里程碑意义的象征物就是诞生在内蒙古西辽河流域的红山文化群。红山文化时期的宗教礼仪反映了红山文化时期社会的多层次结构，表明"'产生了植根于公社，又凌驾于公社之上的高一级的社会组织形式'（苏秉琦语——引者注），这已不是一般意义上的新石器时代文化概念所能包容的，文明的曙光已照耀在东亚大地上"[①]。

然而，由于公元前5000年和公元前2500年前后，这里的气候出现过几次大的干旱及降温，原始农业在这里已经不再适宜，从而迫使这一地区的原住居民去调整和改变生存方式。夏家店文化下层到上层、朱开沟文化一至五段的变迁遗迹，充分证明了这一点。气候和自然环境的变化、生产力的进一步发展，必然促使这里的人类去寻找更适合当地生态条件、创造具有更高劳动生产率的生产方式。于是游牧经济、游牧文化诞生了。

[①] 田广金、郭素新：《北方文化与匈奴文明》，江苏教育出版社2005年版，第131页。

历史上的游牧文化区，基本处于北纬40度以北，主要地貌单元包括山脉、高原草原、沙漠，其间又有一些大小河流、淡水咸水湖泊等。处于这一文化带上的蒙古高原现今冬季的平均气温在-10℃—20℃之间，年降雨量在400毫米以下，干燥指数在1.5—2之间。主要植被是各类耐寒的草本植物和灌木。自更新世以来，以有蹄类为主的哺乳动物在这一地区广泛分布。这种生态条件，在当时的生产力水平下，对畜牧业以外的经济类型而言，其制约因素无疑大于有利因素，而选择畜牧、游牧业，不仅是这种生态环境条件下的最佳选择，而且应该说是伟大的发明。比起从前在原始混合型经济中饲养少量家畜的阶段，逐水草而居，"依天地自然之利，养天地自然之物"的游牧生产、生活方式有了质的飞跃。按照人类学家L. 怀特、M. D. 萨林斯关于一定文化级差与一定能量控驭能力相对应的理论，一头大型牲畜的生物能是人体生物能的1—5倍，一人足以驾驭数十头牲畜从事工作，可见真正意义上的畜牧、游牧业的生产能力已经与原始农业经济不可同日而语。它表明草原地带的人类对自身生存和环境之间的关系有了全新的认识，智慧和技术使生产力有了大幅提高。

马的驯化不但使人类远距离迁徙游牧成为可能，而且让游牧民族获得了在航海时代和热兵器时代到来之前绝对所向披靡的军事能力。游牧民族是个天然的生产军事合一的聚合体，具有任何其他民族无法比拟的灵活机动性和长距离迁徙的需求与能力。游牧集团的形成和大规模运动，改变了人类历史。欧亚大陆小城邦、小农业公社之间封闭隔绝的状况就此终结，人类社会各个群体之间的大规模交往由此开始，从氏族部落语言向民族语言过渡乃至大语系的形成，都曾有赖于这种大规模运动；不同部落、不同族群开始通婚杂居，民族融合进程明显加速，氏族部族文化融合发展成为一个个特色鲜明的民族文化，这是人类史上的一次历史性进步，这种进步也大大加快了人类文化的整体发展进程。人类历史上的一次划时代的转折——从母权制向父权制的转折也是由"游牧部落"带到农耕部落中去的。[①]

对现今中国北方地区而言，到了公元前1000年前后，游牧人的时期

---

① ［苏］Д. Е. 叶列梅耶夫：《游牧民族在民族史上的作用》，《民族译丛》1987年第5、6期。

业已开始，秦汉之际匈奴完成统一草原的大业，此后的游牧民族虽然经历了许多次的起起伏伏，但总体十分强势，一种前所未有的扩张从亚洲北部，由东向西展开来。于是，被称为"世界历史两极"的定居文明与草原畜牧者和游牧人开始在从长城南北到中亚乃至欧洲东部的广阔地域内进行充分的相互交流。到了"蒙古时代"，一幅中世纪的"加泰罗尼亚世界地图"，如实反映了时代的转换，"世界体系"以"蒙古时代"为开端确立起来，"形成了人类史上版图最大的帝国，亚非欧世界的大部分在海陆两个方向上联系到了一起，出现了可谓'世界的世界化'的非凡景象，从而在政治、经济、文化、商业等各个方面出现了东西交流的空前盛况"。[①] 直到航海时代和热兵器时代到来之后，这种由东向西扩张的总趋势才被西方世界扭转和颠倒。而在长达约两千年的游牧社会历史上，现今的内蒙古地区始终是游牧文化圈的核心区域之一，也是游牧世界与华夏民族、游牧文明与农耕文明碰撞激荡的最前沿地带。

在漫长的历史过程中，广袤的北方大草原曾经是众多民族繁衍生息的家园，他们在与大自然的抗争和自身的生存发展过程中创造了各民族自己的文化，形成了以文化维系起来的人群——民族。草原各民族有些是并存于一个历史时期，毗邻而居或交错居住，有些则分属于不同历史时期，前者被后者更替，后者取代前者，薪尽而火传。但不论属何种情形，各民族文化之间都有一个彼此吸纳、继承、逐渐完成民族文化自身的进化，然后在较长历史时期内稳定发展的过程。比如，秦汉时期的匈奴文化就是当时众多民族部落文化和此前各"戎""狄"文化的集大成。魏晋南北朝时期的鲜卑文化，隋唐时期的突厥文化，宋、辽、金时期的契丹、女真、党项族文化，元代以来的蒙古族文化都是如此。

二

蒙古民族是草原文化的集大成者，蒙古文化是草原文化最具代表性的文化形态，蒙古民族的历史集中反映了历史上草原民族发展变迁的基本

[①] 《杉山正明谈蒙古帝国："元并非中国王朝"一说对错各半》，《东方早报·上海书评》2014年7月27日。

规律。

有人曾用"蝴蝶效应"比喻13世纪世界历史上的"蒙古风暴"——斡难河畔那一次蝴蝶翅膀的扇动引起周围空气的扰动,能量在连锁传递中不断增强,最终形成席卷亚欧大陆的铁骑风暴。这场风暴是由一位名叫铁木真的蒙古人掀起,他把蒙古从一个部落变成一个民族,于1206年建立了大蒙古汗国。铁木真统一蒙古各部之后,首先废除了氏族和部落世袭贵族的权力,使所有官职归于国家,为蒙古民族的历史进步扫清了重要障碍,并制定了世界上第一部具有宪法意义、包含宪政内容的成文法典,而这部法典要比英国在世界范围内最早制定的宪法性文件早了九年。成吉思汗确立了统治者与普通牧民负同等法律责任、享有同等宗教信仰自由等法律原则,建立了定期人口普查制度,创建了最早的国际邮政体系。

13、14世纪的世界可被称为蒙古时代,成吉思汗缔造的大蒙古国囊括了多半个亚欧版图,发达的邮驿系统将东方的中国文明与西方的地中海文明相连接,两大历史文化首度全面接触,对世界史的影响不可谓不深远。亚欧大陆后来的政治边界划分明是蒙古帝国的遗产。成吉思汗的扩张和西征,打破了亚欧地区无数个城邦小国、定居部落之间的壁垒阻隔,把亚欧大陆诸文明整合到一个全新的世界秩序之中,因此他被称为"缔造全球化世界的第一人"[①]。1375年出现在西班牙东北部马略卡岛的一幅世界地图——"卡塔拉地图"(又称"加泰罗尼亚地图",现藏于法国国家图书馆),之所以被称为"划时代的地图",并非因为它是标明马可·波罗行旅路线的最早地图,而是因为它反映了一个时代的转换。从此,东西方之间的联系和交往变得空前便捷、密切和广泛。造纸、火药、印刷术、指南针——古代中国的这些伟大发明通过蒙古人,最终真正得以在欧洲推广开来;意大利作家但丁、薄伽丘和英国作家乔叟所用的"鞑靼绸""鞑靼布""鞑靼缎"等纺织品名称,英格兰国王指明要的"鞑靼蓝",还有西语中的许多词汇,都清楚地表明东方文化以蒙古人为中介传播到西方的那段历史;与此同时,蒙古人从中亚细亚、波斯引进许多数学家、工匠和管理人员,以及诸如高粱、棉花等农作物,并将其传播到中国和其他

[①] [美]杰克·威泽弗德:《成吉思汗与今日世界之形成》,温海清、姚建根译,重庆出版社2014年版,第8页封面。

地区，从而培育或杂交出一系列新品种。由此引发的工具、设备、生产工艺的技术革新，其意义当然不可小觑；特别是数学、历法、医学、文学艺术方面的交流与互动，知识和观念的传播、流动，打破了不同文明之间的隔阂，以及对某一文明的偏爱与成见，其结果就是全球文化和世界体系若干核心区的形成。1492年，克里斯托弗·哥伦布说服两位君主，怀揣一部《马可·波罗游记》，信心满满地扬帆远航，为的就是找到元朝的"辽阳省"，重建与蒙古大汗朝廷的海上联系，恢复与之中断的商贸往来。由于蒙古交通体系的瓦解和世界性的瘟疫，他浑然不知此时元朝已经灭亡一百多年，一路漂荡到加勒比海的古巴，无意间发现了"新大陆"。正如美国人类学家、蒙古史学者杰克·威泽弗德所言，在蒙古帝国终结后的很长一段时间内，新的全球文化继续发展，历经几个世纪，变成现代世界体系的基础。这个体系包含早先蒙古人强调的自由商业、开放交通、知识共享、长期政治策略、宗教共存、国际法则和外交豁免。①

即使我们以中华文明为本位回望这段历史，同样可以发现蒙古帝国和元朝对我国历史文化久远而深刻的影响。从成吉思汗到忽必烈，历时近百年，元朝缔造了人类历史上版图最大的帝国，结束了唐末以来国家分裂的状况，基本划定了后世中国的疆界；元代实行开放的民族政策，大力促进各民族间的经济文化交流和边疆地区的开发，开创了中华民族多元一体的新格局，确定了中国统一的多民族国家的根本性质；元代推行农商并重政策，"以农桑为急务安业力农"，城市经济贸易繁荣发展，经贸文化与对外交流全面推进，实行多元一体的文化教育政策，科学技术居于世界前列，文学艺术别开生面，开创了一个新纪元；作为发动有史以来最大规模征服战争的军事领袖，成吉思汗和他的继任者把冷兵器时代的战略战术思想、军事艺术推上了当之无愧的巅峰，创造了人类军事史的一系列"第一"、一系列奇迹，为后人留下了极其丰富的精神财富；等等。

统一的蒙古民族的形成是蒙古民族历史上具有划时代意义的时间节点。从此，蒙古民族成为具有世界影响的民族，蒙古文化成为中华文化不可或缺的组成部分。漫长的历史岁月见证了蒙古族人民的智慧，他们在文

---

① ［美］杰克·威泽弗德：《成吉思汗与今日世界之形成》（修订版），温海清、姚建根译，重庆出版社2014年版，第6、260页。

学、史学、天文、地理、医学等诸多领域成就卓然，为中华文明和人类文明的发展做出了不可否认的伟大贡献。

20世纪30年代被郑振铎先生称为"最可注意的伟大的白话文作品"的《蒙古秘史》，不单是蒙古族最古老的历史、文学巨著，也是被联合国教科文组织列为世界名著目录（1989年）的经典，至今依然吸引着世界各国无数的学者、读者；在中国著名的"三大英雄史诗"中，蒙古族的《江格尔》、《格斯尔》（《格萨尔》）就占了两部，它们也是目前世界上已知史诗当中规模最大、篇幅最长、艺术表现力最强的作品之一；蒙古民族一向被称为能歌善舞的民族，马头琴、长调、呼麦被列入世界非物质文化遗产，蒙古族音乐舞蹈成为内蒙古的亮丽名片，风靡全国，感动世界，诠释了音乐不分民族、艺术无国界的真谛；还有传统悠久、特色独具的蒙古族礼仪习俗、信仰禁忌、衣食住行，那些科学简洁而行之有效的生产生活技能、民间知识，那些让人叹为观止的绝艺绝技以及智慧超然且极其宝贵的非物质文化遗产，都是在数千年的游牧生产生活实践中形成和积累起来的，也是与独特的生存环境高度适应的，因而极富生命力。迄今，内蒙古已拥有列入联合国非物质文化遗产名录的项目2项（另有马头琴由蒙古国申报列入名录）、列入国家级名录的81项、列入自治区及盟市旗县级名录的3844项，各级非遗传承人6442名。其中蒙古族、达斡尔族、鄂温克族、鄂伦春族等内蒙古世居少数民族的非遗项目占了绝大多数。人们或许不熟悉内蒙古三个人口较少民族的文化传统，然而那巧夺天工的达斡尔造型艺术、想象奇特的鄂温克神话传说、栩栩如生的鄂伦春兽皮艺术、闻名遐迩的"三少民族"桦皮文化……这些都是一朝失传则必将遗恨千古的文化瑰宝，我们当倍加珍惜。

内蒙古民族文化当中最具普世意义和现代价值的精神财富，当属其崇尚自然、天人相谐的生态理念、生态文化。游牧，是生态环保型的生产生活方式，是现代以前人类历史上唯一以人与自然和谐共存、友好相处的理念为根本价值取向的生产生活方式。游牧和狩猎，尽管也有与外在自然界相对立的一面，但这是以敬畏、崇尚和尊重大自然为最高原则、以和谐友好为前提的非对抗性对立。因为，牧民、猎人要维持生计，必须有良好的草场、清洁的水源和丰富的猎物，而这一切必须以适度索取、生态环保为条件。因此，有序利用、保护自然，便成为游牧生产方式的最高原则和内在要求。对亚洲北部草原地区而言，人类在无力改造和控制自然环境的条件下，游牧生产方式是维持草畜平衡，使草场及时得到休整、涵养、恢复的自由而能动的最佳选择。我国北方的广大地区尽管数千年来自然生态环境相当脆弱，如今却能够成为我国北部边疆的生态屏障，与草原游牧民族始终如一的精心呵护是分不开的。不独蒙古族，达斡尔族、鄂温克族、鄂伦春族等草原世居少数民族在文化传统上与蒙古族共属一个更大的范畴，不论他们的思维方式、信仰文化、价值取向还是生态伦理，都与蒙古族大同小异，有着多源同流、殊途同归的特点。

随着人类历史进程的加速，近代以来，世界各地区、各民族文化变迁、融合的节奏明显加快，草原地区迎来了本土文化和外来文化空前大激荡、大融合的时代。草原民族与汉民族的关系日趋加深，世界各种文化对草原文化的作用和影响进一步增强，农业文明、工业文明、商业文明、城市文明的因素大量涌现，草原各民族的生产生活方式，乃至思想观念、审美情趣、价值取向都发生了巨大变化。虽然，这是一个凤凰涅槃、浴火重生的过程，但以蒙古族文化为代表的草原各民族文化，在空前的文化大碰撞中激流勇进，积极吸纳异质文化养分，或在借鉴吸纳的基础上进行自主的文化创新，使民族文化昂然无惧地走上转型之路。古老的蒙古族文化，依然保持着它所固有的本质特征和基本要素，而且，由于吸纳了更多的活性元素，文化生命力更加强盛，文化内涵更加丰富，以更加开放包容的姿态迎来了现代文明的曙光。

三

古韵新颜相得益彰，历久弥新异彩纷呈。自治区成立以来的近70年间，草原民族的文化事业有了突飞猛进的发展。我国社会主义制度和民族区域自治、各民族一律平等的宪法准则，党和国家一贯坚持和实施的尊重、关怀少数民族，大力扶持少数民族经济文化事业的一系列方针政策，从根本上保障了我国各民族人民传承和发展民族文化的权利，也为民族文化的发展提供了广阔空间。一些少数民族，如鄂伦春族仅仅用半个世纪就从原始社会过渡到社会主义社会，走过了过去多少个世纪都不曾走完的历程。

一个民族的文化发展水平必然集中体现在科学、文化、教育事业上。在历史上的任何一个时期，蒙古民族从来不曾拥有像现在这么多的科学家、文学家等各类专家教授，从来没有像现在这样以丰富的文化产品供给普通群众的消费，蒙古族大众的整体文化素质从来没有达到现在这样的高度。哪怕最偏远的牧村，电灯电视不再稀奇，网络、手机、微信微博业已成为生活的必需。自治区现有7家出版社出版蒙古文图书，全区每年都有数百上千种蒙古文新书出版，各地报刊每天都有数以千百计的文学新作发表。近年来，蒙古族牧民作家、诗人的大量涌现，已经成为内蒙古文学的一大景观，其中有不少作者出版有多部中长篇小说或诗歌散文集。我们再以国民受教育程度为例，它向来是一个民族整体文化水准的重要指标之一。中华人民共和国成立前，绝大多数蒙古人根本没有接受正规教育的机会，能够读书看报的文化人寥若晨星。如今，九年义务教育已经普及，即便是上大学、读研考博的高等教育，对普通农牧民子女也不再是奢望。据《内蒙古2014年国民经济和社会发展统计公报》显示，全自治区2013年少数民族在校大学生10.8万人，其中蒙古族学生9.4万人；全区招收研究生5987人，其中，少数民族在校研究生5130人，蒙古族研究生4602人，蒙古族受高等教育程度可见一斑。

每个时代、每个民族都有一些杰出人物曾经对人类的发展进步产生深远影响。正如爱迪生发明的电灯"点亮了世界"一样，当代蒙古族也有为数不少的文化巨人为世界增添了光彩。提出"构造体系"概念、创立地质力学学说和学派、提出"新华夏构造体系三个沉降带"理论、开创油气资源勘探和地震预报新纪元的李四光；认定"世界未来的文化就是中国文化复兴"、素有"中国最后一位大儒家"之称的国学大师梁漱溟；在国际上首次探索出山羊、绵羊和牛精子体外诱导获能途径，成功实现试管内杂交育种技术的"世界试管山羊之父"旭日干；还有著名新闻媒体人、文学家、翻译家萧乾；马克思主义哲学家艾思奇；当代著名作家李准……这些如雷贯耳的大名，可谓家喻户晓、举世闻名，但人们未必都知道他们来自蒙古族。是的，他们来自蒙古族，为中华民族的伟大复兴，为全人类的文明进步做出了应有的贡献。

历史的进步、社会的发展、蒙古族人民群众整体文化素质的大幅提升，使蒙古族文化的内涵得以空前丰富，文化适应能力、创新能力、竞争能力都有了显著提升。从有形的文化特质，如日常衣食住行，到无形的观念形态，如思想情趣、价值取向，我们可以举出无数个鲜活的例子，说明蒙古文化紧随时代的步伐传承、创新、发展的事实。特别是自2003年自治区实施建设民族文化大区、强区战略以来，全区文化建设呈现出突飞猛进的态势，民族文化建设迎来了一个新的高潮。内蒙古文化长廊计划、文化资源普查、重大历史题材美术创作工程、民族民间文化遗产数据库建设工程、蒙古语语料库建设工程、非物质文化遗产保护、一年一届的草原文化节、草原文化研究工程、北部边疆历史与现状研究项目等，都是这方面的有力举措，收到了很好的成效。

但是，我们也必须清醒地看到，与经济社会的跨越式发展相比，文化建设仍然显得相对滞后，特别是优秀传统文化的传承保护依然任重道远。优秀民族文化资源的发掘整理、研究转化、传承保护以及对外传播能力尚不能适应形势发展，某些方面甚至落后于国内其他少数民族省区的现实也尚未改变。全球化、工业化、信息化和城镇化的时代大潮，对少数民族弱势文化的剧烈冲击是显而易见的。全球化浪潮和全方位的对外开放，意味着我们必将面对外来文化，特别是强势文化的冲击。在不同文化之间的交往中，少数民族文化所受到的冲击会更大，所经受的痛苦也会更多。因为，它们对外来文化的输入往往处于被动接受的状态，而对文化传统的保护常常又力不从心，况且这种结果绝非由文化本身的价值所决定。换言之，在此过程中，并非所有得到的都是你所希望得到的，并非所有失去的都是你应该丢掉的，不同文化之间的输入输出也许根本就不可能"对等"。这正是民族文化的传承保护任务显得分外紧迫、分外繁重的原因。

文化是民族的血脉，内蒙古民族文化是中华文化不可或缺的组成部分，中华文化的全面振兴离不开国内各民族文化的繁荣发展。为了更好地贯彻落实党的十八大关于文化建设的方针部署，切实把自治区党委提出的实现民族文化大区向民族文化强区跨越的要求落到实处，自治区政府于2013年实时启动了"内蒙古民族文化建设研究工程"。"工程"包括文献档案整理出版，内蒙古社会历史调查、研究系列，蒙古学文献翻译出版，内蒙古历史文化推广普及和"走出去"，"内蒙古民族文化建设研究数据库"建设等广泛内容，计划六年左右的时间完成。经过两年的紧张努力，从2016年开始，"工程"的相关成果已经陆续与读者见面。

建设民族文化强区是一项十分艰巨复杂的任务，必须加强全区各界研究力量的整合，必须有一整套强有力的措施跟进，必须实施一系列特色文化建设工程来推动。"内蒙古民族文化建设研究工程"就是推动我区民族文化强区建设的一个重要抓手，是推进文化创新、深化人文社会科学可持续发展的一个重要部署。目前，"工程"对全区文化建设的推动效应正在逐步显现。

"内蒙古民族文化建设研究工程"将在近年来蒙古学研究、"草原文化研究工程""北部边疆历史与现状研究"、文化资源普查等科研项目所取得的成就基础上，突出重点，兼顾门类，有计划、有步骤地开展抢救、保护濒临消失的民族文化遗产，搜集记录地方文化和口述历史，使民族文化传承保护工作迈上一个新台阶；将充分利用新理论、新方法、新材料，有力推进学术创新、学科发展和人才造就，使内蒙古自治区传统优势学科进一步焕发生机，使新兴薄弱学科尽快发展壮大；"工程"将会在科研资料建设，学术研究，特色文化品牌打造、出版、传播、转化等方面取得突破性的成就，推出一批具有创新性、系统性、完整性的标志性成果，助推自治区人文社会科学研究和社会主义文化建设事业蓬勃发展。"内蒙古民族文化建设研究工程"的实施，势必大大增强全区各民族人民群众的文化自觉和文化自信，必将成为社会主义文化大发展大繁荣，实现中华民族伟大复兴中国梦的一个切实而有力的举措，其"功在当代、利在千秋"的重要意义必将被历史证明。

（作者为时任内蒙古自治区党委常委、宣传部部长，"内蒙古民族文化建设研究工程"领导小组组长）

目 录

第一章　导论 …………………………………………………………（1）
　第一节　达斡尔族历史概述 ………………………………………（1）
　　一　人口和分布 …………………………………………………（1）
　　二　族称 …………………………………………………………（1）
　　三　族源 …………………………………………………………（2）
　　四　历史 …………………………………………………………（4）
　第二节　达斡尔族文化概述 ………………………………………（6）
　　一　达斡尔族居住的自然环境 …………………………………（6）
　　二　达斡尔族文化的多样性 ……………………………………（8）
　　三　达斡尔族的社会组织 ………………………………………（11）
　　四　达斡尔族的风俗习惯 ………………………………………（11）
　　五　达斡尔族的宗教信仰 ………………………………………（13）
　　六　达斡尔族的语言文字 ………………………………………（14）
　第三节　达斡尔族民间文学的概念和范围 ………………………（15）
　　一　达斡尔族民间文学的概念 …………………………………（15）
　　二　达斡尔族民间文学研究的范围 ……………………………（17）
　第四节　达斡尔族民间文学与各民族之间的交流和影响 ………（18）
　　一　汉族民间文学对达斡尔族民间文学的影响 ………………（18）
　　二　达斡尔族与其他北方民族民间文学的相互交流 …………（20）
　第五节　达斡尔族民间文学搜集、出版、研究综述 ……………（21）
　　一　1949—1957年：民间文学体制内的独立 …………………（22）
　　二　1958—1966年：民间文学的高扬 …………………………（22）
　　三　1966—1976年：民间文艺学处于停滞状态 ………………（24）
　　四　1978—1999年：编纂三套"集成"及延续阶段 ……………（25）

五　21世纪兴起非物质文化遗产保护工作…………………（27）
　第六节　达斡尔族民间文学的基本特征…………………………（30）
　　一　民间文学的人民性……………………………………（30）
　　二　民间文学的集体性……………………………………（32）
　　三　民间文学的口头性……………………………………（33）
　　四　民间文学的变异性……………………………………（35）

第二章　达斡尔族的神话……………………………………………（39）
　第一节　达斡尔族神话的概念解说………………………………（39）
　第二节　达斡尔族自然神话………………………………………（44）
　　一　关于天体气象的神话…………………………………（45）
　　二　关于树木山河的神话…………………………………（46）
　第三节　达斡尔族开辟神话………………………………………（49）
　　一　宇宙起源神话…………………………………………（49）
　　二　人类起源神话…………………………………………（50）
　　三　民族起源神话…………………………………………（53）
　第四节　达斡尔族萨满神话………………………………………（55）
　　一　萨满来历的神话………………………………………（56）
　　二　萨满特异功能神话……………………………………（58）
　　三　萨满神谕中的神话……………………………………（62）
　　四　萨满神器神话…………………………………………（66）
　第五节　各民族神话的交流………………………………………（67）
　　一　吉雅其·巴日肯………………………………………（67）
　　二　生殖神神话……………………………………………（68）
　　三　鄂温克族与达斡尔族神话的交流……………………（69）
　第六节　达斡尔族神话的特征……………………………………（70）
　　一　达斡尔族神话的信仰特征……………………………（70）
　　二　达斡尔族的神话具有综合艺术的多维性……………（73）
　　三　萨满教神话的神圣性…………………………………（74）
　　四　达斡尔族神话的民族性………………………………（76）

第三章　达斡尔族的民间传说………………………………………（79）
　第一节　达斡尔族人物传说………………………………………（79）

一　关于乌尔科（边壕）的传说 …………………………… (79)
　　二　齐琶告状的传说 ………………………………………… (81)
　　三　抵抗沙俄侵略的传说 …………………………………… (83)
　　四　绍郎和岱夫的传说 ……………………………………… (83)
　　五　清官的传说 ……………………………………………… (85)
　第二节　达斡尔族历史传说 …………………………………… (86)
　　一　达斡尔族族源传说 ……………………………………… (86)
　　二　史事传说 ………………………………………………… (88)
　　三　革命历史传说 …………………………………………… (91)
　第三节　地方风物传说 ………………………………………… (91)
　第四节　关于萨满传说 ………………………………………… (94)
　第五节　达斡尔族传说的特点 ………………………………… (97)
　　一　内容的可信性 …………………………………………… (97)
　　二　情节的传奇性 …………………………………………… (98)

第四章　达斡尔族的民间故事 …………………………………… (100)
　第一节　幻想故事 ……………………………………………… (102)
　　一　动物报恩的故事 ………………………………………… (102)
　　二　异类婚配故事 …………………………………………… (103)
　　三　宝物的故事 ……………………………………………… (104)
　　四　怪孩子型故事 …………………………………………… (105)
　　五　幻想性故事的艺术特点 ………………………………… (107)
　第二节　生活故事 ……………………………………………… (108)
　第三节　动物故事 ……………………………………………… (115)
　　一　寓言性动物故事 ………………………………………… (115)
　　二　通过动物形象进行教训的故事 ………………………… (116)
　　三　关于动物起源或特征的解释性故事 …………………… (117)
　第四节　机智人物故事和笑话 ………………………………… (118)
　　一　机智人物故事 …………………………………………… (118)
　　二　笑话 ……………………………………………………… (121)

第五章　达斡尔族的歌谣 ………………………………………… (123)
　第一节　达斡尔族歌谣的概念和分类 ………………………… (123)

第二节 "达奥" ……………………………………………… (125)
   一 "达奥"的概念和分类 ……………………………… (125)
   二 "达奥"的内容 …………………………………… (126)
   三 "达奥"的艺术特点 ……………………………… (149)

第三节 "鲁日格勒" ……………………………………… (155)
   一 "鲁日格勒"的概念 ……………………………… (155)
   二 "鲁日格勒"舞词的内容 ………………………… (157)
   三 "鲁日格勒"的艺术特点 ………………………… (161)

第四节 "扎恩达勒" ……………………………………… (162)
   一 "扎恩达勒"的概念及产生 ……………………… (162)
   二 "扎恩达勒"的内容 ……………………………… (163)
   三 "扎恩达勒"的一般特点 ………………………… (166)

第六章 达斡尔族"乌春" ………………………………… (168)
第一节 "乌春"概念的界定 …………………………… (168)
第二节 "乌春"的产生及其流传 ……………………… (169)
   一 "乌春"产生的社会背景 ………………………… (170)
   二 "乌春"产生的文化背景 ………………………… (170)
   三 达斡尔族民间歌手的作用 ……………………… (171)

第三节 "乌春"的思想内容 …………………………… (172)
   一 控诉清廷穷兵黩武政策的"乌春" ……………… (172)
   二 反映婚姻爱情悲剧的"乌春" …………………… (180)
   三 反映劳动及日常生活的叙事长歌 ……………… (182)

第四节 达斡尔族"乌春"的艺术特色 ………………… (192)
   一 人物形象的塑造 ………………………………… (192)
   二 线索单纯,首尾完整 …………………………… (193)
   三 语言运用上的特色 ……………………………… (194)
   四 "乌春"的艺术手法 ……………………………… (194)

第五节 《绍郎和岱夫》 …………………………………… (195)
   一 《绍郎和岱夫》产生的背景 ……………………… (196)
   二 《绍郎和岱夫》的搜集、整理、翻译出版简况 …… (198)
   三 《绍郎和岱夫》的思想内容 ……………………… (199)

四　《绍郎和岱夫》的艺术特点 …………………………………（201）
第七章　达斡尔族的英雄史诗 ……………………………………（207）
　第一节　达斡尔族英雄史诗的概念和产生背景 …………………（207）
　　一　达斡尔族的英雄史诗 …………………………………………（207）
　　二　英雄史诗的产生 ………………………………………………（211）
　第二节　达斡尔族英雄史诗的内容和类型 ………………………（212）
　　一　征战型史诗 ……………………………………………………（212）
　　二　婚姻主题与氏族制的分化 ……………………………………（214）
　　三　家庭、氏族内部斗争型英雄史诗 ……………………………（216）
　第三节　达斡尔族英雄史诗的民族特色 …………………………（217）
　　一　具有与国内其他民族史诗相同的模式 ………………………（217）
　　二　英雄史诗与萨满教观念 ………………………………………（217）
第八章　达斡尔族的谚语和谜语 …………………………………（222）
　第一节　达斡尔族民间谚语 ………………………………………（222）
　　一　达斡尔族民间谚语旳概念及内容 ……………………………（222）
　　二　达斡尔族谚语的艺术特点 ……………………………………（226）
　第二节　达斡尔族民间谜语 ………………………………………（228）
　　一　民间谜语的含义 ………………………………………………（228）
　　二　民间谜语的分类 ………………………………………………（228）
　　三　民间谜语的艺术特点及构成法 ………………………………（230）
附录 …………………………………………………………………（232）
　附录一　达斡尔语记音符号 ………………………………………（232）
　附录二　达斡尔族民间文学作品一览 ……………………………（232）
　附录三　作品鉴赏 …………………………………………………（235）
　附录四　达斡尔族非物质文化遗产中民间文学方面的
　　　　　传承人简介 …………………………………………………（245）
参考文献 ……………………………………………………………（255）
后记 …………………………………………………………………（257）

第一章 导论

第一节 达斡尔族历史概述

一 人口和分布

达斡尔族（Daor）①是我国人口较少的少数民族之一，根据《中国统计年鉴2021》统计，中国境内达斡尔族人口为132299人。②主要分布在内蒙古莫力达瓦达斡尔族自治旗、鄂温克族自治旗、黑龙江省的齐齐哈尔市梅里斯达斡尔族区，以及新疆维吾尔自治区塔城市。自17世纪80年代起，清廷为加强中俄边境地区的防务，陆续调遣达斡尔族八旗兵协同家属迁居瑷珲、呼伦贝尔、新疆伊犁和塔城等地，形成大分散小聚居的分布局面。③现在，全国各地区都有人数多少不等的达斡尔人。

二 族称

达斡尔族（Daor）是固有的自称。清代以来我国汉文史志和文献类书籍中，由于音译用字互异，达斡尔族的族称有过诸多写法：达呼尔、达呼儿、打虎儿、打虎尔、大虎力、达瑚里、达呼里、达古尔、达乌里、达乌尔等。"在记载我国北方民族族称、部族名号、地名时，多有省略词末颤音R而用短尾译写形式的事例。史书上记载的古代契丹族的大贺氏，

---

① "Daor"是达斡尔族一词的达斡尔语记音符号，书中出现的达斡尔语词，需要注音时用达斡尔族的记音符号拼写。

② 参见《中国统计年鉴2021》，中国统计出版社2021年版。

③ 满都尔图主编：《达斡尔族百科词典》，内蒙古文化出版社2007年版，第3页。

曾是契丹族的一个强大部族，拥有雄兵四万三千人。大贺氏即大贺部，而其则是'大贺尔部'。在历史发展的进程中，最初的部族之号成为民族名称的事例是不少见的。随着时代的推移，'大贺尔'和'达呼尔'的 h 辅音脱落后变音为'达斡尔'。现在的'达斡尔'这个民族名称，便是古代契丹族的'大贺尔'部族名称的保留和延续。"①

正如满都尔图先生所说："如果说达斡尔族为契丹后裔之说不违背历史事实，那么12世纪初以后辗转迁徙到黑龙江北岸的达斡尔，原是契丹族的一支，在后来几个世纪的发展中，形成为一个名传欧亚大陆，引起学界注目的新的民族——达斡尔。"②

三　族源

中外学者及本族学者对于达斡尔族族源问题的主要观点，可以归纳为蒙古分支说和契丹后裔说。目前，达斡尔族之契丹后裔说，在国内外史学界中是主流观点。

关于达斡尔族源于契丹的著作不少，这表明了学者的共识程度。就目前来看，已经具有普遍性。较早持有这一观点的重要著作是郭克兴的《黑龙江乡土录》（成书于民国十五年）、孟定恭的《布特哈志略》（成书于民国二十年）、白眉初的《满州三省志》、张朝墉的《呼兰县志》、黄维翰的《呼兰府志》、孙蓉图的《瑷珲县志》、邹尚友的《呼伦贝尔概要》、"国立东北大学"民国三十三年编印本《东北要览》、徐宗亮的《龙江述略》、李有学的《辽史纪事本末》等书。在新中国成立后的数十年里，中外学者对于达斡尔族的族源问题的研究更加深入。其中著名的辽史专家陈述先生发表的《关于达呼尔的来源》一文，提出12项64条论据，证明达斡尔族来源于契丹，引起学术界广泛注意，几十年以来受到了学术界的一致好评，故学界称这篇论文为研究达斡尔族历史的"里程碑"之作。③ 陈述先生认

---

① 满都尔图主编：《达斡尔族百科词典》，内蒙古文化出版社2007年版，第13页。
② 满都尔图：《达斡尔族历史足迹》，载《达斡尔族资料集》编委会、全国少数民族古籍整理研究室编《达斡尔族资料集》第五集，民族出版社2004年版，第518页。
③ 见国家民委民族问题五种丛书编辑委员会编辑组《民族问题研究丛书》第1辑，内蒙古人民出版社1986年版。

为："契丹人两次由距离中原较近（西拉木伦）向更远的东北转移：一次在辽末，一次在元末，历史上的线索是清楚的。这和达斡尔族的故事传说是相吻合的。结合他们祭主面向西的事实和来自西拉木伦的传说，就比较清楚地看出了契丹与达斡尔族的源流关系。"①

综观各家意见，大体上都是从达斡尔族与古代契丹族相互关系的诸多方面，诸如分布、语言词汇、经济生活、风俗习惯、族名姓氏、传说歌谣等，都从文化的深层次进行了较科学的探讨。

20世纪初叶开始，外国学者也开始注意对达斡尔族族源的探讨。如蒙古国贺·佩尔列、日本国的鸟居龙藏，以及苏联民族学家扎尔金特，无不认为达斡尔族源于契丹。持有这种观点的还有英国的哈奥斯、苏联的伊万诺夫斯基、蒙古国的巴根那、匈牙利的李盖提等人。

孟志东认为，"在研究达斡尔族族源问题方面，每个分支说的产生要比契丹后裔说晚二百余年，提出的论据，主要是语言，有的论据又经不起考验。而契丹后裔说的学者提出的论据是比较全面和充分的，具有与达斡尔族多方面史实相符的说服力"②。同时研究者从分子考古学的角度研究认为"契丹与达斡尔族具有最近的亲缘关系"，"而云南'本人'有与达斡尔族相似的父系起源，因而却有可能是契丹的后裔"③。虽然在寻找契丹后裔的过程中，相关研究表明，达斡尔族云南"本人"与契丹有着一定的渊源关系。但是也有研究者并不支持达斡尔族和云南"本人"为契丹后裔的说法，他们认为，"与其说契丹人的后裔是达斡尔族和云南'本人'，不如说达斡尔人和本人，传承着一定的契丹元素。契丹辽政权灭亡之后，契丹人或不断地被迫迁徙，或随女真人征战中原，或随蒙古人向外扩展，从而被分散到各地，最终融于其他民族之中。总之，契丹作为一个民族虽然已经消失，但是其文化和血脉却已融入不同的人群当中"④。这种观点在研究达斡尔族族源问题时值得关注。

---

① 陈述：《试论达斡尔族的族源问题》，《民族研究》1959年第8期。
② 孟志东：《达斡尔族族源研究述评》，《黑龙江民族丛刊》2000年第2期。
③ 吴东颖、马素参、刘春芸等：《契丹古尸分子考古学研究》，《云南大学学报》1999年第S3期。
④ 张久和、刘国祥主编，冯科著：《中国古代北方民族史·契丹卷》，科学出版社2021年版。

总之，达斡尔族和蒙古族在古代都源于东胡，是鲜卑的一支，辽代契丹的后裔。契丹是中国古代北方民族之一，自北魏时期见诸史籍。公元345年前后宇文鲜卑败亡，其遗落者有契丹、库莫奚共同活动在松漠之间。公元388年，契丹与库莫奚分背，走上独自发展的道路。约10世纪初叶，建立契—辽政权①，统一中国北方地区，并先后与五代政权、北宋、西夏等形成并存的政治格局。公元1125年辽亡前夕，一部分契丹人在耶律大石率领下西迁。建立西辽政权（1124—1218）；多数契丹人在女真人建立的政权统治下生活。随着西辽政权及女真—金政权的衰亡，契丹人继续在蒙古族政权统治下，或融入蒙古族和汉族，或融入中亚、西亚的民族中。大约在14世纪，契丹作为一个民族逐步淡出史籍。

四　历史

公元1125年，辽为金所灭，在辽朝灭亡后，部分契丹人越过兴安岭迁徙到黑龙江流域，分布在西起西勒喀河，东至牛满河（布列亚河），北至外兴安岭，南至黑龙江的广大地区。元代隶属岭北行省和辽阳行省。明代隶属努尔干都司。当时，在达斡尔地区设卜鲁丹河、阿剌山河、托木河等卫管辖。达斡尔族在黑龙江北岸生息了几个世纪，最早开发了这片土地。潘克拉托娃主编的《苏联通史》中记载，至清初"沿阿穆尔河（黑龙江）住着达乌尔人及其同族，种植五谷，栽培各种菜蔬与果树；他们有很多牲畜，有从中国别处运来的鸡。除耕种或畜牧外，猎取细毛兽，尤其是当地盛产的貂对于达斡尔人也很重要……达斡尔人有设防很好的城市"②。从这里可以看出达斡尔族当时社会的发展情况。

1639年至1640年冬，达斡尔人掀起了全民族的抵抗后金王朝征服的战争。1643—1654年，达斡尔人用原始的武器，自发抗击东进的沙俄侵略者，持续12年的抵抗，为清王朝保卫东北边疆的军事和外交斗争赢得了时间。17世纪50年代后，达斡尔族各部落陆续南下渡过黑龙江，迁居嫩江流域。

---

① 孟志东：《达斡尔族族源研究述评》，《黑龙江民族丛刊》2000年第2期。

② ［苏］潘克拉托娃主编：《苏联通史》卷1，生活·读书·新知三联书店1978年版，第430页。

在顺治六年（1649）至康熙六年（1667），达斡尔族各哈拉的人们，大都离开世居故土相继迁到嫩江及其支流沿岸流域，建立数十个屯落，从事农、猎、牧等多种生产活动，成为嫩江流域最早的开发者。当时清朝将达斡尔族迁居嫩江流域的目的有两个：一是为了让达斡尔等族不再遭受俄国东侵带来的战祸，使之人丁兴旺，创造充实兵员的条件，以待适当的时机驱逐外敌；二是为了断绝俄国东侵军的粮源。没有了粮食，他们也就不能四处攻掠，黑龙江流域就可以相对平静一些。这样，便于清廷集中兵力取得入关后的统一全国的战争的胜利。

自17世纪40年代初起，达斡尔人陆续迁居嫩江流域后，与满、汉、鄂温克等民族披荆斩棘，共同开发嫩江流域，这是他们开发建设祖国边疆的一大功绩。主要表现在两个方面。一是开垦荒原，发展农业；二是参与建城筑镇，建造驿站哨卡。自清初起，达斡尔族被编入满州八旗行列，每个成年男丁均负有披甲为兵的义务。在200多年间，充当八旗兵的达斡尔族男丁，始终承担三项义务：第一是应征参战；第二是驻守卡伦；第三是巡逻边境。他们为保卫中国的领土完整，做出了重大的贡献。[①] 自康熙至乾隆年间，达斡尔族八旗兵携其家属迁往瑷珲、呼伦贝尔、新疆伊犁和塔城等中俄边疆屯垦戍边，形成了大分散小集聚的分布局面。面对帝国主义的侵略，达斡尔族八旗兵先后参加了雅克萨战役（1685—1688）、第一次鸦片战争（1840—1842）、第二次鸦片战争（1856—1860），新疆伊犁地区抗击沙俄入侵的战役（1871），中日甲午战争（1894），以及抗击八国联军的战斗（1900），建立了许多战功。

从辛亥革命（1911）到"九一八"（1931）事变，达斡尔族地区的地主经济得到了一定的发展，地主阶级和贫困农民之间的矛盾，已成为社会的主要矛盾；东北军阀的大汉族主义统治，使达斡尔族人民饱经了欺凌和灾难。就是在这种历史背景下，1914年爆发了齐齐哈尔地区绍郎和岱夫的反封建统治的起义，1929年又有布特哈地区自卫大队反对民族压迫的斗争。这两次起义虽然说规模不大，持续的时间不长，但在达斡尔族历史上却留下了值得歌颂的篇章。新疆的达斡尔族青年参加了伊犁塔城阿尔泰三区反对国民党统治的斗争，为保卫家乡和民族利益做出了贡献。

---

① 参见满都尔图主编《达斡尔族百科词典》，内蒙古文化出版社2007年版，第67页。

"九一八"事变后，面对日本帝国主义残酷的殖民统治，不少达斡尔族有志之士和爱国民众加入反抗侵略者的队伍中。他们在极端艰难和危险的环境中做地下情报工作，为诺门罕战役的胜利做出了重大的贡献。在抗联战士的感召下，冒着生命危险为抗联队伍送粮、送军马、送情报，帮着过摆渡，充当向导，掩护抗联。这些爱国者不仅为抗击侵略者尽自己的一份力量，而且为民族的觉醒提供了思想基础。

20世纪40年代末，人民解放战争的胜利，结束了延续两千年的中国封建社会和近一百年的半封建半殖民地的历史。在这个时期，达斡尔族同各族人民一起，积极投入推翻帝国主义、封建主义、官僚资本主义统治的一系列政治运动和解放战争，迎来了伟大的中华人民共和国的诞生。从此达斡尔族人民实现了梦寐以求的民族解放的夙愿，跨进了全面发展繁荣的社会主义历史时期。

在党的民族政策光辉照耀下，1956年4月，国务院正式确认达斡尔人为单一的少数民族，随后根据本民族的意愿将其族称统一汉译为"达斡尔"。并经国务院批准于1958年8月15日正式成立了莫力达瓦达斡尔族自治旗。

第二节　达斡尔族文化概述

一　达斡尔族居住的自然环境

从12世纪中叶起，达斡尔族人民世代居住在南至黑龙江沿岸，北达外兴安岭的广大地区。

黑龙江及其支流蜿蜒穿流在群山丘陵之间，山清水秀，地貌多姿，在查哈阳峰一带风景尤为秀丽。山林中鹿、狍、熊、狐狸、猞猁、野猪等野兽和天鹅、大雁、野鸡等飞禽，种类繁多。江河里鳇鱼、鲤鱼、鲟鱼等渔产十分丰富。精奇里江中下游和黑龙江中游两岸的冲积平原，土壤肥沃，气候温和，宜于农耕。两岸山间生长着茂密的森林，不乏白桦、黑桦、多脂松和落叶松，纵横交错的河流之间的地方是适合于牧养牲畜的丰美草场。这种多样的自然环境，为达斡尔族人民从事农耕、渔猎和牧业等多种生产提供了得天独厚的条件。

有关达斡尔族各方面的情况，苏联学者谢·弗·巴赫鲁申在《哥萨克在黑龙江》一书中说得很清楚："达斡尔人住处有修盖得很好的木房，窗户上糊着自制的纸张以代替玻璃。从外表看，达斡尔人很像中国人，男人按中国人的习惯蓄着辫子，身穿绸缎长袍。他们的生活方式也与北方的游牧民族不同，他们定居在自己的（乌卢斯）村落，从事农业和畜牧业。村落四周是种满大麦、燕麦、糜子、荞麦、豌豆的田地。他们的菜园作物有大豆、蒜、罂粟、香瓜、西瓜、黄瓜；果类有苹果、梨、胡桃。他们会用大麻榨油。他们饲养的家畜数量很多，有大群的马、牛、羊、猪；他们用牛耕田，就像俄罗斯人用马一样。从中国传到他们这里的还有家禽鸡。到处可感受到中国的文化影响：达斡尔人从中国人那里购买绸缎（丝织物）、布匹、金属。中国人向达斡尔人换取貂皮和其他皮张，并且向他们征收一部分毛皮，作为他们的贡赋。除了农业和畜牧业外，猎取皮毛兽也是居民的基本营生。周围林中盛产皮毛兽（貂、猞猁、赤狐和黑狐等），这促进了狩猎业的发展。一个土著的居民打一天猎，就可以带回一张或更多的貂皮……"[①]

综上所述，在得天独厚的自然条件下，清朝以前的达斡尔族已经结束了单一性和游动性生产来维持生活的状况，建立了许多村落和有很好的防御设施的城堡，发展了保障自然经济的农、猎、牧等各业生产，在黑龙江地区早期开发史上写下了自己的光辉篇章。

自17世纪初，达斡尔族南迁到嫩江两岸居住，这里的自然环境为达斡尔族从事多种经营方式提供了有利条件。有关达斡尔族南迁嫩江流域以后的周边环境以及达斡尔人的情况，孟镜双在《布特哈志略》一书的序言中写道："余曾登宜卧奇山北望兴安大岭，蜿蜒苍郁，天然屏藩，南瞰龙沙横贯乌淤尔一河奔流足下，左嫩水右怒敏，两江映带，一泻千里，气雄而势壮，土厚而民鸷，是以在地之蕴藏则有五矿之丰富，发长则有五谷之秀实；在山林之蕴藏，则有材木可伐用，有虎豹熊鹿可猎取，有药草山菜可摘可食，有禽鸟飞鸣可看可听；在江河之蕴藏，则有渔业之利，有运

[①] 《达斡尔资料集》编委会、全国少数民族古籍整理研究室编：《达斡尔资料集》第一集，民族出版社1996年版，第183页。

输之便,更有两岸稻田可资灌溉。其于人也亦然,有骑士,有勇将,有忠臣孝子,不观夫辽、金、元、清四代之崛兴乎,必有达斡尔、鄂伦春健儿之踪迹驰骋中原,大显身手,为功臣,为名将,勋业烜赫,图像立祠者斑斑可考,世称深山大泽必生龙蛇,天宝地灵之区,精华所聚,必生英俊。"①

从达斡尔人的先民(契丹大贺氏)在西拉木伦西辽河上游从事农耕算起,达斡尔族的农业至少延续有八个世纪。从17世纪40年代起,达斡尔族迁居到嫩江流域,至今已有三个半世纪的历史。当时的黑龙江地区,仍然是一个人烟稀少的地方。当年的嫩江流域是一个人烟廖然,土地旷然,居无城郭之防,行无疆里之限的荒凉地方。南迁时达斡尔族人民把自己的多种经营的特点,从黑龙江北岸带到了嫩江流域,他们与满族、鄂温克族、汉族人民披荆斩棘,共同开发了嫩江流域,这是他们开发建设祖国边疆的一大业绩。

二 达斡尔族文化的多样性

达斡尔族的文化具有多样性的特征,这是由于达斡尔族经济的多样性而形成的。下面分为几个阶段简介达斡尔族文化的多样性。

首先,达斡尔族继承了契丹古老的文化传统

陈述先生说:"公元九世纪起,达斡尔族先民开始农业耕种",即史称"初,皇族云德实(注:耶律阿保机的爷爷)为大迭府夷离堇,次稼穑,善畜牧,相地理以教民耕,专意于农"②。可见契丹早期就逐渐有了农业,正如滕绍箴先生所说:"中国自遥远的古代起,中原与东北地区就存在农业文化圈和打牲、游猎文化圈。两种文化通过中原民族与边疆少数民族长期的在经济、政治和文化上的交往,相互碰撞。中原的较高的农业文化不断向边区辐射,边区打牲、游猎文化与中原传统文化两者相互认同的结果,常常使两种文化交会,或出现打牲、游猎生产向农业生产转型的现象。……达斡尔族传说中的萨吉哈尔迪汗之所以受到全民族世代不衰的

---

① 《达斡尔族资料集》编委会全国少数民族古籍整理研究室编:《达斡尔族资料集》第2集,民族出版社1998年版,第39页。

② 滕绍箴、苏都尔·董瑛:《达斡尔族文化研究》,辽宁民族出版社2014年版,第76页。

颂扬,不仅仅在抗金斗争中,他解救民族危难,更重要的是他将辽代契丹国部分先进生产力带向后方,保存自己民族的优秀力量,一直延续下来。"① 辽末、金初的契丹人,这样就把先进的生产方式留给了他们的子孙,保留在北方,即将打牲、游猎文化圈进入农业文化圈的一切进步的财富传承下来,成了黑龙江北岸先进的文化集团。达斡尔族的经济生产方式以农为主兼营牧业、渔、猎、林等,在黑龙江北岸各族中具有自己的特点,虽然放牧但不游牧,虽然打猎但不游猎,因为有农耕生产,他们已过上了定居的生活。达斡尔族与邻近民族的友好相处、相互交流,逐渐形成了自己多元性的民族文化。

其次,满族文化对达斡尔族的影响。

自17世纪50年代初起,达斡尔族陆续迁居到嫩江流域,从清朝初起,到民国初年,达斡尔族社会文化发生了很大的变化。这个时期达斡尔族文化的多元性在新时期的标志是已经开始充分认同汉族和满族文化。

达斡尔族到嫩江流域后,在原有文化基础之上,吸收和认同了满族先进文化,使达斡尔族的文化又走上了新的发展阶段。这首先表现在学校教育中以满文为主的学校教学。在康熙三十四年(1695),由萨布素奏请建立官学开始,达斡尔人学习满文一直坚持到清朝末年。除了官学外,在乡村里也办起了私塾,送子女读书。在满族文化的推动下,达斡尔族的文化推进到一个新的发展阶段。

达斡尔人学会满文后,就开始阅读满文的《三国演义》《列国志》《四书》《五经》《西厢记》《今古奇观》《隋唐演义》《三字经》等书。另外还有精通满文的人士口译满文书籍给大家讲述(达斡尔语称谓"Biteg ailaabei"),这起到了普及文化的作用。这样,达斡尔人不仅仅听到了故事,而且受到了孔孟之道的教诲。

总之,满族文化对达斡尔族文化的推动作用主要表现在以下几个方面:首先,部分知识分子走上了仕途;其次,语言、文学方面受的影响很大。有些知识分子用满文进行创作,最具代表性的有爱国诗人敖拉·

---

① 滕绍箴、苏都尔·董瑛:《达斡尔族文化研究》,辽宁民族出版社2014年版,第74—78页。

昌兴、钦同普等人用满文字母拼写达斡尔语创作了很多首《乌春》。还有许多家谱、家乘、书信往来都借用满文拼写达斡尔语的方式进行；吸收了大量的满语词汇，使达斡尔语的词汇空前丰富。例如一系列关于封建社会、军事方面的名词术语、来往书信、办丧事的祭文、春节对联等大都用满文，对满文运用自如。广泛运用的结果，使达斡尔族语言的交流功能加强。其三，在清代300年间，由于满族贵族大力推行文化，促进了达斡尔族社会生活各个方面的发展。风俗习惯的变革，如在衣食住行方面较为突出，达斡尔族建的草房是满族式的，妇女的装束亦与满族无异。

最后，清末民初汉族对达斡尔族文化的影响。

这个时期是达斡尔族文化又一次转型时期。达斡尔族承袭古代契丹文化之遗风，又不断地认同其他民族的文化。达斡尔族本身就是一个善于学习的民族，对其他民族的文化有包容性，所以在各民族文化生活相互交融中，他们的文化得到了长足的发展。

早在清朝初期开始，中国东北地区民族文化交流就已开始。但是，这个时期汉族的文化主要是通过满族文化间接地影响达斡尔族，实际上满族文化起到了桥梁作用。而自清朝末年起在黑龙江地区实行的移民招垦政策以及中长铁路的通车，形成了达斡尔族社会经济的发展，也是黑龙江地区开发的重要时期。

清末民初以来，达斡尔族文化在与汉族文化的交会与融合中得到了长足的进步。随着汉文化的影响越来越深入，达斡尔族进入了一个面向汉文化全面开放的阶段。通过分析可以看到在民族文化、思想观念、知识分子的成长、全民思想文化意识等方面都产生了历史性的变化。首先，以满族的文化为桥梁，接受"孔孟之道"等封建道德礼教；其次在满、汉文化的影响下，达斡尔族中，高水平的知识分子迅速成长起来。自光绪年间开始在学校里学习汉语、汉文，这已形成了一股不可阻挡的潮流，丰富了达斡尔族的文化生活。从光绪年间开始，达斡尔族中会说汉语的人逐渐增加，已有相当的比例。同时在更深层次的文化生活中也产生了很大的影响。在语言方面也特别突出，如对人名、姓氏、地名、词汇等方面都发生了较大的变化。在久习汉族文化、读书穷理之后，进取精神明显加强。

达斡尔族的民俗文化与其历史和经济有密切的关系，尽管有其他民族的影响，仍然保留着自己的民族特点。

三 达斡尔族的社会组织

达斡尔族的父系氏族组织称为"哈拉"，"哈拉"上冠以不同哈拉的名称，成为各哈拉的全称。它是达斡尔族父系氏族社会的基本组织，系具有共同的父系祖先、共同的分布地域、共同的经济生活和社会文化活动，是实行民主管理的血缘集团。进入阶级社会后，这一组织延续到20世纪初，仍有多个哈拉。随着社会的变化，人口也有所增加，各哈拉均分为若干血缘关系更为亲近的分支——莫昆，取代了哈拉的某些职能而成为达斡尔族社会的基层组织。自民国起，各哈拉和莫昆以其哈拉莫昆名称的谐音或意译，简化为单字姓氏，如敖拉·哈拉冠以汉字单姓为敖等。自明清以来，历代统治者在达斡尔族中以哈拉为基础，建立其管理和统治机构。

清代中期，达斡尔族的文化环境发生了变化。清廷为了管理和统治方便，同时也为了测丁征税的需要，利用达斡尔族的哈拉、莫昆制度，在编排八旗兵营时以达斡尔族原有的哈拉莫昆制度的形式为基础，以"新满洲"之名，列入满洲八旗中。在达斡尔族三个扎兰和鄂温克族五个阿巴的基础上，组建了布特哈八旗。这在客观上冲击了达斡尔族哈拉、莫昆制度，使达斡尔族原来的哈拉、莫昆社会组织，开始有些松散。使达斡尔族的哈拉、莫昆制度逐渐演化为一种集氏族军政团体为一体的组织形式，完成了与八旗组织的融合，被清廷迁往各地屯垦戍边，形成了达斡尔族人口分布的新格局，即布特哈、齐齐哈尔、海拉尔、新疆等几个居住区。由于所处的地区周围民族不同，形成了各地达斡尔族的人文环境也不同了。

四 达斡尔族的风俗习惯

达斡尔族是历史文化悠久的民族，在长期的社会生活中，达斡尔族人民世代相传形成了一整套生活习惯，其中也不免有其他民族的影响。下面以衣、食、住、行等方面进行简介。

服饰。据老人讲，达斡尔族男人很少穿布衣服，只是一些内衣和夏天的衣服是棉布做的，春秋冬季多穿皮制衣服。男子的衣服有"德力"（皮大衣），大部分用秋末、冬季及春季初打猎的狍皮做成；"哈日米"用春夏秋初打的狍皮做成；"阿热斯·哈库热"（皮裤），用夏天的皮子做成；"米亚特·马哈拉"；"其卡密"、"斡落奇"和"得热特莫勒"（都是靴子）；"博力"（用狍皮做的手套）腰带等。在夏季穿布制衣服。女装以棉布为料，夏季穿单袍和单布裤，冬季穿棉袍、小棉袄、棉裤。女子穿着不能缺少绣花鞋。达斡尔女子衣冠发结与满族人相同。现在这些早已发生了改变，尤其是青年人的服饰早已与时俱进了。

饮食。据说，达斡尔人的饮食，在黑龙江北岸时，以狩猎为主，以农业为辅，饮食以兽肉为主，以少量的谷物稀粥为辅。达斡尔族南迁后，农业的比重大为增加，粮食成为达斡尔族的主食，各种蔬菜成为辅食。主食方面以米面为主，副食以多样化为其特点，肉食、菜食、奶食，品种多样，吃法多种。

居住。达斡尔族的住宅以二间屋较普遍，三间屋也有，早期多为苫房草茅土房。按达斡尔族的住宅习惯，在屋内以西为贵，南、西、北三面连炕，东外屋为厨房。三间房则东西屋为主室，西南屋为上屋，是长辈的住室；东南屋次之，中间的屋是厨房。达斡尔人的屯落布局宽阔，依山傍水，这决定于他们的自给自足的自然经济。院落配置也十分讲究。

交通。达斡尔族陆上交通主要有马和大轮车，水上交通工具是小木筏和独木舟。马是达斡尔族的主要交通工具，每个男子都有熟练的骑马技术。随时代的发展，各个方面如今都有很大的变化，摩托车、小轿车比比皆是。

礼俗。达斡尔族是重视礼仪的民族。有许多节日习俗，如春节称为"阿捏"，是达斡尔族的重大节日。正月初一是最重要的日子。男人烧香拜天拜诸神。给北斗烧七支香，娘娘神烧九支香，灶神烧一支香，其他神均烧三支香。之后向长辈叩头，长辈向晚辈嘱咐。腊月二十三祭灶，腊月三十祭天供神。接着拜天拜诸神。敬酒叩头，祝长辈健康。老人也预祝晚辈幸福。之后开展各种娱乐活动，串门拜年。达斡尔人有非常优良的尊老爱幼的传统习俗，老人出门或回来都要迎送，时间长了也要屈膝请安。

丧葬习俗。达斡尔族一般进行土葬。当人去世后，整个葬仪的过程有：停灵与入殓、祭灵与埋葬、服孝。每一个家族都有自己的墓地，按一定的程序埋葬死者。在丧葬方面还有一些禁忌，如人即将咽气时，全家人不许睡觉，怕死者的灵魂把睡觉人的灵魂带走。停灵时，禁止猫接近尸体，以免尸体坐起来。莫昆的墓地不能埋葬患传染病死的人、没儿没女的人和小孩等。

婚俗。达斡尔族实行严格的一夫一妻制，而且一直坚持着氏族外婚的传统。达斡尔人为儿女选择配偶的过程是较为复杂的，从托人说媒到完婚，大体分为五个步骤。第一步是托人牵线，叫"希卓宜奇勒格贝"。受托的人应当是女方家的亲属或好友，先去探听信息，了解女方是否有了婆家，向其父母及老人介绍男方的情况、家庭成员、经济状况等。在女方的父母或老人没有拒绝的情况下，再托媒人前去说亲。第二步是请一位善于表述的人做媒人，管叫"召奇"。请的媒人尽量是儿子的长辈或者是年长的人。第三步是新郎相亲送彩礼，这就是"察恩特宜奇贝"。第四步是过结婚彩礼。第五步是完婚。办婚事是一件大事，提前一到两个月就开始筹办，全莫昆人来帮忙：制作衣服、被褥，宰杀猪、牛、羊，制作瓦特、霍热格勒、西热格勒等食品。达斡尔人的婚俗，从礼仪到形式都较繁杂、隆重，而在很久以来，还伴有体育活动。例如，好多地方在吃察恩特和娶媳妇的时候，都举行射箭、赛马等项运动，使全莫昆人都沉浸在愉快幸福之中。现在这些都已成为过去，代之以新事新办。

五 达斡尔族的宗教信仰

达斡尔人信仰的萨满教，形成于他们的渔猎生活时代，是以万物有灵为基础，供祭多种神灵的信仰为内容，以一定的祭祀活动为其表现形式的一种原始宗教。萨满教以其祭司萨满而得名，今已成为国际通用名称。"萨满"原为阿尔泰语系满通古斯语各民族共用的名称，达斡尔人称为"雅德根"，海拉尔地区达斡尔人称萨满。伴随着社会的变迁，萨满教不断充实其内容，从而扎根于民间，成为其传统文化的重要组成部分。直到20世纪40年代，各地达斡尔人均信仰萨满教，甚至在当代，在达斡尔族中还出现了复兴的情况。萨满教作为传统文化的组成部分，曾影响社会生活的各个方面，与他们早期的文学艺术、原始医药知识的萌芽有着渊源的关系。萨满教的伊若实际上就是优美的文学作品；萨满唱诵的曲调，就是达斡尔族民间音乐的组成部分。①

六 达斡尔族的语言文字

达斡尔语属于阿尔泰语系蒙古语族，可分为布特哈、齐齐哈尔、海拉尔、新疆四个方言区。"达斡尔族处于蒙古语语族最东北的偏远地区，未经过蒙古语那样的突厥化过程，而且发展也缓慢，仍保留了很多的古东胡鲜卑语的特征。但是，达斡尔语也经过了轻微的通古斯化的过程，从通古斯语吸收了许多词汇。达斡尔语的词汇有固定词和借词，借词主要接受了通古斯语和汉语等语言的借词。"②

达斡尔族语言的四个方言区之间能够相互通话。达斡尔族没有自己的文字。在清代主要学习和使用满文，并借用满文字母按本民族的语言进行创作，或记述民间事物。那时，达斡尔族中出现了敖拉·昌兴和钦同普两位作家，在本民族中影响很大。辛亥革命后，汉语文在达斡尔族中逐渐普及。部分地区达斡尔族兼通蒙古文或哈萨克文。达斡尔族素来重视教育。自清初在达斡尔族地区创办满文学堂起，直到20世纪中叶，达斡尔族中出现了几代知识分子，为本民族的文化事业做出了贡献。内容体裁多样的民间文学，如民歌、乌春、民间歌舞，真实地反映了达斡尔族早期的生活。男子举行骑马、摔跤、射击、打曲棍球等运动。史书记载，"击鞠"的契丹人曲棍球运动，在达斡尔族中传承下来了。

在文字方面，远在辽国时就创制过契丹大小字，后因使用面窄而失传。达斡尔人并没有因文字失传而停止对文化的追求，他们致力于学习满文、汉文、蒙文、哈萨克文、维吾尔文。从20世纪初起，就努力于创制文字的工作，1980年，在内蒙古有关部门的支持之下，由内蒙古达斡尔族语言历史文学学会公布实施。这是以汉语拼音方案为基础制定的，用来记录达斡尔语口语、收集民族文化遗产以及相关学术研究中使用的拉丁拼

---

① 参见内蒙古编写组《达斡尔族社会历史调查》，内蒙古人民出版社1985年版，第242—248页。

② 满都尔图主编：《达斡尔族百科词典》，内蒙古文化出版社2007年版，第407页。

音符号。

总之，达斡尔族的民间文学就是在这样的人文背景下，在满汉文化的影响下，在原有的基础上，更加丰富和发展，并形成达斡尔族民间文学的多元性的特点。

第三节　达斡尔族民间文学的概念和范围

一　达斡尔族民间文学的概念

达斡尔族民间文学是广大达斡尔族民众集体创作、口头流传、现场表演的文学样式。达斡尔人的民间文学古已有之，如神话、故事、传说、英雄史诗、歌谣、谚语、谜语等民间文学的体裁至今还流传在民间。因过去很少有文字记载而保留在民众的口头上。

国际上，民间文学是从国际术语"Folklore"发展而来的。1846年，英国学者威廉·汤姆斯（W. J. Thoms）用"Folklore"这个合成词来表示"民众的知识"。"知识"，如果理解成文化的积累，可宽泛到无所不包的人文现象。但是，他在当时只提到它的其中的一部分，即神话、迷信、风俗和歌谣等，所以，他说的范围被理解成专指民间文学创作。在俄国，这个专有名词被译为"人民口头创作"。"五四"时期，我国学者译为民俗学，又译为民间文学，专指民俗学中的口头艺术部分。20世纪50年代后，"民间文学"这个名称才被大家广泛地使用。

在《中国大百科全书·中国文学Ⅰ》中说：民间文学"作为一个学术名词，是'五四'新文化运动之后才出现和流行的。它指的是广大劳动人民语言艺术—人民的口头创作"[1]。

在新时期，"民"的内涵又有了悄然的变化，一般民俗学者逐渐用"民众的"说法取代了"劳动人民"。关于变化的原因，钟敬文先生做了很明确的解释："从数量上说，民众毕竟是国家人口的多数，实质上民俗的创造者和传承者，也大都是广大民众，这一点是肯定的。可是，如果因

---

[1]《中国大百科全书·中国文学Ⅰ》，中国大百科全书出版社1988年版，第545页。

此就认为上层社会没有民俗，或者认为它完全没有和广大民众共同的民俗，这似乎就不好讲了。中国过去有很多'岁时记'，讲述岁时风俗。许多年节风俗，从农村到朝廷，差不多都要奉行，尽管活动的具体情况不一样。这就是说，一个国家大部分风俗是民族的（全民共有的）。当然民族里又包含一定阶级内容。同样的过年，喜儿和杨白劳的与皇家地主的就不完全一样。但是他们都要在同一天来过年，这也是事实。所以重要的民俗，在一个民族里具有广泛的共同性，它不仅限于哪一个阶级。"①这个论述打破了"民"的阶级性。这样，民俗的"民"的范围就很宽泛了，它逐渐有包括任何种类的人群的倾向，在当代所有人都可以成为传承民俗和民间文学的"民众"的一员，当然，这种情况适合于现代社会。民俗学的研究对象也还是有它的特殊对象的，"民间"尤其对立的一面，即"官方"（即政府办公室和公司、企业的公共场合），民间的一些习惯是不适合于这些场合的。这种变化值得我们研究者认真思考，所以说民间文学是民众在日常生活中集体创作和口头流传的艺术形式。

　　结合达斡尔族民间文学的实际情况，课题应称为"达斡尔族口头文学概论"较为合适。直到清代以前，达斡尔族没有文字，清代开始学习满文后才借用满文达斡尔语，相互交流，甚至进行了文学创作，如敖拉·昌兴②、钦同普③等文人的创作。他们的作品不但有手抄本流传着，而且也广泛地在民间流传。有许多民间文学传承人几乎都会唱他们创作的乌春。这些作品虽然如此广泛地在民间流传，由于它们是有作者的，故不属于民间文学的范围，而属于文人文学。除了少部分文人的作品外，目前在达斡尔族流传的民间文学作品，大都是民众集体创作、口头流传的作品，可以说达斡尔族的民间文学大部分就是口头文学。出于以上的认识，本课题的名称应该称为《达斡尔族口头文学概论》较为合适。但为了服从课题的要求，还是采用了《达斡尔族民间文学概论》这一题目，特此说明。

---

　　① 钟敬文：《钟敬文文集·民俗卷》，安徽教育出版社1999年版，第71页。

　　② 敖拉·昌兴（1809—1885），曾任佐领。有"呼伦贝尔文士之称"。他是达斡尔族著名的爱国诗人，一生创作了大量乌春，现留下的有70多首。

　　③ 钦同普（1880—1938）：达斡尔族莫尔登哈拉人氏，诗人。毕业于布西师范讲习班，曾用满文拼写达斡尔语创作7首长篇乌春，创制达斡尔文字等。

二 达斡尔族民间文学研究的范围

达斡尔族所创造和传承的民间口头文学，主要体裁有神话、民间传说、民间故事、民间歌谣、民间史诗、民间乌春、民间谚语、民间谜语等。这些体裁我们将在后面分别加以介绍。

民间文学和作家文学有时存在混淆的情况，我们归纳了一下民间文学的情况，确定民间文学的范围是研究的前提。

第一，民间文学的作者必须是"人民大众"。"人民大众"是一个历史的概念，不同的社会阶段有不同的含义。在原始社会里阶级没有产生，也就没有官和民的区分，当时的任何人都离不开群体，当时"人民大众"是全民性质。到了封建社会，"人民大众"泛指农民、渔民和手工业者。这时由于社会的分工，在劳动大众中出现了一些民间艺人、歌手。到了近现代，产业工人和乡村中小学教员、基层的城镇职员也都属于人民大众的范围。比如在近现代达斡尔族出现了敖拉·昌兴、钦同普两位先生，他们都是以满文字母拼写达斡尔语来创作乌春的。敖拉·昌兴早期的乌春，就是受到民歌的影响创作的，具有达斡尔族"达奥"的特点，这部分乌春非常受人们的喜欢，后期的创作就有了作家文学的风格了。尽管这样，海拉尔地区的达斡尔族几乎人人都会唱他的乌春。钦同普比敖拉·昌兴晚一些，也是用满文字母创作不少乌春，如《耕田歌》《渔歌》《伐木歌》等，他的乌春比敖拉·昌兴更接近老百姓，更富于人民性。但是，由于作者不属于人民大众，只能放在文人的创作中来研究，不属于民间文学的范畴。

第二，民间文学在内容上必须是要直接反映人民大众的生活、理想和愿望。例如远古时代的神话、传说、各个时期产生的歌谣，以及当今流行的民谣和故事，都从一个方面表达了民众的对社会问题的热切关注。

第三，民间文学在艺术形式方面必须是人民大众喜闻乐见的，不管是远古时代大众在生活中创作及后来出现的神话传说、故事等口头形式，还是新时代的口头创作，它的艺术风格简朴明朗，表现手法多为情节章句的重叠、复沓、夸张，还有贴近生活的赋、比、兴等。在人民大众中广为流传的民间文学，具有旺盛的生命力，受到民众的欢迎。

以上几点暂时可以作为我们研究达斡尔族民间文学范围的标准。

这里还需要说明的是，由于达斡尔族是有语言而没有文字的民族，后来，在清代学过满文，又有的地区学习了蒙文，新疆地区的达斡尔族也有许多人会哈萨克语、维吾尔语及其文字。这种情况，造成民间文学资料有各种文字和语言保存的现象。不论是哪种语言文字保存的资料，一律都是我们采用的范围。我们不懂的语言文字，就求助于别人帮助解决。

第四节　达斡尔族民间文学与各民族之间的交流和影响

各民族政治、经济、文化上密切的联系，带来了民间文学的交流及相互影响。这种相互学习、相互促进、共同提高的关系，增进了民族团结，活跃了民族文化生活，推动了各民族文学的共同繁荣和发展。研究各民族民间文学的交流和相互影响，对于探索各民族文学发展的道路，繁荣社会主义文艺，具有重要的现实意义。

一　汉族民间文学对达斡尔族民间文学的影响

汉族的民间文学对达斡尔族的影响是非常大的，主要表现在以下两个方面。

第一，汉族的传说通过满族间接地影响达斡尔族。

这种情况或表现在基本情节相似上，或表现在传说基本情节的一些变异和发展上。不仅体裁形式有所改变，而且内容也有变化，如《梁山伯与祝英台》的传说，在达斡尔族民间故事中已变异成"相思的鸿雁"[①] 在流传。梁祝传说中，一位是相公，一位是小姐，而达斡尔族的故事中，两者则变成了劳动人民的子女，他们读书的地方是一个山洞，由白发老人教书；读完书回家的路上，梁山伯和祝英台在"十八里相送"中的那种缠绵悱恻、隐约含蓄的语言，与达斡尔族人民的情况是不一样的，达斡尔族的祝英台在回家的路途中和小伙子的对话，充满了狩猎文化的色彩，这里都是用双飞的鸟双双跑的野兽、山的阴阳面作比喻，小伙不理解姑娘对他暗

---

① 赛音塔娜：《达斡尔族民间故事选》，内蒙古人民出版社1987年版，第234页。

示的爱情，这些暗示中想象独特而富有达斡尔族的文化特色。

可以看出这个传说传入达斡尔族地区后，达斡尔族按着本民族的心理和本民族人民能够理解的喜闻乐见的艺术形式去加工改造，使汉族的作品为达斡尔族人民所接受和喜爱。使它带上了浓厚的达斡尔族民间文化的色彩，成为汉族民间文学和达斡尔族民间文学交流的结晶。这个例子仅仅是冰山之一角，还有传说也有类似的情况。

第二，汉族民间故事通过满族文化间接地流传到达斡尔族。

现在收集到的达斡尔族民间故事中，我国有些经典童话，如《田螺姑娘》（AT408型）、《灰姑娘》（AT510型）、《狗耕田》（AT613型）、《蛇郎》（AT433D型）、《狼外婆》（AT333C型《老虎外婆》）、《青蛙少年》（AT440D型）、《兄弟分家》（AT503E型《狗耕田》）等在达斡尔族中都有流传。研究达斡尔族的幻想故事也好，研究民间生活故事也罢，上述类型的作品都是达斡尔族从黑龙江迁到嫩江流域后产生的。这些汉族民间文学中流传的民间故事、传说，不仅给少数民族深刻的思想启示，有的已深入他们的民间文学中，成了带有鲜明民族特色达斡尔族民间文学了。如《狼外婆》（AT333C型《老虎外婆》）故事在达斡尔族称为《大萝卜》，其中讲道：

有一个母亲有三个女儿，大的叫大萝卜，二的叫胡萝卜，三的叫水萝卜。妈妈去姥姥家回来的路上让莽盖吃了。走之前妈妈曾关照孩子们，不要让不认识的人进家门。莽盖吃了妈妈后装扮成妈妈的样子来到他们家，叫了半天，大的二的都没给开门，水萝卜不但开了门还跟它一起睡觉了。半夜莽盖吃了水萝卜。姐俩发现后出外解手，逃了出来。出来时拿上了妈妈的梳妆匣。

莽盖发现姐俩逃跑了，出来拼命地追，大萝卜拿出妈妈用过的木梳扔了出去，木梳变成了一座森林，挡住了莽盖的去路。莽盖好容易钻出森林，又继续追，快撵上他们时，她们又甩出篦子，马上又出现了浩瀚无边的森林。莽盖用牙齿咬断森林，快撵上来时，他们又扔出了妈妈用过的镜子，立刻出现了一片大海。莽盖问怎么过的，姐俩说是"我们剖开肚皮用自己的肠子搭桥过来的"，它听信了她们说的话，把自己的肚皮剖开，将肠子掏出来，在肠子的一头拴一块大石头，到对岸。当爬到水中央时，来了一群乌鸦，把莽盖的肠子给咬断了，扔进大海里了。①

从上述这些故事、传说的比较中，我们可以看到达斡尔族人民在流传汉族、满族民间口头文学时，不是机械地抄袭或模仿他们的东西，而是根据本民族人民的理想愿望、生活习惯、审美标准、传统的艺术形式去加工，甚至再创作，故事中的人物、自然景观、生活习俗的描绘都打上民族的烙印。也就是说，各族民间口头文学在相互影响下保持并不断丰富自己民族的文学。因此，各民族民间口头文学的相互影响并不妨碍民族特色，恰恰相反，它还促进了各族民间口头文学更加丰富多彩，更富有独创性。

1958年编辑的《达斡尔族简史简志合编》中记载："早在清朝时期，达斡尔族人民，即通过满文的介绍，接受汉族的文化艺术。汉族的古典小说，如《三国演义》《水浒传》《今古奇观》《聊斋志异》《隋唐演义》《西厢记》等都通过满文翻译过来，达斡尔族人民按自己的习惯，编成韵文，加以传播。"如海拉尔地区的敖拉·昌兴就是具有代表性的人物，他用满文拼写达斡尔语，将《三国演义》中的赵云救阿斗一节，创作成《赵云乌春》。此外还根据今古奇观的《百年长恨》译成《giaolan uqun》（《娇鸾乌春》），根据《西厢记》改编成《莺莺乌春》等，对达斡尔族的影响非常大。这里值得注意的是满族文化，对达斡尔族的影响起主导作用的时候，深受汉族文化影响的满族文化，早已将汉族文化传播给了达斡尔族。从这一点来说，满族文化起到了桥梁作用。

二　达斡尔族与其他北方民族民间文学的相互交流

清代索伦族（即今鄂温克族）与达斡尔族、鄂伦春族的交往也有悠久的历史，在元、明、清各代数百年间，关系密切。无论在黑龙江北岸时期，还是在黑龙江南岸时期，都在共同发展中建立了亲密的关系，因此它们之间在文化、风俗等各个方面相互交流。这种认同和交流也表现在民间文学的交流和影响方面。使许多民间文学作品出现相互接近和类似的情

---

① 呼思乐、雪鹰：《达斡尔族民间故事集》，内蒙古人民出版社1981年版，第18—20页。

况,如达斡尔族"人是用泥捏的"神话,"三界的来历"神话,这些故事在鄂温克和鄂伦春中也有流传。又如,满族的《尼桑萨满》在达斡尔族、鄂温克、鄂伦春中也都有流传,只是有一些变异,与满族的《尼桑萨满》大同小异而已。

除了神话传说,民歌、舞蹈方面,各族民间文艺也有相互影响。

黑龙江流域时期,鄂温克、鄂伦春等族的民歌与达斡尔族在民歌的体裁方面存在有大同小异的情况。杨士清先生在《达斡尔族民歌汇编》(内部刊印)中较全面地介绍民间文学时说,满族、蒙古族、达斡尔族、鄂温克族、鄂伦春族在民歌方面的共性、个性,可以给我们一定的启示,并以达斡尔族、鄂温克族、鄂伦春族民歌体裁形式方面说明他们相互之间的交流情况。黑龙江流域的各族民歌中,都有自己的传统称谓。这些称谓如达斡尔族称为"扎恩达勒",鄂温克族称为"赞达拉嘎",鄂伦春族称为"柬达仁(赞达仁)",三个民族的原始歌舞名称差不多,只是因为语言的关系有些差别。

民间歌舞方面,由于这几个民族都曾经历过原始的狩猎采集生活,现在看来,他们的歌舞形式虽然发生了很大的变化,但认真分析的话,从其中所唱的内容及衬词,仍可以看出原始狩猎时期共有的艺术表现形式和手法。同样,由于语言的原因,也有不同的称谓名称。达斡尔族称民间舞蹈为"鲁日格勒"(哈库麦勒、阿罕拜勒舞),鄂温克族则称为"鲁克该勒",鄂伦春族称为"吕日格仁"。

从以上介绍的民歌、歌舞方面的情况,可以看出三个民族之间互相交流的简单情况。

第五节　达斡尔族民间文学搜集、出版、研究综述

在古籍、文献中最早记载达斡尔族音乐歌舞艺术的,当推阿勒坦噶塔著的《达斡尔蒙古考》[①]。书中第二编第一章第三节"风俗习惯"中的第四段"游艺"中提道:"烛光月明之夜,邀会数十姊妹,和歌共舞,以娱

---

① 阿尔腾噶塔:《达斡尔蒙古考》,1933年1月,奉天东印书馆出版。

天真。而歌之词调，亦颇顺耳，及其歌舞，以偶为佳，式各有名，惟形式，多情动而鲜温静。"这里介绍的就是达斡尔族"鲁日格勒歌舞"的情况。又如孟定恭在《布特哈志略》（1931年，辽海书社）一书中，写到边壕诗时说："边壕古迹兮，吾汗所遗留。泰州原野兮，吾之养牧场。"史称"泰州迤堡"或"长春边堡"的金源边堡古迹，位于现在的内蒙古自治区呼伦贝尔市莫力达瓦达斡尔族自治旗境内嫩江西岸，是屯田于泰州的金国婆卢火都统调用民工修筑的。修筑和看守这一边壕的，当时主要是契丹族人民。这首民谣也反映了达斡尔族和契丹的关系。歌谣以库烈儿事迹为蓝本，塑造了萨吉哈尔迪汗的形象。泰州本是契丹放牧之地。歌谣里透露出达斡尔族边壕与泰州的密切关系。

关于达斡尔族族源的传说，主要出现在自清代道光年间直到解放初达斡尔族知识分子的著书立说中。在古籍中，作者们对达斡尔族族源的看法可归纳为几种观点：隋唐间黑水国的后人；辽代契丹的后人；唐代室韦部中"达姤部"的后人；宋元间塔塔尔部或其中的"白鞑靼"的后人；与蒙古族同源。现在影响较大的是辽代契丹的后人说。在此仅说明达斡尔族的族源传说很早就已引起注意了。这些传说及相关资料的介绍，对20世纪达斡尔族民间文学的研究具有重要的参考价值。

在简单回顾的基础上，选取达斡尔族民间文学的实际情况作为切入点，按着民间文学的基本问题构成历史脉络，将1949—2019年民间文学发展分为五个不同的时期进行简单介绍。

一　1949—1957年：民间文学体制内的独立

新中国成立后，继承了延安时期解放区重视民间文学的思想和政策。1950—1957年，通过民间文学的思想性与社会价值，民间文学体系的重新建构和规范，以及民间文学的口头性的探讨，实现和深化了民间文学在体制内的学科蜕变；在对这些问题的阐释和回应中，同时也推动了民间文学在体制内的独立的进程。

二　1958—1966年：民间文学的高扬

1958年，随着全国展开新民歌搜集运动，民间文学得到很好的发展机会，学界加强与深化对它的研究，并形成了民间文学学术发展里程的又一个高峰，这一发展历程一直持续到1966年。

1966年之前十七年间，达斡尔族民间文学的搜集、整理和研究工作，逐渐步入了新的发展轨道。作为人民大众集体创作的民间文学，是一种以口头传承为主的特殊文学。调查采录和理论研究是民间文学的两翼，二者相辅相成，不可分割。20世纪50年代到60年代初，主要侧重于民间文学的搜集、翻译整理，为达斡尔族民间文学的研究提供了珍贵的资料。这个时期达斡尔族的民间文学研究队伍才开始逐渐形成和日益壮大。

20世纪五六十年代，内蒙古东北少数民族社会历史调查组在深入达斡尔族地区进行社会历史调查的基础上，于1985年出版了《达斡尔族社会历史调查》，汇集了达斡尔族的神话、传说、故事、民歌等，为以后的研究提供了珍贵的资料。美中不足的是，由于条件限制，收集的不太多。

1953年由孟希舜搜集、整理莫力达瓦达斡尔族自治旗民间文学，并用满文拼写达斡尔语记录，汇集为《达斡尔族乌春辑》（共有41首乌春），油印并流传。

在20世纪五六十年代，内蒙古社科院就已开始做了大量的调查研究。孟志东、奥登挂、呼思乐、巴达荣嘎等研究人员一方面收集故事、民歌；另一方面注意达斡尔族《绍郎和岱夫》乌春的采风、记录，曾几次到现场进行考察。在当时国家组织的少数民族语言第五调查队达斡尔族调查组（小组成员有何什格图、巴达荣嘎、德玉海）曾赴绍郎、岱夫诞生地及活动区域等处，他们搜集到了几位老人演唱的乌春。演唱者中有鄂兴海、金国才等老人。其中鄂兴海的唱本内容最丰富。他们将采录本整理成斯拉夫文后，由内蒙古语文研究所的奥登挂、呼思乐、孟和等将此斯拉夫文版本进行了初步的汉译工作。1958年为了进一步掌握绍郎和岱夫起义的情况，奥登挂、呼思乐、恩克巴图等专程去了一趟罕伯岱、二里屯（他们就义的地方），当时拜访采录了五位艺人鄂兴海、金国才、多长林、鄂维清等的演唱，进一步弄清了起义者的一些情况，并写了《关于绍郎和岱夫事迹的调查和初步意见》的报告，进一步修改了汉译稿。可惜未能出版。据哈斯那不琪（莫力达瓦达斡尔族自治旗广播站）说，她曾和一位同事带着前苏联式的大录音机采访过叫"胖小"的老艺人。

关于"绍郎和岱夫"乌春的搜集、调查工作，黑龙江省在20世纪60年代初期也已开展。黑龙江省的一位诗人方行先生曾到雅尔赛一带采录，耗时两个月，遗憾的是在十年浩劫中资料全部失散。当时"极左"盛行的情况下，在一片"土匪说"混淆视听的年代，一位汉族同志能够这样欣赏、理解这首长篇巨著，真是难能可贵。直到粉碎"四人帮"后，黑龙江省民间文艺家协会仍然重视搜集"绍郎和岱夫"的工作，民研会主席王士媛女士（方行先生的爱人）亲自布置、亲自指挥，正式成立了民间文艺抢救小组，由齐齐哈尔市民研会领导、市民间文艺家协会主席任组长。从1980年春末夏初，小组开始深入进行了调查。经过两年多的努力，走遍达斡尔族聚居的乡村屯落。通过对130人的采访和对14位民间歌手的采访记录，搜集整理了"绍郎和岱夫"的六种变体，原始资料40余万字。这六种变体分别发表于《黑龙江民间文学》第三期和第十期上，并于1983年12月获中国民间文艺学优秀作品奖。后来，由沃岭生主编的《少（绍）郎和岱夫》于2002年出版，冯骥才写的序，收入那音太、胡瑞宝、胡海轩、二布库、集体说唱、集体翻译等几种版本，担任翻译的是色热和何德林，由李福忠、刘兴业主笔汉译。黑龙江省民间文艺家协会及齐齐哈尔市达斡尔族学会为研究"绍郎和岱夫"做出了很大的贡献，为我们研究达斡尔族叙事长歌提供了宝贵的资料。另外，在《黑龙江民间文学》丛书刊登了不少达斡尔族民间故事。黑龙江省的杨士清先生搜集了很多民歌，但由于各种原因，一直等到改革开放以后才得以出版。

三 1966—1976年：民间文艺学处于停滞状态

在文化大革命横扫"四旧"的年代，达斡尔族的文化事业遭到了毁灭性的打击，以传承性为特征之一的民间文学，更是难逃厄运。搜集工作几乎处于停止状态。达斡尔族传统节日都被迫停止，如什么祭祀斡包、萨满祭祀、群众性的文化活动等也被取消。许多歌手萨满被认为是"四旧"的传播者、"牛鬼蛇神"，他们受到不同程度的压制。有一些民间文学资料也被烧成灰烬。

四 1978—1999 年：编纂三套"集成"及延续阶段

20 世纪 80 年代以来，民间文学和民间文艺学批判了"左"的和庸俗社会学的干扰，从单纯的文学方法中走出来，在多学科和多种方法的参与下，于建设中国特色的马克思主义民间文艺学的方向上，得到了长足的发展。关于民间文学与原始信仰、原始艺术紧密的关系和影响，引起了学者们的关注，但民间文学毕竟是一种民众的道德观、伦理观、人生观、世界观、是非观的载体，自有其本身的特点。

这一时期也是达斡尔族民间文学的丰收时期。达斡尔族民间文学方面的作品有十多部故事集、两部民歌集出版。

孟志东的《达斡尔族民间故事选》于 1979 年由上海文艺出版社出版，其中收入了 49 篇故事。这本故事集还有日文版、英文版、哈萨克语版。《达斡尔族民间故事集》（呼思乐、雪鹰），其中搜集了 44 篇故事；《达斡尔族民间故事选》（赛音塔娜），收入 89 篇作品；《达斡尔族民间故事百篇》（娜日斯）、《达斡尔族神话故事》（呼伦贝尔苏勇）、《中国达斡尔族民间故事集》（乔志成）先后出版。新疆的郭·巴尔登先生、郭百灵在新疆的民间文学收集方面做了许多工作。大部分已收入新疆维吾尔自治区所编的"三套集成"丛书中。

民歌方面有《达斡尔族民歌选》（毕力扬·士清）、《达斡尔族民歌选》（何今声）；乌春方面更多，《达斡尔族乌春辑录》（孟希舜）《达斡尔族传统诗歌选译》（奥登挂、呼思乐）《敖拉·昌兴诗选》（塔娜、陈羽云）《达斡尔族传统文学》（碧力德等）；1981 年在黑龙江民研会主办的《黑龙江民间文学》（第三集、第十集）中除收入了《绍郎和岱夫》几个版本外，还收集了一些民间故事。莫力达瓦达斡尔族自治旗文化部门及达斡尔族学会也做了大量的收集整理的工作，主要收入内蒙古三套集成中的较多。由敖登挂、其那尔图等人收集，并转入《达斡尔族资料集》中。

为"中国民间文学三套集成"的编纂而开展的全国民间文学普查和辑录是一项主要由民间文学的研究机构和研究者主持参与进行的工作，包括有关民间故事、谚语和歌谣三种体裁的集成。它于 1984 年以对全国民间文学的普查为开端而正式启动。普查持续了三年多，编纂工作则直到2004年才基本结束。其调动人力之众、持续时间之久、搜集到的民间文学材料之丰富，都是空前的。通过地方文化教育界力量的广泛参与，这项社会运动式的工作，在发现和记录大量珍贵民间文学资料的同时，也培养了更多具有学术实践积累的民间文学工作者。同时，大规模的调查工作，也使民间文学研究者发现了许多新的研究对象和学术问题，并为他们提供了更多的思考方向。

三套"集成"的出版是我国有史以来最大规模的民间口头文学文字化书面化的运动，为民间文学的研究奠定了良好的基础。正如北京师范大学许钰老先生所言："民间故事集成工作在全国范围内展开，它是大规模的口承故事从讲述到书面的系统工程。这项工作包括普查、讲述、记录（记录格式文本和故事相关的历史、文化和自然背景以及讲述现场情况），整理、编选讲述家的材料、制图表等。它在口承故事学中属于采录范围，但它在工作中所涉及的问题以及这些问题的处理，却与故事学各部分理论相关，工作中反映出来的故事分布、流传、演变情况，更是故事学研究最为关心的问题。"

1980年4月起，各省区达斡尔族居住地区先后成立了达斡尔族学会，或创办不定期刊物或编印文集或资料集，并召开过多次研讨会、联谊会、文艺演出，开展了有关民间文艺的活动，使达斡尔族的民间文艺展现在国内外的舞台上，大大提高了达斡尔族人民的自豪感、自信心。这些活动为推动各地达斡尔族之间的文化交流、发展民族文化事业做出了很大的贡献。

在民间文学的研究方面，发表过许多有见解的论文，如杨毓镶的《云南契丹青牛白马图》、吴之帆的《试论达斡尔族民歌》、毕力扬·土清的《达斡尔族"乌钦"形态探析》、奥登挂的《我所知道的达斡尔族舞蹈》等，学者的研究都从不同角度广泛、深入地论述和研究了达斡尔族民间文学。1997年，赛音塔娜、托娅著《达斡尔族文学史略》由内蒙古大学出版社出版。齐齐哈尔地区出版了《达斡尔族研究论文选》；2012年由杨士清、何文钧、鄂忠群编辑的《达斡尔族乌钦说唱》，由黑龙江人民出版社出版；2010年何文钧、杨优臣主编的《嫩水达斡尔文集》（续集）由齐齐哈尔市学会，黑龙江达斡尔族学会，内部印刷。2010年何文钧、杨优臣主编《嫩水达斡尔文集》（第三集）由齐齐哈尔市学会、黑龙江达斡尔族学会内部印刷。何文钧、杨优臣主编的《嫩水达斡尔文集》（第四集），2011年内部印刷。莫力达瓦达斡尔族自治旗达斡尔族学会《达斡尔资料集》编辑委员会、全国少数民族古籍整理研究室编辑的《达斡尔资料集》（1—11）中，除了有关达斡尔族各方面研究的资料外，也收入了民间文学方面的著作及相关资料，为后人的研究做了基础工作。内蒙古达斡尔族学会出版的《达斡尔族研究》至今已有11辑，其中收入了有关达斡尔族民间文学研究的多篇论文。

在近些年的研究中，达斡尔族及其他民族的学者、大学毕业的硕士、博士研究生也撰写了不少相关论文，都开始注意研究达斡尔族民间文学。如论文有《"从口传到书面"达斡尔族文人敖拉·昌兴的创作》（吴刚博士后论文）、《变迁和坚守——达斡尔族传统音乐文化研究》（张天彤博士论文）、《达斡尔族乌春体裁定位》（鄂燕硕士论文）、《达斡尔族民间故事中的信仰》（郭媛媛硕士论文）、《达斡尔族民间幻想故事研究》（吴岩硕士论文）等，都是这方面的佼佼者。相关的硕士论文很多。这些著作、论文都令人感到欣慰，看到了达斡尔族民间口头文学的研究后继有人。但是，关于民间文学的基础理论方面，如对达斡尔族民间文学概论、神话、史诗、民歌、乌春等体裁的研究，仍需深入。

五 21世纪兴起非物质文化遗产保护工作

非物质文化遗产（以下简称"非遗"）成为民间文学研究新的历史境遇与理论推手。至今已十余年，民间文化（文学）资源的底层、边缘性已被改变，它开始成为国家话语的文化资源。民间文学开始进入学术领域，它的文化价值成为政府和学者讨论的关键。

2003年10月17日，联合国教科文组织第32届大会通过了《保护非物质文化遗产公约》，同年中国政府开始启动"中国民间文化保护工程"。2005年3月国务院办公厅公布《关于加强我国非物质文化遗产保护工作的意见》及《国务院关于加强文化遗产保护的通知》，确立了"保护为主、抢救第一、合理利用、传承发展"的工作方针。2006年以来相继成立了"中国非物质文化遗产保护中心""国家文化遗产保护领导小组""国家非物质文化遗产保护工作专家委员会",专门负责非物质文化遗产保护工作。文化部增设非遗司,各地政府也将非物质文化遗产保护工作纳入本级国民经济和社会发展规划。2011年2月25日,第十一届全国人民代表大会常务委员会第十九次会议通过了《中华人民共和国非物质文化遗产法》等。由此看出,我国的非物质文化遗产的保护工作正在健康发展。

随着国家非物质文化遗产保护工作的开展,达斡尔族地区各级政府部门也启动了该项工作。达斡尔族目前聚居的内蒙古、黑龙江和新疆三省区被列入三省区非物质文化名录的达斡尔族非物质文化情况如下:

内蒙古自治区自2007年6月15日以来公布第一批非物质文化遗产名录开始,截至2017年12月,已公布六批共637项(含五批扩展项149项),其中达斡尔族被收入省区非物质文化遗产的有25项,占自治区全部名录的3.92%。

黑龙江省人民政府自2007年3月27日公布第一批非物质文化遗产名录开始,截至2016年1月已公布五批名录290项,扩展项名录共28项,合计318项,其中达斡尔族被收入省级非物质文化遗产名录共10项。

新疆维吾尔自治区人民政府自2007年3月27日开始公布第一批非物质文化遗产名录,总计78项。其中有关达斡尔族民间文学的有10项。

我们注意的是达斡尔族非物质文化遗产传承人的问题,大致情况如下:

国家级传承人。自2007年6月5日至2018年5月16日,国家先后公布了五批国家级非物质文化遗产传承人名单,其中达斡尔族7名,有色热、那音太、陶贵水、莫金忠、图木热、哈森、莫景海。色热、那音太、图木热相继去世,现在只有3人。

省级传承人,自2008年至2019年,已公布六批内蒙古自治区非物质文化遗产传承人代表名单967人,其中达斡尔族省级传承人共49人(其中双兼1人),其中与民间文学有关的16人。黑龙江省级传承人,从2007年5月到2009年6月,已公布三批省级传承人共187人,其中有达斡尔族传承人17人,与民间文学有关的5人。新疆省级达斡尔族传承人

3 名，与民间文学有关的 1 人。①

总之，2006—2017 年，国家陆续公布了六批国家级非物质文化遗产名录，达斡尔族有 12 类 35 项，代表性传承人 11 类 74 人（含国家级 7 人），这既是一项历史性突破，也是非遗保护的重要成果。在此处所说的民间文学包括相关的项目鲁热格勒、乌春（乌钦）、歌谣、民间故事、民间传说、神话等。从以上的介绍可以看出，达斡尔族三个居住地的省区基本履行了国务院的要求，"抢救第一、保护为主、传承发展、合理利用"②的方针，取得了一定的成绩。

自从开展非遗保护工作以来，不论是莫力达瓦达斡尔族自治旗还是齐齐哈尔地区梅里斯达斡尔区文化馆，都采取了各种措施加强保护传承人工作。建立健全了保护传承人的体系；积极给民间艺人创造展示、传承技艺的平台；以农村、社区、学校为载体，积极组建非物质文化遗产传承队伍，深入开展达斡尔族民间文化活动。随着国家保护非遗工作的启动，达斡尔族民间文学的保护工作也越加受到各级政府的重视。出于对非遗的保护，在此期间有些学者进一步做了搜集、调查工作。吴刚于 2010 年 8 月 17 日到呼伦贝尔市鄂温克族自治旗巴彦托海镇那音太家中进行了采访，那音太为他唱了整套的《绍郎和岱夫》，他又参考了刊载于 1981 年《黑龙江民间文学》丛书第三集中的那音太的版本，根据录音、翻译整理为《达斡尔族英雄叙事》一书出版。其中也有其他作品。2014 年吴刚的《汉族题材少数民族叙事诗译注》由民族出版社出版。更令人惊喜的是，2012 年民族出版社还出版了张志刚的《达斡尔族乌钦叙事诗经典英译〈绍郎和岱夫〉》（英文版）。白杉曾于 20 世纪 80 年代收集的十部达斡尔族叙事长歌出版。苏勇《内蒙古三少民族故事·达斡尔卷》由内蒙古远方出版社于 2013 年出版，杨士清先生主编的《中国民间歌曲集成黑龙江卷·内蒙古卷·新疆卷》于 2006 年出版。还有《色热乌钦集》（黑龙江美术出版社，2008 年）、莫德尔图《战罗刹与奇三告状》（香港天马出版有限公司，2013 年）等。

---

① 参见沃泽明《中国达斡尔族非物质文化遗产的保护形势及对策》，收入于学斌主编《达斡尔族文化及其传承问题研究》，黑龙江美术出版社 2020 年版，第 191 页。

② 国务院办公厅：《关于加强我国非物质文化遗产保护工作的意见》，新华社北京 4 月 26 日电。

第六节　达斡尔族民间文学的基本特征

一　民间文学的人民性

民间文学既具有文学的一般特征，又具有自身的特征。就是说，它具有与作家文学不同的个性。

从民间文学的内容上来看，直接人民性是其最显著的特征。所谓直接人民性，就是指文学与广大劳动人民血肉般的直接联系，广大劳动人民的生活和斗争在文学上的直接反映，也是其思想、感情意志和愿望在文学上的直接表现。民间文学是人民自己创作的文学，它表达人民的心声非常的率真，因而它与作家文学有鲜明的区别。正如拉法格所说，民间文学"是人民灵魂的忠实、率真和自发的表现形式；是人民的知己的朋友，人民向它倾吐悲欢苦乐的情怀；也是人民的科学、宗教和天文知识的备忘录"①。

达斡尔族民间文学的人民性表现在以下几个方面：

第一，达斡尔族民间文学的人民性，表现在作品真实地反映社会现实，表现劳动人民反抗统治阶级压迫，揭露统治阶级罪行，歌颂劳动人民敢于斗争和善于斗争的精神。民间流传的许多作品真实地反映了人民的悲苦处境。在阶级社会里，人民始终处于被压迫被剥削的地位，有许多作品反映了中国封建社会的尖锐矛盾，他们不得不用自己的口头文学向统治阶级展开斗争，如奴隶和富人、长工和地主、农民和官府之间的斗争；又如，乌春《绍郎和岱夫》就表现了人民对封建统治者、奸商的不满和反抗，直接抨击了当时的统治者。劳动人民面对强大的敌人，毫无畏惧，运用智慧和聪明才智与敌人斗争，因而塑造了许多这样敢于斗争的人物，如达斡尔族的机智人物德布库这个人物就深受人民的喜爱。这类作品通过美与丑、善与恶的强烈对比淋漓尽致地刻画出了敌人残暴、阴险、毒辣的丑恶嘴脸，赞颂了人民勇敢机智的斗争精神，是直接人民性的最突出的

---

① [法] 拉法格：《关于婚姻的民间歌谣和礼俗》，《文论集》，人民文学出版社 1979 年版，第 8—9 页。

表现。

第二，劳动人民对美好生活理想的追求和对幸福生活的向往的作品，也是人民性的表现。

随着社会的发展，产生了阶级对立，由于体力劳动和脑力劳动的分工，文学不再像原始社会那样，完全是口头的和全民的了。现实生活严峻而又残酷，劳动者的权益得不到保障。但是人民追求自由、幸福的理想和愿望是不可遏制的。为了表达这些愿望，人们总要按自己的要求用幻想的方式改变生活本来的面貌，使自己的心愿得以实现，如故事中常有奇异动物报恩、仙女下凡、神仙精灵帮助小伙子来实现愿望；又如蛇郎、田螺、青蛙都可以变成他们美丽的妻子帮助穷人战胜国王、恶魔、富人、地主等。劳动人民对美好生活的幻想，并不是凭空的，主人公获得幸福并非唾手可得的，而是要通过克服重重的困难才可以获得。这实际是在歌颂人们正直、善良、勇敢斗争的乐观精神。这种对美好生活的向往和追求，是他们在残酷和痛苦现实中蕴藏的精神力量，是鼓舞他们不断抗争、不断前进的有力武器。

第三，达斡尔族民间文学的人民性，主要表现在人物形象的塑造和民族性格的刻画以及艺术表现手法等方面。

民族性格是在长期历史发展过程中形成的，它是达斡尔族的物质生产方式和生活方式的必然产物。民族性格主要指民族心理与气质，往往代表一个民族性格上的共性，所以具有普遍性。比如，达斡尔族故事中的英雄人物向来以勇武彪悍著称，民间文学的主题和风格是歌颂勇敢和坚强，赞美正义的反抗斗争。

达斡尔族人民的民间文学中把自己的民族性格熔铸于作品中的人物身上，如史诗中的阿拉坦噶勒布勒特、绰凯莫日根；传说中的奇三和孟库胡图林嘎等。在这些人物身上可以清楚地看到达斡尔人民勇敢、雄健、豪迈、尚武的性格特征和思想品质。

达斡尔族民间文学的民族性特征还表现在历代文学作品的形式方面。首先是民族语言，其次是体裁、表现手法等。达斡尔语属于阿尔泰语系蒙古语族，属于粘着语。达斡尔语分阴性、阳性，元音分长短元音，音节分重音和轻音。词汇中游牧、渔猎、采集文化的词语比较丰富。所有这些因素使达斡尔族的民间文学具有了独特的民族风格。特别是受语音语法的影响,达斡尔族的诗歌,在发展中形成以押头韵为主的音韵、以轻重音节为基本节奏的音韵格律。

总之,民间文学的人民性"在汪洋无际、波涛汹涌的民间文学的内容的大海里,有着吸引人心的现实世界和精神世界。它蕴藏和放射着人民的英雄主义、爱国主义、乐观主义、人道主义和献身精神等崇高思想和珍贵美德。民间文学不仅表现了千万人民的痛苦和希望,也表现了他们永不磨灭的典范人格和崇高品质。这种精神财富,将永远成为我们各民族成员的思想、品格修养的不竭灵泉"[1]。

二 民间文学的集体性

民间文学作品,大体上可以说是集体的创作,而专业作家是书面创作,大都是个人的产物。所谓集体的创作,是说在作品内容的思想、感情和想象,在形式和艺术表现以及作品的所有权等方面比起专业作家的作品来都存在着特有的集体性问题。但这种集体性的重要表现,更是在于创作和流传过程中。有些作品一开始就是集体参与的,但是更多的,也更经常的,却是在它已经成为"初坯"之后,在不断的传唱或讲述过程中,受到无数的唱述者的加工、琢磨,不但渗入那些唱述者的思想感情、想象和艺术才能,也包括那些听众所反映的意见和情绪在内。这一点和那些主要属于个人的一般专业作家的作品,是很不同的。所以民间文学作品一般是无法署名的。民间文学作品中,有一部分(可能还是相当优秀的部分)是群众中具有特殊优秀才能和丰富经验的歌唱者、说故事者的创作和加工的结果。它具有一定的个性。但是,由于生活经历和文艺教养大体相同或相近的关系,其个性是能够与广大群众的集体性融合在一起,集体性是民间文学的又一特征。民间文学的集体性主要表现在以下两个方面。

第一,民间文学作品是集体创作的结晶。群众往往在一定的具体场合,由于生活和斗争情景的激发,为了满足生活中的某些需要,便不分你我地进行了自发的口头文学创作。比如,为了鼓舞战斗精神,鼓舞劳动情绪,为了减轻劳动负担和调节集体劳动的动作,为了庆祝节日或表现对事

---

[1] 《中国大百科全书·中国文学Ⅰ》,中国大百科全书出版社 1986 年版,第 546 页。

物的共同看法时，常常你一句我一句地唱起来说出来，有的便是分工创作，像有的人编出故事，另一人编成唱词，再一个人编出曲调，就构成了民间小曲和民间说唱之类的作品了。这种集体创作的方式是比较原始的、简单的，往往也是不自觉的。这种方式从很早以前就已经为群众所掌握。直到现在仍然是广大劳动人民普遍使用的创作方式。另有一种则是采取集体分工的方式，有的人先编出了故事梗概，另有别人添枝加叶，还有的把它改编成韵文体的唱词，这样就构成了民间故事、传说、歌谣等作品。还有另一种是群众中的某个人或把前人的口头艺术继承下来加以发展，或把群众中片段素材或把许多口头作品集中起来加以综合、概括，形成完整的口头艺术品。像民间说书艺人的作品就是如此。

第二，民间文学的集体性，尤其表现在集体流传上。优秀的民间文学作品真实地表达了人民的心声，它就会得到人们的喜欢，因此能代代相传，从一个地方传到另一个地方，在人民中广泛地普遍地流传。像达斡尔族的许多神话、传说、故事、民谣等，如《萨吉哈尔迪汗》、《奇三和孟库胡图荣嘎的传说》、鲁日格勒舞蹈中的舞词等优秀作品，都是经过了人民长期积累起来的传统艺术经验和高度的熟练的艺术技巧加工与润色，达到了深刻的思想性和高度的艺术性的结合。有一些作家采用民间文学的手法创作的作品，如当代作家色热、莫德尔图等人的创作，明显地带有个人的标记，没有在群众中广泛流传，则属于作家个人的创作，而不应该划入民间文学的范畴。民间文学的集体性不排斥个人的创作因素，但必须能在群众中流传，为群众所承认，并成为群众的共同财富。

三 民间文学的口头性

口头性是民间文学显著的特点之一。在文艺学中常常把区别于作家书面文学的民间创作称作"人民口头创作"或"口传文学"，就是因为它有口头性特点。凡是在民间通过口头创作并传播的作品，都具有这个特征。"在这里首要搞清楚的是口头性并不是民间文学独有的特征。因为，在非劳动人民中间，甚至在剥削阶级中间，也都有自己的'口头创作'，它们也都有口头性。在研究人民的口头文学时，应该特别注意，不要仅仅凭口头性这个特征的某些表现，便把那些非人民的甚至反人民的'作品'

误认作民间文学。"① 当然这里是把口头性与作品的内容和集体性结合起来考虑问题。

民间文学的口头性特征，包括口头创作和口头流传两方面，而且还要保存在群众的口头上。

在阶级社会里，劳动人民不识字，不能进行书面创作，只能通过口头创作来表达自己的感情、愿望。这种创作形式有很多优点。具体表现在以下四个方面。

第一，由于口头创作，在民间产生大量的即兴作品，这些作品中，主要是民间歌谣中的起兴句或比兴句的产生就是受口头性特征的直接影响，口头性给起兴或比兴的表现创造了非常方便的条件。劳动群众在生活中触景生情后，立即能够通过口头语言表现这种场景，传达这种情感。例如，达斡尔族常用山川、草木、花卉、鸟兽、动物、自然物来起兴。如"大葱的辣""对对鲜花""双蝴蝶"等作为起兴句。

第二，由于口头的创作、传播，在口头作品中逐渐形成了许多较为固定的格调或套语。固定的格调与上述起兴句有关，有些受群众所喜爱，经常使用，经过口口相传就逐渐地稳定下来了，成为民间诗歌创作经常使用的形式。例如，达斡尔族民间歌谣中有不少套用"四季歌""十二月"等曲调的。在叙事作品中口头性直接影响讲述故事的用语。最常用到的有"从前有这么一家子……""古时候，有一个……"等。这种民间口头创作中的套语讲的人用起来方便，有吸引力，听起来也习惯，容易进入故事。它们的存在标志了口头性特征的存在。

第三，口头性影响了口头作品的表现手法，尤其是重复的表现法。民间创作根据讲述或演唱的需要，为了加深听众的理解，常常用重复法。例如，民间故事中常把一个作品中的同样或相似的段落中重复两遍或三遍、多遍，构成一个完整的故事，故事中"两兄弟""姐妹俩"等故事体例都是如此。在歌谣中这种重复表现在句式或相同词句的反复使用上。以四句民歌为例，就有在单句中的重复或相同词句的反复使用上。

第四，口头性的影响还明显地表现在具有节奏的衬词上。尤其在民间歌谣中具有突出的特色。这些衬词往往具有自然的韵律、有辅助性作用。

---

① 钟敬文主编：《民间文学概论》，上海文艺出版社 1980 年版，第 32 页。

达斡尔族的《鲁日格勒》的衬词竟有 30 多种，如扎黑扎、扎呼扎、罕拜、阿罕拜、达嘿、达嘿达、达呼、达呼达、德嘿、德嘿德、德呼日德等。鲁日格勒的代表作品有呼号词较多，呼号的形式变化较大。这些衬词虽然有音无意，但对表现作品的内容、情感都有积极的意义。

四 民间文学的变异性

民间文学作品由于采用集体的、口头的创作和传播方式，便直接决定了它本身总是处于不断变化的状态之中。民间文学作品这种自然而然变动的特点，是和作家书面文学的稳定性相区别的重要标志。这种特征便叫作变异性，通俗地说，即民间文学作品不断变化的特征，它是民间文学最具有积极意义的特征。

作家书面文学作品本身有固定不变的原文，即使有时做些修改、校订，也是有限的，修改后又呈现了稳定状态。不同版本虽有异同，但仍分别有自己的固定原文。相反，民间文学的绝大部分作品，几乎经常有不可避免的变动。这种变动不是个别的，而是大量的；也不是偶然的，而是必然的。在达斡尔族的民间文学作品中，很多作品由于主题变化，变成许多大同小异的作品，形成若干异文，这些大都是常见的民间艺人对自己作品的改动。这种情况在散文故事传说中较明显，在韵文作品中不太明显。[①]

民间文学的变异性表现在作品的语词、内容、情节、主题、体裁等方面。

首先，语词的变化是口头创作不可避免的现象。故事的讲述语言随着故事讲述的次数永远不断地变化着，可以说在语言上完全一样的故事几乎是没有的。歌谣也是一样。同样的作品流传到不同的地区，肯定会染上各地的方言特色，逐渐地根据地方特点与生活需要进一步改动其中的一些词语，这样就变成了新的作品。也有的民歌主要是歌词的变异，有的民歌在结构、情节方面也会发生变异。如《农夫打兔》在新疆和莫力达瓦旗的流行情况，莫力达瓦旗的《农夫打兔》：

---

① 参见钟敬文主编《民间文学概论》，上海文艺出版社 1980 年版，第 37 页。

老婆老婆听我说啊,努嘎哟德木德,
快快起来做饭,努嘎哟德木德。

今天咱们要出门哪,努嘎哟德木德,
去到地里搂柴禾,努嘎哟德木德。

老婆老婆听我说啊,努嘎哟德木德,
今天正是腊八,努嘎哟德木德。

你要给我做一顿哪,努嘎哟德木德,
香喷喷的"腊八饭",努嘎哟德木德。

心爱的人儿做的饭,努嘎哟德木德,
吃起来真可口,努嘎哟德木德。

做的好啊做的香,努嘎哟德木德,
一顿就吃了五大碗,努嘎哟德木德。

再看新疆地区的同一首歌:

在寒冷的腊月天,努嘎哟德木德,
达斡尔人要吃腊八饭,努嘎哟德木德。

今天我到嫂子家,努嘎哟德木德,
要吃她做的腊八饭,努嘎哟德木德。

嫂子做的腊八饭,努嘎哟德木德,
稀稠均匀味道鲜,努嘎哟德木德。

我上了炕头盘腿坐,努嘎哟德木德,
端起碗吃腊八饭,努嘎哟德木德。

>　　腊八饭用谷子做，努嘎哟德木德，
>　　饭里还把大米掺，努嘎哟德木德。

　　同一首歌在两个地方流传，久而久之便发生了变异。虽然在内容和曲调上大致一样，都是唱的吃腊八粥，但是，歌词的内容、情节都发生了变化。这是由于民族的迁徙造成的。值得注意的是，新疆地区的达斡尔人脱离传统的居住地，虽经历260多年，仍能把来自老家的歌保留下来，说明达斡尔族的民歌是具有强大生命力的，然而，由于环境的变化，发生变异也是可以理解的。可以看出两首歌的词语、情节有了变化。

　　民间文学在流传中产生变异性，固然与口头性、集体性密切相关，但有它本身内在和外在的因素，主要原因有两个：

　　第一，由于民间文学作品是在口头创作、口头传播的，这是产生变异的内在原因。在流传过程中，往往根据当时讲述者和听者的需要，不自觉地对作品进行增删或加工，甚至再加工，这就使作品发生变异。一般来说歌谣之类的作品篇幅较短小，情节简单，故容易记忆，变异小一些。散文体的作品篇幅较长，情节复杂，流传过程中讲述者根据现实的条件，或多或少增加或删除一些情节，或者忘掉一些语句，使原来的作品发生了变异。民间文学的变异性是在集体性和口头性基础上发生的，从中看得出民间文学作品的变异性，是它自身发展的规律。

　　第二，民间文学变异的外部因素。由于历史条件、地域和民族的不同，也是造成民间文学作品变异的根源之一。

　　民间文学作品在传播中之所以有生命力，就是由于它们适应当时当地生活条件、生活环境、风俗习惯以及人民群众的艺术趣味而产生的结果。达斡尔族生活与兄弟民族相邻而居，各民族之间的交流和影响，必然会使同一个主题、情节的作品，因为不同民族、不同的环境带上地域特色。如《梁山伯与祝英台》的传说，流传到达斡尔族地区称为《相思的鸿雁》，大家闺秀变成了一位达斡尔族普通人家的姑娘，两个人学习的地方不是什么书院，而是在一个山洞里，由白发老人给教书。梁祝中的十八里相送，在达斡尔族故事中都是与狩猎相关的事物作暗示。使作品带上狩猎文化的色彩，达斡尔族化的梁祝故事才能受到达斡尔族人民的喜爱。这个例子说明同样一个作品，由于生活环境不同、经济条件不同，适应当地的条件发生了变异。

总之，民间文学作品受到种种因素的影响，产生了各种变化的现象，变化的结果有积极和消极的两方面。总的来看积极的方面是主要的。民间文学作品在创作过程中，经过了民间作家的千锤百炼，在思想上更加深刻，艺术上更加精纯，其中有的作品达到了完美的程度。这样使它们的人民性、现实主义的精神发扬光大，显示出它们巨大的社会作用。另外，也可能会有一些损害或遗忘或误传的情况，但是这种情况还是比较轻微的，不会破坏民间文学的艺术本色。

民间文学的四个特征是一个有机的整体。四者互相联系、互相制约，共同反映着民间文学的本质。其中集体性表现劳动人民的集体意识和审美情趣。由于它的存在保证了民间文学作品在集体加工锤炼中更加具有了生命力。但是，集体性又是与口头性互为条件的，没有口头性的即兴创作和流传，就不能形成集体的创作。集体性、口头性是民间文学创作和流传的重要特征。

由集体性和口头性特征派生出了变异性、传承性特征。因为集体创作、口头流传作品必然会产生变异。没有变异就没有民间文学的加工和完善。但是，民间文学的变异也不是随心所欲的乱改，是有规律可循的，按照民间艺术的传统演变，在传统中变异，在变异中传承，由此民间文学从古延续至今，生机盎然。

第二章 达斡尔族的神话

第一节 达斡尔族神话的概念解说

"神话"一词源于古希腊,意思是原始时代关于神或受神支配的自然事物的故事。

在汉语中"神话"一词出现较晚,因为古代多以"志怪"一词概括那些神仙鬼怪的奇异故事,但是对"神"的解释虽有,但只是将其理解为无法把握、神秘莫测、神通广大、变化无边的意思。

神话讲述的是关于神的故事,它是人类最古老的口头创作之一。在民间文学诸多体裁中,它是最原始的散文样式,但它不是单纯的文学和文学样式。它是人类童年时期的无意识的集体信仰的产物,是原始社会人群在现实生活中心理活动及行动指向的复杂结晶。当人类产生灵魂观念和语言能力也达到一定水平时,人们才能叙说神话。原始的巫师作为部落头人和祭师,便是神话的最早的创作者。这些神话在我们看来似乎天真幼稚,但是对于他们来说是"真实的",神话是原始氏族社会知识的宝藏。

19世纪以来,许许多多的学者试图从历史学、哲学、宗教学、人类学、心理学、文学等各方面来探讨神话的本质,一些西方理论家从不同的角度出发,提出了不同的解释,对我们有一定的借鉴意义。下面简单介绍几个影响较大的神话学派。

历史学派:代表人物是希腊历史学家修昔底德(公元前460—400)、英国社会学家斯宾塞(1820—1903)等。他们对早期神话的研究很有影响。其主要观点是神话即历史,所有的神都是远古时代的历史人物,所以,每一个神话其实都有历史事实作为依据。只是这些历史事件在传承过程中加入了一些荒唐新奇的想象,所以不自觉间演变成了神话故事。

语言学派：德国语言学家麦克斯·缪勒（1823—1900），在《比较神话学》中提出神话是语言的疾病所造成的。具体来说，最初的人们没有抽象名词和集合名词，所以往往用具体的名称来代替那些抽象的形容词和集合名词，其实后来读到的一些具体形象，并不是真正有这样一种形象（神），而只是对抽象名词的误读。例如，"在我们的谈话里是东方破晓，朝阳升起，而古代的诗人却只能这样想这样说：太阳爱着黎明，拥抱着黎明。在我们看来是日落，而在古人看来却是太阳老了、衰竭或死了。在我们眼前太阳升起是一种现象，但在他们眼里却是黑夜生了一个光辉明亮的孩子……"。

人类学派：以英国文化人类学家爱德华·泰勒（1823—1917）、弗雷泽（1854—1912）为代表。他们以文化人类学的观点来研究神话，认为神话保存了原始的野蛮人的古老习俗、思想、观念、信仰、哲学、历史的遗迹，称为"沉淀物""遗留物"或"遗形"。指出原始人面对死亡、疾病、梦境和种种自然现象，产生出"万物有灵"的观念是非常自然的现象。神话起源于图腾崇拜和万物有灵论。弗雷泽的《金枝》形象地表达了这一观点。

功能学派：英籍波兰学者布卡·马利诺斯基（1884—1942），在《原始心理学》一书中认为神话是社会生活的有机组成部分。神话和宗教、巫术仪式有着密切联系。神话是某个社会集团进行这种和那种神秘仪式的权利的一项"证明"。他认为神话的功能是对社会习俗和文化传统的说明和辩护，以巩固他们在社会生活中的地位。

结构主义学派：德国学者列维·斯特劳斯（1908—2009），他认为神话有两个基本部分：神话故事和神话结构。神话是可见的，但在它们的后面，还有一个看不见的"神话结构"。在《结构人类学——巫术·宗教·艺术·神话》的第三章中，他对古希腊著名的俄狄浦斯神话的内在结构做了演示性分析，这是一个运用结构主义方法分析神话的典型案例。他将俄狄浦斯神话看成一个非线型系列。那些故事元素（他称为"神话元素"）被分成四栏，最后得出彼此的关系和意义，如第一栏表达了血缘关系估计过高；第二栏则对血缘关系估计过低；第三栏与杀死怪物有关，表达了人由土地而生的一种否定；第四栏则表达了人由土地而生的这一看法。可以说神话的本质在他看来，与其是那些呈现的情节叙述，不如说是故事的深层结构所体现出来的种种关系。

神创学派：这一派的观点主要来自欧洲的神学家，因为基督教在古代欧洲处于绝对神圣地位，一些神学家自然而然地用宗教的观点来认识神话。他们认为神话来源于神的启示，或者干脆是来源于上帝（耶和华）的启示，上帝要把宗教信仰传授给一个民族，但当时的人们不能完全理解那些信仰观念，于是融入想象、夸张、变形，将原本是信仰的观念演绎为神话。在他们的观念中，希伯来是神话发生的中心，而世界各地的神话都是从《旧约全书》中派生出来的。

这些学派的观点，不同程度上触及了神话的一些特点和表象，但却未能对神话做出精辟的概括。只有马克思、恩格斯关于神话的论述才为我们正确理解神话的本质提供了有力的理论指导。

马克思在《〈政治经济学批判〉导言》中指出："神话是已经通过人民的幻想用一种不自觉的艺术方式加工过的自然和社会形式本身。"[①]这句话虽是针对希腊神话讲的，但它却具有普遍的意义。我们可以从三个方面理解：第一，神话是原始人在头脑中被幻想、被艺术加工的全部，既包括自然界，也包括他们自己的生命与身体，以及自己与自然的关系等。第二，神话反映的不是原来事物的面目，而是通过幻想的形式，用一种形象化、具体化、个性化的叙述，而不是抽象的说理和解释，可以说文学性是神话本质的具体表现。第三，神话的本质还在于它形成的基础，即原始人的宗教信仰和巫术仪式，万物有灵和图腾崇拜的观念及行为是幻想的起点。建立在这种信仰基础上的思维方式与现代人是不一样的，我们把它称作"原始思维"（列维·布留尔），也可以称作"神话思维"（恩斯特·卡西尔），万物有灵和图腾崇拜行为，这一切使神话故事所创造的神话的幻想，是后世文学无法替代的，这也是神话的魅力所在。

中华人民共和国成立后，神话学也曾经历过发展的低潮。但在改革开放以后，特别是近几十年来，神话基础理论研究、少数民族神话调查和整理、考古研究的发现，以及原始宗教与神话、巫术与神话之间的关系，凡此种种的研究，推动了神话学理论进入了一个全新的发展阶段。

关于神话的产生，马克思在《摩尔根〈古代社会〉一书摘要》中明

---

① 《马克思恩格斯选集》第 2 卷，人民出版社 1972 年版，第 113 页。

确指出:"在野蛮期的低级阶段,人类的高级属性开始发展起来……在宗教领域中发生了自然崇拜和关于人格化的神灵以及关于大主宰的模糊概念;原始诗歌的创作、共同住宅和玉蜀黍面包——这些都是属于这个时期的。他也产生了对偶家庭和组成胞族与氏族的部落所结成的联盟。想象,这一作用于人类发展如此之大的功能,开始于此时产生神话、传奇和传说等未记载的文字,而业已给人类以强有力的影响。"[1] 由此可以得到启发,神话繁荣期是在氏族公社末期到奴隶社会的初期,而神话的起源则大约可以上溯到旧石器时代。这段关于神话产生的论述,值得注意的有两点:首先,神话产生的前提。神话的产生是因为原始社会中,由于生产力低下,人类在与自然的斗争中经常处于被动状态,各种自然现象不断地危害到人类。人类为了自身的存在,在与自然斗争中高级属性开始发展起来了,有了人类自己的人格、尊严,并且有了语言,这些是神话产生的前提。其次,原始思维是神话产生的心理基础。通过劳动,人类的智慧开始发展起来,宗教、感情、自然崇拜、图腾崇拜、神灵崇拜等开始形成,并用这些观念去认识自然、解释自然。于是"他们用人格化的方法来同化自然力,正是这种人格化的欲望到处创造许多神"[2]。这些神寄托了原始人类征服自然和战胜自然的愿望。这种带有浓厚主观意向性的形象,就是一种"集体表象","这些集体表象在该集体中世代相传,它们在集体中的每一个成员身上留下深刻的烙印,同时,根据不同的情况,引起集体中每个成员对有关客体产生尊敬、恐惧、崇拜等感情"[3]。这就是神话产生的心理基础。

对于神话的产生、发展、消亡及其与宗教的关系,杨堃先生在"关于神话与民族学的几个问题"一文中指出:"任何民族,只要有宗教存在,就有神话存在,神话是宗教的一个组成部分,原始宗教有四个要素:神话、礼仪、巫术、圣物与圣地,阶级社会与宗教亦可归纳为四个因素:神话(《圣经》中的神话)、礼仪(祭祀典礼)、宗教人员及信徒、庙宇和寺院[4]。并认为"任何时候,神话都是宗教的组成部分,只要宗教存在

---

[1] 马克思:《摩尔根〈古代社会〉一书摘要》,人民出版社1965年版,第54—55页。
[2] 《马克思恩格斯全集》第20卷,人民出版社1965年版,第672页。
[3] [法]列维·布留尔:《原始思维》,丁由译,商务印书馆1981年版,第5页。
[4] 钟敬文主编:《民间文艺学文丛》,北京师范大学出版社1982年版,第12页。

一天，神话就存在一天，阶级和宗教消亡的日子，就是神话消亡的日子。"① 他认为马克思关于神话的定义是从文艺的角度来下的，仅适合于原始社会的神话。认为人类童年时期（原始群时期）不可能产生神话，神话最早仅能产生于五万年至一万年以前，即旧石器时代晚期，亦即晚期智人时代。他以考古资料证明：原始宗教与原始艺术全产生于这个时期。由此出发，杨堃还对神话的发展、演变及消亡作了分析。他认为："新石器晚期或石铜并用时期应是原始神话的发展期，这时的生产力发展了，生产关系发生了重大变化，母权制向父权制过渡。反映在社会意识形态里，对当时神话的发展起了很大作用。原始社会向阶级社会的过渡期是原始神话的衰亡期，它开始向传说与史诗过渡。到阶级社会后，原始神话并未消失，一部分记于统治阶级的圣经之内，一部分流传于民间，成为民间宗教的组成部分。"② 杨堃不同意民间文学界那种认为"宗教是消极的，神话则是劳动人民的、积极向上的、具有很高艺术价值的看法"③。

中国的神话分为两部分，第一部分是汉族的神话，早在先秦时期就开始辑录成册，以文字记载的形式得以流传，一般认为《山海经》《楚辞》《淮南子》等经典中收录了比较集中的神话资料或神话线索；第二部分是少数民族的神话，在我国东南西北居住的各少数民族，都有非常丰富的神话，通常以故事、史诗的形式得以流传。萨满教是北方少数民族神话传承的重要载体，甚至可以说离开了萨满教我们很难对北方民族的神话进行全面透彻的研究。达斡尔族的神话也不例外。尤其是现在达斡尔族的萨满教出现了复兴情况，通过调查还可以得到"活态神话"供我们研究。

萨满教与神话的密切关系，富育光先生曾说："萨满教和萨满教神话，是同时萌生于原始社会母系氏族社会的初期，是当时原始人类心灵中的两朵并蒂莲花。原始宗教意识靠着原始的神话观念，予以润泽、培

---

① 杨堃：《关于神话与民族学的几个问题》，载于钟敬文主编《民间文艺学文丛》，北京师范大学出版社1982年版，第13页。

② 杨堃：《关于神话与民族学的几个问题》，载于钟敬文主编《民间文艺学文丛》，北京师范大学出版社1982年版，第13页。

③ 杨堃：《关于神话与民族学的几个问题》，载于钟敬文主编《民间文艺学文丛》，北京师范大学出版社1982年版，第14页。

育，而原始的神话观念反复宣扬与传播，便更加深了对原始宗教信仰的膜拜。由原始唯灵观念的依赖进而便由一般的宗教萌芽意识逐渐发展为明晰的自然崇拜、滋生出灵魂与灵魂信仰，便逐渐创设了氏族宗教祠堂神位。所以说神话与宗教犹如一对姊妹花。"[1]达斡尔族原始先民崇奉萨满教，萨满教作为一种原始宗教，它的认识论根源是万物有灵论，即认为宇宙万物都与自己一样，有生命、有感情、有灵魂，而宇宙、人间祸福均由神灵主宰，萨满则是沟通神灵与人类之间的使者，他能在神灵世界遨游，能把死者的灵魂从阴间找回，使死者死而复生，所以人们都笃信萨满。正是基于万物有灵论和灵魂不死的观点，达斡尔族的先民凭借自己的想象，通过不自觉的艺术加工，编创了许多奇异的萨满教神话。萨满教是达斡尔族神话的载体。

达斡尔族神话分为：自然神话、开辟神话、起源神话、萨满神话等。

第二节 达斡尔族自然神话

所谓"自然神话"，就是把宇宙万物作为叙述中心，讲述宇宙的起源、自然物的来源、自然现象产生这一类的神话。各种创世、创造自然的天神和自然神是故事的主人公，表达了古人对自然的认识和体验。造人神话尽管与人有关，但内容的核心是围绕着自然界展开的，造人只是其创世、创万物的一种延伸。达斡尔族的创世、造人的神话都是典型的自然神话，表达了人类运用幻想和想象的方式解释自然的愿望和能力，大部分的自然神话都有解释起源的功能。

萨满教的自然神灵系统主要以无生命的自然事物和自然现象之神为主。自然事物之神包括天地神系统和山石系统两大部分。自然现象之神则包括风、雨、雷、电、火等自然界诸现象的神灵。我们知道萨满教是基于万物有灵论基础上的一种自然宗教形态。自然界是由某种超自然的东西在支配它，它是神灵的创造物，以神灵的主观意志而发展和变化的，自然界的每一部分都是由某个特定的神灵所管理。

自然神话体系分两部分介绍：天体气象神话，江河林木神话。自然现

---

[1] 富育光：《萨满教与神话》，辽宁大学出版社1990年版，第188页。

象之神则包括风、雨、雷、电、火等自然界诸现象的神灵。

一 关于天体气象的神话

  天体气象神话是很重要的神话系列。如日神、月神、雷神、风神、雨神等。《达斡尔族社会历史调查》记载:"各地达斡尔人普遍祭'天',根据祭词有父天(阿查·腾格日)、母天(额倭·腾格日)"的说法,即太阳爸爸和月亮妈妈之意。至于雷神(达斡尔族语:谢如达来勒)发怒了,追击怪物,烧香叩头祈求给予吉祥。甚至在萨满始祖神的形成过程中,始祖神有的就是被雷击而死的亡灵,他们认为是天意让他成为神保护族众。达斡尔人遇上日食、月食时,因为相信万物有灵和多神,将天象人格化,认为天狗捕日头、天狗吞月亮了,萨满要求各家敲打水桶、犁铧、铁盆等响器,好吓走天狗以保护太阳和月亮神。天旱了,达斡尔人举行泼水求雨仪式,祭祀时,人们带上锅,端着"拉里"(奶熬稠粥)和黄油,聚集在村屯附近专门祭礼的榆树旁。在榆树上挂各种彩色的布带。众人搭灶宰牛,把煮熟的牛头、手把肉、血肠装在盆里,供奉上天。众人把香系在柳条上,插在土里,然后点燃,一起磕头求天降雨,主祭者诵祭词,叙述农田旱情严重,民众遭难,请上天给予"细雨下八日,大雨落整天"。仪式结束后,人们享用肉食,并用水桶、盆、瓢先向榆树洒水,然后互相泼水,求天灵验,类比下雨了,带有巫术的特点。在解释雨雪来源神话方面,有一篇《天为什么下雨和雪》神话中讲道:

  世界刚形成时,天还很低,人们都不敢抬头,就怕碰着天。那时候,人们过得可舒服了,不用干活却吃穿全不愁。腾格日每天给人们下白面和油。人们就这样生活了不知多少年,也不知经历了多少代。舒服的日子过惯了,慢慢都变懒了,一点儿也不知道爱惜粮食。女人们更是大手大脚,给孩子擦屁股时,竟然用白面拍成薄片,擦完就随便扔掉了。腾格日看到这些很生气,一气之下,就往高处飞走了。天和地之间离得远了,腾格日也不再给人们下白面和油了,只给下雨和雪。[①]

[①] 萨音塔娜(赛音塔娜):《达斡尔族民间故事选》,内蒙古人民出版社1987年版,第1页。

这篇神话中，因为无法解释天、地之由来，便用自己的眼光自觉或不自觉地进行了加工，并用自己的幻想作了解释。同时，也解释了天为什么刮风下雨，认为是神的一种惩罚方式。

这类神话，还有一则解释地震产生的原因的神话，在《仙鹤背驮大地》神话中讲：人类居住的大地驮在仙鹤的后背上，它是用一只脚站立着。但是，站累了，每隔三年换一次脚。它一换脚，大地就震动。关于这类地震神话产生的心理基础，是原始人认为大地是漂浮在水面上的，下面有某几个庞大的神物驮负着。它们或累了要换肩或眨眼，大地就会晃动；如果发起怒来，那就会翻江倒海、天崩地裂，这便是大地震。各个国家或各民族普遍有这类神话，只是驮负大地的动物不同而已。所以说地震神话是世界性的。

从上述神话我们可以看出，达斡尔人的祖先用萨满教的观点来解释看到的自然现象，虽然解释得非常幼稚，但是当时的人们确认为是顺理成章的事。

二 关于树木山河的神话

这些神话的产生与达斡尔人生存的自然环境有着密切关系。多少年以来他们一直生活在茂密的森林、江河交错的美丽的自然环境中，大兴安岭山区，曾是他们狩猎的主要猎场，山区里有丰富的水利、林木、动植物资源，山间丘陵和河谷盆地土地肥沃、水草丰美，为达斡尔人从事农、猎、林、牧、渔等多种生产提供了天然资源。

第一，山神神话。

在达斡尔人的自然崇拜中，山神地位很高。在达斡尔族观念中，山神不止一个，修炼多年而成精的动物，占据着高山、悬崖，成为深山里的"主人"，它们都是山神。所以，山神的种类很多，有"西额·敖雷"大山神，即狐仙，被认为是成精的狐狸；还有"乌其肯·敖雷"，即成精的鼬鼠；还有成精的熊、狼等，它们都是动物经过多年的修炼成为精灵，成为高山、悬崖的主人，都属于山神系列。

有一种山林神叫"白那查"，它是达斡尔族在野外供奉的山林之神，"白那查"在达斡尔语中原词"巴音·阿查"，词义是"富有的爸爸"，它是山神之一种，属于树木神。达斡尔人认为一切猎获物均为白那查所赐，放排、打猎等野外生产者，也是由白那查保佑其安全。故外出打猎或采伐者不能冒犯白那查。他们遇到奇异的山洞或古树，便认为是白那查栖息之地，一般要磕头礼拜。而且每当野餐或喝酒前，首先要献给"白那查"，并祈祷多赐给猎物，保佑平安，然后才能进食饮用，并要求大家不能大声吵闹或说笑。

达斡尔族自然崇拜时期，白那查的形象首先被认为是老虎。在《图瓦沁脱险》神话中讲，由于老虎的脚掌扎刺，既疼痛又不能行走。狩猎队里的图瓦沁出于同情给老虎脚掌拔出刺。老虎不但未加害于他，反而给他送来许多猎物，又送他回了家。以后，每年都给他家送来很多猎物。[1] 故人们认为此故事中的"老虎"就是白那查。后来，随着社会的发展，白那查的形象人格化了。达斡尔族在树林里挑选一棵老树的树干，刮去一块老树皮，在上面刻画一幅白发老人的形象。这也有一定的道理，信仰萨满教的达斡尔人，特别崇拜年久高大的树，认为榆、松、白杨等树老了就会成为树神。对这种树，不准随便砍。谁要是砍了，它还会流血，不吉利。有的树还能流出泉水，据说这种水能治病。我们看看达斡尔族民间流传的《Mood yadgan（树萨满）和莫日根》就可以更深入地理解白那查，故事中讲道：

> 过去，有一位年轻的莫日根，准备上山打猎，走到一棵榆树下休息。晚上，榆树就晃动起来了。莫日根看见旁边的一棵小杨树也晃动起来了。杨树说："树萨满，今天我妈妈病了，你能不能给我妈看病去？"榆树说："今天我家来了客人，我不能扔下客人就走。你还不知道，咱们这儿妖魔鬼怪多，会伤害他呀。我要是走了，他们怎么办呢？"第二天小杨树又来了，榆树萨满认为它的妈妈的病治不了，还是没去。等小杨树走后，猎人向榆树萨满表示感谢，树萨满说："这是我的义务，你不必太客气了。"青年猎人说："看来你是附近有名的萨满吧？你能不能告诉我，这次出猎回来的时候有没有收获？"树

---

[1] 参见内蒙古编写组《达斡尔族社会历史调查》，内蒙古人民出版社1986年版，第273页。

萨满说:"你这次出猎,回来的时候有收获。去的路上的事,一会儿你就会知道了。离这不远有一棵白杨树倒下了,横在路上。它就是昨天来的那棵小杨树的妈妈。"第二天,猎人离开树萨满,走出了几里地,果然看见了一棵白杨树横倒在路上。他绕过去走了。真如树萨满所说,猎人回来的时候真的打着了不少野兽。①

这个神话中,那棵老树就是白那查的形象,它为了保护猎人,没有离开他们,还赠送给他们许多猎物。

第二,水神(罗斯)神话。

达斡尔族相信万物有灵,认为江、河、湖、泊都由神灵主宰,江有江神、河有河神,泉有泉主,湖泊有主宰的神灵。"罗斯"就是这些水系的神灵。实际上"罗斯"是蒙古人的叫法,达斡尔族称"奴吉日·巴日肯"(莫力达瓦达斡尔族)、"鲁吉日""鲁吉日·巴日肯"(海拉尔达斡尔族的称谓),不管怎么称谓,都是蛇神。据大萨满斯琴挂介绍"罗斯"一词,在天为龙,在地为蛇,它包括除了天上的龙、地上的山、山崖里面的蛇以外,还包括水里的鱼、龟类都属于罗斯系列。当然不管是蛇还是龟、鱼类,只有成为精灵才能进入罗斯的系列。罗斯的代表是"罗斯斡包",一般以莫昆家族为单位,将它修建在附近江河水源的山坡或草地上。供在家中的"奴吉日·巴日肯"有偶像,举行斡米南仪式中在室内托若树的根部缠绕有黑白两条蛇,即"奴吉日·巴日肯"。在仪式过程中,当该神附体时萨满所唱的伊若中唱道:

达斡尔人,从原来的地方,开了两条路,一条是纳文江,一条诺敏河,为了子孙后代生活在这个地方,把沿途经过的泉眼都打开,所有的江河湖海都是奴吉日·巴日肯翻滚出来的,让山上的树木都变绿了。②

它的形象出现在斡米南仪式中屋内托若树的根部,是两条缠绕在托若树根部的黑白蛇神。奴吉日·巴日肯(nujiri·bareken)是生物神灵系统

---

① 萨音塔娜(赛音塔娜)《达斡尔族民间故事选》,内蒙古人民出版社1987年版,第249页。

② 萨敏娜:《达斡尔族萨满仪式调查研究》,人民出版社2022年版,第232—236页。

的神灵。介绍奴吉日·巴日肯的来源时，虽然把它归为自然神话，但是它也属于开辟神话，也可以说开辟神话是自然神话的延续。

第三节 达斡尔族开辟神话

开辟神话，在世界各民族中都有保存和流传。这种神话的产生和原始民族的原始信仰分不开。茅盾先生通过研究发现神话产生的现象，他曾说："即凡落后民族的开辟神话大概是极简陋的，渐高则渐复杂；至于文明民族，则开辟神话大都是极复杂，含有解释自然的用意，富有文学气味，并且自成系统。"[1] 开辟神话产生于人类童年时期，它反映了原始人类对宇宙形成的认识和他们的宇宙观。

一 宇宙起源神话

宇宙起源神话指的是解释天地来源和结构的神话。大致分为两种：

第一种，开辟型。认为天地原先是连在一起的，混沌一团，后来腾格日将它们分开了。《天为什么下雨和雪》，它既属于解释性神话，也属于宇宙开辟型神话。神话中讲道：世界刚形成的时候，天还很低，人们都不敢抬头。后来因为一个女人大手大脚，竟然用白面擀成片给孩子擦屁股，并随便扔掉。腾格日看见很生气，就往上飞走了。这样就形成了天和地。[2]

第二种，创造型。认为天和地是太阳造出来的。《瑷珲祖风遗拾》："在黑龙江省瑷珲县坤河达斡尔族老萨满吴德根（作者注：雅德根）的祷词中记载说：依母呀，依呀，腾格勒毛雅那拉妈妈依，降世光明千代。"[3] 其中的腾格勒指的是天，据富育光先生解释"毛雅那拉妈妈"中"毛雅"一词是"奥雅"之义系满语，"葛鲁顿"是闪闪发光之义，"那拉"指太阳。"毛雅那拉妈妈"整句则是"闪闪发光的妈妈"。全句是

---

[1] 茅盾：《神话杂论》，《神话学研究》，百花出版社1981年版，第32页。

[2] 萨音塔娜（赛音塔娜）：《达斡尔族民间故事选》，内蒙古人民出版社1987年版，第1页。

[3] 富育光：《萨满教与神话》，辽宁大学出版社1990年版，第214页。

"依母呀，依呀，闪闪发光的妈妈呀，降世光明千代"。据富育光先生介绍，达斡尔族的这位女性大神是太阳妈妈，是一位光明之神。它与满族富察氏中的女性大神一样，都是同一位萨满教原始神话中的创世母神，是光明之神。它们都是萨满教原始神话中的创世女神，而且有了万物母神后，才衍生出天地、山川，才有了大地。可见，太阳女神是宇宙间的造物女神，是造物主。这种关于宇宙及万物的解释，完全符合原始先民的思维特征，它集中反映了原始先民的宇宙观。

这是一首不太完整的祷词，但有很重要的学术价值。因为达斡尔族在历史上没有文字，萨满教的祷词都是口头传唱留下来的，历史上达斡尔族与满族关系很密切，萨满教方面也有一定的交流。这首祷词侥幸保留在满文文献中。

二　人类起源神话

人类起源神话，有的神话学者也把它归为开辟神话，这也是可以的。但是人类起源神话有其特殊的性质。因为它包含着人对于自身起源和价值的认识。关于人类的起源，各民族都有自己的解释。达斡尔族的人类起源神话大体分为三类介绍。

第一，神造人神话。

达斡尔族代表性作品《关于人类起源神话》，其中讲道：

> 世界上没有人类的时候，天神下界用泥土捏出了许多男男女女各种长相的人，并把它放在阳光下晒着。这时忽然下起大雨，许多泥人都被雨水冲坏了。所以世界上就有了缺胳膊断腿和鼻子眼睛有毛病的人。[①]

这是远古时期达斡尔人的祖先对于人类起源所进行的幻想性的解释。这类神话与汉族"女娲抟土造人"的情节基本相似。许多学者认为用泥土造人的神话，可能与原始社会的制陶术有密切的关系。

[①] 内蒙古编辑组：《达斡尔族社会历史调查》，内蒙古人民出版社1985年版，第271页。

第二，再造人类大洪水神话。

洪水神话在世界各民族中都有传播，它比人类起源神话更丰富。实际上这类神话是人类起源神话之一种，它所表现的是人类和世界的再创造。在神话中对洪水的起因有不同的解释。解释中充满了原始人类对自然力的崇拜。达斡尔人认为人类经过多少万年以后便发生一次浩劫，达斡尔语称为"嘎尔博卡拉贝"（意为尘寰的大改变）。到那时，洪水泛滥淹没一切，大地上的万物全部灭绝。再经过多少万年以后，一切生命和人类又重新开始一点一点地繁衍起来。达斡尔族有一则《大洪水的故事》中讲道：

有这么一对母子俩，家里很富。有一天，来了一个要饭的，穿着破破烂烂的衣服，这个要饭的是个算卦的。他们赶紧把要饭的人请进屋里，又让他喝水，又让他吃饭，非常热情。要饭的人临走时告诉他们说："以后要发大水了，你们把房子、仓库都拆了，做个大船。再把牛、马这些牲口都杀了，晒成肉干，把粮食都磨成米。我看你们娘俩都是老实厚道的人，才告诉你们，再不要和别人说了。"要饭的人又嘱咐几句说："等发洪水的时候，你们带上东西上船，看见动物可以救，看见人可不能救。"

自从那个人走后，母子俩就开始忙起来，拆了房子、仓库，造成了大船；又杀了一批牲口，把肉晒成肉干，又把粮食进行了加工。这样折腾了几个月，把东西全装进了船舱，母子俩就上船了。

有一天真的来了一场大洪水。船飘起来了，水都涨到山腰那么高了，不少的小山都被盖住了。到处是一片看不见一个活人的汪洋大海。母子俩就这样在洪水里飘荡着。漂哇漂哇，看见了一窝蜜蜂，他们就把它救上来了。走了一会儿，见到一窝蚂蚁，又把它救上来了。又走了一会儿，看见了一窝老鼠，又抱上了船。就这样不停地走着走着，忽然有一个人在叫唤"救命啊！救命！"不一会儿他就游到船边了，抓住船边就要上来了。儿子想起算卦老人说的话，使劲就把他推下去了。这时，母亲看见自己的儿子这么狠心，有点看不下去了，生气地说："你也真够狠心的，你要再不救他，我也进水里算了！"儿子没办法，怕母亲生气，就把那个人救上来了，并认了个哥哥。这样，三个人就坐在船上漂啊、漂啊，也不知道走了多长时间，洪水就退了。于是他们找了一个地方住下了。

  哥俩在外面玩见到一宝石，这时皇帝正在寻找这个宝石，贴布告说："谁能找到这个宝石，就把谁招为驸马。"这时，那个哥哥抢着送去了。但是，在救出的各种动物的帮助下又经过皇帝考验，物归原主，还是弟弟当上了驸马。①

  这篇神话是复合型洪水神话，前面一段是洪水神话，后一段是兄弟型故事。值得注意的是洪水后，人的繁衍问题。看来可能就剩母子二人了。后世的人们认为这样违背了伦理道德，将故事的后面续上了兄弟型故事。从各民族再造人类神话看，反映的婚姻形态各不相同，大体上有"随机婚""父女、母子婚""兄妹婚"等。"父女、母子婚"这一婚姻形态，在近代大多数原始民族中早已不见踪迹，但是，在少数民族中尚可找到痕迹。至于隔代的血婚，在生活中则以乱伦所不齿。然而，只有在一些民族的神话中，在他们的"潜意识的深层意识"的残存中，才能发现这种原始群婚的变形。我们从达斡尔族保留下来的这篇洪水神话中，可以了解到达斡尔族以及北方一些民族并不是没有洪水神话，而是有着更为早期的洪水神话。

  第三，英雄救世型神话。

  达斡尔族的神话中有与自然宇宙鏖战为内容的创世神话。萨满教观念中认为，人类创世之初，必有一番两种势力的殊死搏斗，最终以真、善、美、光明获胜，万物才真正获得了生存与权力，人创造了人类世界。这种思想，是人类在艰苦的生存竞争中产生并积蓄了的开拓精神，正是这种勇武生存意识和观念成为达斡尔族不惧自然界和各种自然力的精神力量，深受达斡尔族人民的喜爱。

  在内蒙古鄂伦春自治旗阿里河西北边，有一座很高的山，山的半山腰，有一个黑乎乎的能容纳一千多人的天然大岩石洞，人们给它起了个名字叫嘎仙洞。在古代史研究中，它被确立为古代鲜卑族的重要发源地。嘎仙洞有可能与达斡尔族族源有关。在《天神战胜莽盖神话》中讲道：

---

① 萨音塔娜（赛音塔娜）：《达斡尔族民间故事选》，内蒙古人民出版社1987年版，第222页。

嘎仙纳洞（鲜卑人祖居的石室）。嘎仙纳洞是个天然的好猎场，可惜，这么好的猎场，被一个大莽盖霸占了。恩都热发现它霸占嘎仙纳洞，还乱抓乱杀野兽吃，更不能忍受的是还害死了不少猎人。有一天恩都热来到嘎仙纳洞找莽盖。莽盖说嘎仙纳洞理应归它，恩都热却不答应。这座洞归谁所有，比赛后再决定。说罢，恩都热和莽盖约定射箭比赛，就射这块洞盖，莽盖先射，连发三箭都没射到洞盖上，莽盖都输了。轮到恩都热射箭的时候，一箭就射穿了洞盖的右上角，扎下了一个深深的洞窟。当时，那个吃人的莽盖被恩都热的箭法和灵力吓坏了，想要偷偷逃跑，恩都热紧追不放，一直把它撵到大海之中。从此，嘎仙纳洞就归恩都热管辖了。在这一带猎场上，猎人们自由地打猎，生命也有了保障。吃人的莽盖再也不敢来这儿行凶作恶了。[①]

这个神话反映了达斡尔族先人富于想象，对恶劣环境的威胁或对敌对势力的侵害，具有顽强的斗争精神。反映了达斡尔族先民歌颂正义、追求真理和向往幸福生活的愿望。在神话中充分表现出一种民族自信心和顽强地斗争精神。

三 民族起源神话

氏族社会的神话，主要是关于图腾主义的神话。旧石器时代晚期的宗教尚处于形成阶段，其基本内容是各种不同形式的图腾主义的信仰与崇拜。图腾主义乃是最早的原始宗教，图腾神话也是最早时期的神话。在氏族社会中，由于本氏族的成员相信某种图腾是他们共同的始祖而崇拜之，从而出现了许多有关本氏族图腾的神话。其他氏族也同样，相信他们自己的某种图腾，从而又产生另外一些图腾主义的神话。所以在一段时间里，图腾主义的神话是非常盛行的。在当代的一切民族学资料与民俗学资料中，关于母系氏族社会原始宗教与神话早已不存在；然而它们的残余形态，却仍大量地广为流传。达斡尔族的日、月图腾神话就是这种图腾主义

---

① 嘎仙洞，"即嘎仙纳洞"的神话，这个神话普遍在周围的几个民族中流传，其内容大体相同，均属于一个母体的变体，证明了这些民族与嘎仙洞的渊源关系。

神话的残余形式。

达斡尔族的自然神话中，关于日、月的神话占有重要的地位。详情阐述如下。

从腾格日说起。达斡尔语将"天"称为"Tenger"。那么"腾格日"是什么？专家们的论述可以帮我们了解达斡尔族图腾神话及其演变的轨迹。阿尔丁夫先生认为："古代蒙古人所崇奉的'天'和晚近开始出现的'长生天'指的正是太阳、也指月亮……并具有图腾的意义。这里的腾格日绝非是形似穹庐的蓝天，而是指的太阳和月亮，太阳和月亮就是蒙古语族先民心目中的天。"①从《辞海》"天"的词条中得知："天是'颠：头顶。'如《诗·秦风·东邻》：'有马白颠。'《墨子·修身》：'华发隳颠。'孙诒让《间诂》：'隳颠，即秃顶。'也泛指顶部。"②可见所谓的"顶"即高处也，太阳、月亮，居住于高山顶，即人的头顶上、树尖的上方、杆之巅、山之巅等。在这种认识的基础上，来考查达斡尔族的图腾神话就比较容易了。日、月崇拜对达斡尔族有着图腾的意义。日、月图腾神话和族源神话是相结合的。

在日、月神话中，日、月之间的关系是极为有趣的现象，关于日、月性别关系确立的前提是，有时日、月同为男性，有时说日为男、月为女。其关系互为兄弟、兄妹，或为夫妻，有时候又反过来。如黎族就说太阳和月亮是亲生的两姐妹。壮族说太阳是女性，月亮是男性的。问题不在于日、月的生成、数目、性别和关系，而在于这个神话所反映的人和太阳、月亮在天文学及神话学上的密切关系，日、月的关系不仅反映了自然神信仰的自然特征，而且也突出表现了宗教信仰方面的二元对应关系。说到日、月的关系，在达斡尔族的神话中表现得很充分，有一则"日、月"为"姐妹"关系的神话。如《代尼乌音和莫日根》（汉译：《仙女和神箭手》）中讲道：

> 在遥远的古代，有一位母亲和她的两个儿子，三口人住在一座山脚下。两个儿子都是神箭手，每个人都备有一匹神骑、一条猎犬和一只神鹰。俩人每天出猎，几乎都能满载而归。哥俩每天都出去打猎，

---

① 阿尔丁夫：《13世纪前蒙古物候历考》，《内蒙古师范大学学报》2013年第2期。
② 辞海编辑委员会：《辞海》，上海辞书出版社1980年版，第1851、1222页。

老妈妈留在家里给儿子们看家、做饭。等儿子走了,每天都有代尼乌音飞落到房顶,唱:"色音肯,色音肯,库如古热,卡热古热在家吗?库如卧狗在院里吗?库如新鹰在不在?"老太太说:"不在了。"她们才下来,脱下羽衣走进家里,帮助老人干活。这样天天有两位仙女趁他们出猎时来到猎人家中,替猎手年老的母亲收拾屋子、烧火做饭。此事被兄弟二人得知。有一天他们和母亲商议好,哥俩假装出猎,躲在房后窥视。果然不出所料,两位仙女又按时前来,她们把羽衣(gualars)脱下,从天上下来帮助老人做饭。结果,他们的羽衣被猎手兄弟烧掉,两位仙女再也无法飞回天庭。这样,两位仙女分别与兄弟二人结婚,生儿育女繁衍了后代。据说,现在的达斡尔人就是那两位仙女的后代。①

这篇神话从其内容上看,是比较古老的图腾神话。正如柯斯文所言:"在反映母权制的神话中,这位图腾创造者都被赋予以'老祖母''母亲的母亲'的形象。神话中又添枝加叶地说:这位老祖母有两个孩子,他们是兄妹,同时又是夫妻,他们是人类的第一对配偶。后来在反映父权制的神话中,兄妹二人被兄弟二人代替了。神话对于这兄弟二人——并且常被说成是孪生兄弟的故事,通常予以这样的解释:他们是'英雄',是各种文化因素的创造者。这种由很早的两兄妹变为两兄弟的说法,反映出来我们业已熟悉的社会结构的最早的形式——'两合组织'。"②

由此看来,这篇对偶婚时期的日、月神话不仅仅说明这两位仙女是日、月的化身,它还说明达斡尔人认为自己来源于两位仙女,即与日、月有着血缘关系,具有图腾主义的色彩。

第四节 达斡尔族萨满神话

萨满是"晓彻"之意,说明萨满是沟通神灵与人类之间的使者。萨满最能知道神之意,疏通人与神之间的思想感情的联络,达到神灵护佑人

---

① 萨音塔娜(赛音塔娜):《达斡尔族民间故事选》,内蒙古人民出版社1987年版,第6页。

② [苏]柯斯文:《原始文化史纲》,张锡彤译,人民出版社1955年版,第196页。

们的目的。所以,萨满才有不平凡的特殊社会地位,受到族众的信仰和崇拜。正如宋人徐孟莘在《三朝北盟会编》卷三中说:"神灵通过萨满的嘴和人间说话",能为族人治病消灾、救苦救难,并且萨满的灵魂能从肉体飞出,在神灵世界遨游,能把死者的灵魂从阴间找回,使死者死而复生,所以人们崇拜萨满。正是由于这种万物有灵论和灵魂不死的观念,达斡尔族先民便凭借自己丰富的想象,通过不自觉的艺术加工,创造了许多奇异的萨满神话。

萨满教中萨满所讲述的任何神的世界的事情,都不是娱乐性地讲述故事、随意编造。而是极其真诚和庄重地向本氏族的传教与宣扬,认为是神界中实实在在地存在或有过的事,是不容怀疑的。在当时人类思维发展水平上,并不像我们对古代神话的感受觉得幼稚,或者不屑一顾,而是非常郑重其事地讲述、倾听,祭祀与奉行着的观念。这些神话都不是虚构的,不是异想天开,他们对讲述者和听者来说,都是真事。[①]

在达斡尔族神话中,萨满治世神话占有一定的地位。严格说来,其中有的应该归入传说中,但从其数量和影响来说,还是应该单列一项介绍较合适。

萨满治世神话,包括讲述萨满自身来历的神话、萨满死后灵魂转世为族人谋福的神话、萨满之间互相斗智斗勇斗神法的神话、萨满和自然界禽兽及其他植物灵魂互生互换互补的神话等,都是对萨满的高尚品德与无敌神威的赞美和歌颂,充满了对升平世界和幸福生活的憧憬与期望,正因为这样,它受到人们的欢迎,有口皆碑。达斡尔族每个莫昆都有自己的萨满,每个萨满也都有他们的故事,近些年来学者们收集了不少相关神话。

一 萨满来历的神话

这里仅选有代表性神话作一介绍。以《鄂嫩哈拉"霍卓日·巴日肯"》《满那莫昆祖神》神话为例解读。

如《鄂嫩哈拉"霍卓日·巴日肯"》神话中讲道:

---

① 参见[德]利普斯《事物的起源》,汪宁生译,贵州教育出版社2010年版,第288页。

在鄂嫩哈拉族众从黑龙江流域迁往嫩江流域的途中，曾有某兄弟二人，一天突然失踪。哥哥叫卓日汗，弟弟叫卓林召。族人在山林中搜寻，终未找到。之后，经过了一个时期，该族人上山打猎，坐在松树下乘凉，忽然一个人神经错乱，并告诉大家，曾经失踪的弟兄二人被雷击丧命，他俩的灵魂要当霍卓日·巴日肯。从此以后，鄂嫩哈拉的人们便供奉他们弟兄二人为霍卓日·巴日肯（始祖神），制作两个人形的偶像代替弟兄俩并祭祀之。领这个神灵的雅德根就是鄂嫩哈拉的霍卓日·雅德根。

鄂嫩哈拉先后出现了七代萨满，当代这个莫昆出现了一位著名的大萨满，她是本莫昆第七代萨满传承人斯琴挂，十多年来，她的宗教活动已经引起了国内外萨满教学术界的高度关注。她培养了一批徒弟，现仍活跃在各自的岗位上。

又如《满那莫昆祖神》神话中讲道：

在清代，满那莫昆的男子某参军作战，被俘虏，关在狱内。而他施展法术，遗留衣物，越出狱禁，在回家的途中死在山谷中，死者的魂灵变成粟雀，飞回了布特哈故乡，从窗户洞窜入屋内，落在西炕上，对父母叙述了经过，并安慰父母不要难过，不要悲伤，同时说出了要当霍卓日·巴日肯的意愿。从此满那莫昆的人们，把他供奉为霍卓日·巴日肯，叫作乌兰巴日肯。领这个神灵的第一代霍卓日·雅德根是一男子名叫阿多诺诺。他就是本莫昆·哈拉旳萨满祖先。第二代霍卓日·雅德根，名叫托庆嘎；第三代霍卓日·雅德根是义顺；第四代雅德根是那逊锡迪；第五代雅德根是斡尔该布，死于1930年。此后再没有出现萨满。

这个例子解释了达斡尔族最早的萨满祖先的来历（这种情况还有被雷击死的人，因各种原因冤死的人等），当第一任萨满死后，他的灵魂还会在本莫昆中选择接班人，把自己的神灵传承下去。每任萨满都是如此，于是就形成了每个莫昆的雅德根（巫祖）的体系。

萨满对祖先的祭祀一直是萨满教中最鲜明的特征。这种祭奠便是对自己先世祖先的缅怀，对死后生命的追寻和信仰。在萨满教观念中，萨满不仅仅是人和神之间的中介，而且萨满本身还是人，或死后成神，或者说"新亡人的浮游魂魄"之间的交往者和神圣使者。他和先祖的辅助神灵一起都保护着自己氏族部落的安康。

二　萨满特异功能神话

重视与研究萨满神话和故事，可以直接加深对萨满教的理解和认识。萨满的故事都是出于萨满之口，尤其是对没有自己文字的达斡尔族来说，很多东西都是由萨满一代一代口传下来的。所以，要想把握萨满教的全貌，要洞察其中的奥妙，梳理、归纳其教规、教义，研究萨满神话是很有必要的。

第一，萨满过阴追魂神话。

这里通过《德莫日根和齐尼花卡托》①来了解萨满过阴追魂及特异功能的神话。

萨满教观念中认为人是由躯体和灵魂两个部分构成的，灵魂寄寓躯体中，灵魂能离开躯体自己游荡。灵魂出壳，人的躯体就会死亡；灵魂复归，人的躯体就死而复生。达斡尔族还认为人有三个灵魂：转世魂、生命魂、思想魂。正是因为这种灵魂观念，在神话中才设置了德莫日根的灵魂，经齐尼花卡托去阴间将他的灵魂取回来，使之成为死而复生的故事情节。萨满过阴追魂，人死而复生的情节，正是对萨满教灵魂观念的诠释。如《德莫日根和齐尼花卡托》中讲道：

> 居住在东方的苏贵特莫日根的孙子叫德莫日根，他是三代祖传的神猎手。家里已给他定了亲，姑娘叫齐尼花卡托。可是梅花卡托看上他了。但是，德莫日根对她不感兴趣。于是梅花卡托设计将德莫日根害死了。莫日根的妹妹找到齐尼花卡托说明情况。齐尼花卡托虽然有一些害羞，也顾不得了。她穿上法衣，带上一把酱、一只公鸡、一条

---

① 呼思乐、雪鹰：《达斡尔族民间故事集》，内蒙古人民出版社1981年版，第201页。这篇神话是一位萨满给讲述的。

哈巴狗去了阴间，说是来接德莫日根的灵魂的，该对付的敖木吉嬷嬷和依热木汗、瘸腿垃盖都一一对付了，将德莫日根的灵魂也找回来了。

第二，萨满斗法神话。

这类神话在达斡尔族神话中是比较特殊的神话，它不仅集中体现萨满的奇特本领，同时，也从侧面表现早期社会中不同哈拉、莫昆或家族间的矛盾，所以，这类神话对社会历史的研究具有一定的意义。例如，《德莫日根和齐尼花卡托》中讲道：

德莫日根是一位举世无双、英勇威武的神猎手，有两个女性雅德根齐尼花卡托和梅花卡托为了争夺他，展开了殊死的争斗。她们的神灵，相聚在虚无缥缈的世界里交战。梅花卡托先放出了一对梅花鹿，冲向齐尼花卡托。齐尼花卡托迎面放出两只金钱豹，金钱豹毫不费力地吃掉了梅花鹿。梅花卡托又放出了两条飞蛇，飞蛇对准齐尼花卡托的胸口，"嗤嗤"的飞过来。齐尼花卡托放出一条黑蛇和一条白色蛇，可是飞蛇穿透了黑蛇和白蛇的肚子。这两局没有胜负。

这一次梅花卡托放出了独角水山羊。齐尼花卡托放出一只水鹿。两只奇兽交锋，头顶头，角碰角，咚、咚、咚、咚，踢、踢、踏、踏，好不勇猛。独角水山羊伺机竖起坚硬的独角，用尽全身的力量，以水底破冰之势奔过来。水鹿也摆出刚毅坚韧的架势等待招架。当水山羊冲过来靠近的时候，将鹿角猛力一甩，水山羊受了一惊，抬起两个腿高高跃起。就在这当儿，水鹿将犀利犄角尖儿猛力叉进水山羊的两只后腿和裆之间，向上一挑，把水山羊的身子从中间剖开，解为两半。

梅花卡托急了，放出一对野鸡。这时齐尼花卡托已经看出梅花卡托的精灵的拙劣，齐尼花卡托放出两只金凤凰，从野鸡上方俯冲下来。野鸡也不肯示弱，四只飞鸟在空中追旋相啄，万道金光划来划去，五色彩虹忽隐忽现。这时，两个卡托的神灵，挥舞银宝剑开始交锋，她们的剑术运用自如，旋转如纺锤。四只飞鸟和两位姑娘鏖战，在那飘渺的世界里充满了金光银光和霓虹霞光。……这时她们放在家里的萨满服上的铜铃都响了。梅花的妈妈没立刻听见，而齐尼花的妈妈刚听到铃声，马上就喊了女儿的名字。听到人间传来的声音，齐尼花的神灵顿时增添了力量，把对方打败了。在妈妈的喊声中苏醒过来，连忙拿起鼓在屋里、院里旋转跳跃，终于取得了胜利。齐尼花卡托和德莫日根成亲，和和睦睦地生活了一辈子。①

在两个卡托声情并茂的斗法的场面中，齐尼花卡托的遇事果断、沉着睿智以及对她的神情的刻画，都使她成为了达斡尔族民间文学中丰满而又充满传奇色彩的人物之一。

从这个萨满斗智、斗勇性质的神话中，我们可以了解萨满的各种富有生动、惊险的神术技艺，在神话中简直都超出了人们的想象。

第三，火烧萨满的神话。

据斯琴挂萨满说，她爷爷曾讲过很多类似的故事。有一篇传说是她的姑姑（姑姑叫唐古）讲的，当时她仅九岁，就给讲过《火烧萨满》神话：

> 在日本侵略中国东北的时候，有一天，日本人把她曾祖父抓走了，一同被抓走的还有三十多位萨满，日本人还拿走了他们的神服和神器，用车把他们拉到了另一个地方的一间大房子里，先让吃饭，又换上了神服，再让他们请各自的神，以此考验他们的真假。正当他们唱神歌请神时，日本人却干着不可告人的勾当，他们拉来十车木头围住了房子，并放火烧了这个屋子。据目睹者说，当时大火烧了三天三夜，鼓声歌声也响了三天三夜。等到大火熄灭后，房子里的三十多位萨满只剩下两个活的，一个是陈巴尔虎的女萨满，另一个就是拉萨满。他坐在地上一边打鼓一边唱神歌。他的长胡子上边挂了厚厚的一层冰，后背上的铜镜被烧得红红的。日本人非常惊讶，但不得不承认拉萨满为真正的萨满，据说有一个日本人把这个情况还写进了他的书中。

这则神话想象丰富，充满了浪漫主义的色彩。火对于人类来说能够带来光明与温暖，一旦失去控制也会造成大的灾难。正因为这样人们即期盼火、崇敬火，又感到恐惧。但在强大的自然力面前又不甘示弱，于是在幻想世界里征服。《火烧萨满》中，人们赞扬拉萨满这种不惧烈火，过火不

---

① 呼思乐、雪鹰编：《达斡尔族民间故事集》，内蒙古人民出版社1981年版，第216页。

焚能够驾驭火种的本领,赞美拉萨满神灵灵力的高强。

第四,萨满和喇嘛之间斗法的神话。

往往借萨满与喇嘛的斗法来展现它们之间的法力。由于达斡尔族信仰萨满教非常虔诚,故在神话中往往萨满获胜。神话故事《哈热·巴日肯》讲道:

在开列热图村东有一座庙,庙里有一尊神像,由三个人组成。画像的正中坐着一位老太太,怀里抱着一个婴孩;右侧站立着一个男人,人们称这个神为"哈日·巴日肯"。提起这个巴日肯,还有一段故事呢,故事讲:

传说原来住在黑龙江北岸,后来归顺清朝,逐渐从那儿迁移下来,沿着嫩江、诺敏河两岸住下来。有这么一家敖拉·莫昆的弟兄七个人,两个住在多音屯,剩下的几个住到下边的开列热图屯。

在卡列热图住的是老大和几个小弟弟。后来老大去世,留下七十多岁的老伴。有几个儿子和一个家奴。有一天,老奶奶到菜地里干活,本来天气好好的,没有一丝云彩。可是,突然飞来一团黑云,既打雷又闪电,围着老太太转了九圈,既没伤着她,也没碰着她,老太太受了一场惊吓。过三年后,老太太生了一个儿子。这个儿子浑身上下长满了肉瘤,一落地就能说话。这件事让亲友们都很奇怪,这个儿子是人还是鬼呢,大家商议一定得杀死他。他来历不明,有损于家族的名声。再说了,哪有刚生下来就会说话的?肯定不是正经东西。于是大家抱来几车柴火到后山上,堆起来点着,把那个小孩烧死了。小孩快断气时,先冒出一股一股黑烟,过了一会儿,有一指宽的白气,直冲天上不见了。

其实,这个小孩是西藏格根喇嘛托生的,据说格根喇嘛临死时留下遗嘱说:我要托生到一个地方、什么样的人家。两个大喇嘛根据遗嘱到处找,最后找到卡列热图屯。先到了下边的开列热图,估计不是这个地方。又到上边的开列热图。这时,忽见从下边开列热图上空升起一股白气直达云霄。等他们到那儿时,格根已升天了。两个喇嘛跺着脚直骂:"你们干的太绝了。这本来是格根托生到你们这儿,他是来保护你们的,你们却把他给烧死了,你们的福气也没了。"说完扬长而去。这样,屯子里的人们害怕了,等到奴隶死后,将老太太和婴孩、奴隶立为"哈热·巴日肯"供奉了。

除此之外,达斡尔族中还有"喇嘛和木匠""喇嘛和蟒蛇"等一些有关喇嘛与萨满斗法的神话、传说。这类作品之所以产生,都是有其背景的。清统治者为了控制东北、西北等地的藏族、蒙古族,大力提倡喇嘛教,当时萨满教受到某种程度的压抑。达斡尔族民间世代信仰萨满教,对于喇嘛教的进入有强烈的抵触情绪,因此产生了大量的萨满和喇嘛斗法的神话、传说。又由于萨满教在达斡尔族的群众中有稳固的基础,所以在这类神话中,萨满往往是胜利者。

三 萨满神谕中的神话

萨满教伊若(祈祷词)神话实际上就是祭祀诸神活动的故事。祭祀活动中萨满是主角,萨满穿上神服,他们用各种仪式和舞蹈、神歌与神灵联系。过去研究中对伊若研究得不太够,其实在祷词中往往蕴含着较为丰富的神话。如《请神歌》中唱道:

> 唉!飞翔吧!飞翔吧!
> 飞翔吧!飞翔吧!
> 金色的山崖顶上
> 长有一棵檀树,
> 枝杈上有鸟巢,
> 鸟巢里有颗蛋,
> 我最尊贵的神鸟
> 逐渐地成熟了,
> 逐渐地成熟了,
> 长成了能飞的鸟了,
> 脖子上戴着铃铛,
> 飞下来了。①

---

① 丁石庆、赛音塔娜:《达斡尔族萨满文化遗存调查》,民族出版社2011年版,第242页。

歌词大意是：在那高高的山崖上，一棵树上有一个有蛋的鸟巢，鸟蛋孵化出的雏鸟成熟后，就有灵力了，鹰就飞下来，神灵才附于萨满之体。应该是神灵附着在鹰（日鸟）的身上下凡的，可见鹰就是萨满的助手神和使者。这是当代大萨满在斡米南仪式上唱的"iroo"（请神歌），她唱完此歌后，神灵就附体，显出昏迷的状态，开始跳萨满舞，紧闭双眼开始以神灵的身份或说或唱。这里"脖子上戴着铃铛"的飞鸟，实际上就是萨满沟通三界的助手和使者。可以说祷词就是一则值得深思的神话。有的人研究萨满教时，提出萨满是鹰的后裔似不恰当。

奥米南 仪式上的祷词 之二
请祖神

真珠——真珠列①。
在宁静的日子里，
在安逸的生活中，
不是无缘的领唱，
不是无故的诉说。
调查达斡尔族传统，
唱诉给远来的客人，
追述祖先的身世，
与伊犁新疆有机缘，
与八百里翰海相关连，
捻子鸟枪的主人，
你走上征战的疆场，
未能生还显了灵②。
祖父生前健在时，

---

① "真珠——真珠列"，系本首祷词的衬词，其音调为本祷词的主旋律，以平稳为其特点。衬词没有特定的，后面的（之四）也是如此。每个萨满请神时所唱的都不是一样的。

② 据杨文生自述，他祖父系萨满，约在19世纪末作为清代八旗兵丁应征到新疆伊犁地区参战阵亡。这里所说的显灵，是说该萨满的神灵将其念珠带回家乡，挂在自家西窗。当萨满按其旋律每唱一句衬词后，伴唱者重复唱祷词一遍。并告知其妻子，将此念珠传给其后继者。

走上"安德"的道路①,
负起"雅得根"的职责。
由于我骨头洁白,
你就选定了我;
由于我血液纯洁,
你就附在我身上;
从我出生之时起,
你就占据了我;
要我继承"雅德根"的职责。
从我婴儿之时起,
你就引导着我;
从我睡摇篮之时起,
你就带领着我;
走上"安德"的道路。
由于不能回绝挣脱,
为了"爱满"族众的安宁,
我接受你的选择②,
当了"莫昆"的"雅德根"。
孙儿愚昧无知之处,
请不要动怒责怪。
今日里为你祭祀,
不是随意的祈祷,
不是无故的邀请。
我请了神通大的"安德"指导,
拜了名"雅德根"为师,
为选择祭祀的吉日,

---

① "安德",意为通神者,与萨满(达斡尔族称为"雅德根")同义,此处为祷词押韵,将"安德"与"雅德根"交替使用。上述一般内容并非正式祭奠上的唱词,系杨文生萨满说明并非他举行正式祭奠仪式,而是在采访中说的。

② 在达斡尔族中,人们并不愿意当萨满,多因受到折磨等原因,或为族众减轻灾难,不得已才当萨满。

我请"汉嘎钦"① 占卜，

请来"博多钦"② 测算，
请来"达拉钦"③ 测卜，
请来"乌杰钦"④ 认定。
农历四月十八日
布谷鸟高鸣之时，
万物苏醒的季节，
备好献祭的供物，
唱诵祈求的祷词，
举办祭祀的盛典。⑤

奥米南仪式上的祷词之四
——吃血仪式上的祷词

讷木嫩奎，讷木嫩奎，讷木嫩奎德热，
讷莫尔郭力讷钦吉若，海拉尔郭力哈屯。
吉若，讷木嫩奎德热。（衬词曲调）

遵照祖辈的传统，
颂唱虔诚的祷词。
上代"雅德根"的神灵，
认定我血液纯净。
依附在我身上，

---

① "汉嘎钦"，占卜者，其方法多种；可用祭神的野兽或家畜的肩胛骨的走纹卜算，也可用单手举斧头或枪。
② 实为占卜者，此处为祷词的对称押韵而述。
③ "达拉钦"（达斡尔语中肩胛骨称为"达拉"），因占卜者多用肩胛骨而得名。也属于占卜者。
④ 直译为"看相者"。
⑤ 吕大吉、何耀华总主编：《满都尔图·中国各民族原始宗教资料集成·达斡尔族卷》，中国社会科学出版社1999年版，第339—340页。

我走上雅德根的道路。

在正月十六的日子里，
竖起吉庆的托若树。
备齐庆典的神器祭品，
集起莫昆族众和乡亲。①

达斡尔族每个莫昆都有自己的祖神，但凡举行仪式都要唱伊若。从祷词可以看到举行仪式的时间是正月十六日，这是一个吉祥的日子，详见"神话的特征"一节。

四　萨满神器神话

萨满之所以能遨游三界，完成各种常人办不到的事情，除本身有神力外，他们的各种神器也是他们能顺利得到胜利的元素之一。达斡尔族有一位萨满，人们称他为"嘎胡查萨满"（下层的大爷，他原来是家奴）。他和一般萨满不一样，非常有本领。据说他曾有过非常灵验的铜镜，一个大的叫"阿尔肯·托力"（护背大铜镜），一个是"聂刻尔·托力"（护心大铜镜）。他去世后，把护心铜镜传给下一代苏克乡萨满。这就有了"护心镜的神话"，神话中讲道：

据说那个护心镜特别灵。有一个法术很高的喇嘛隐居在兴安岭深山里的一个小庙里，听说这个萨满有这么好的铜镜，感到很邪气。竟用一个银元的代价，向苏克乡萨满收买了这个铜镜。为了驱邪，喇嘛把铜镜装在三层布袋里，坐着念起经来了。这样过了两天两夜，喇嘛很乏，摸摸口袋，看铜镜还在，于是就枕着睡着了。但醒过来一看，铜镜早已无影无踪了。铜镜这时早已从口袋里滚出来，在它主人未到齐齐哈尔以前就追上了。苏克乡到了齐齐哈尔用喇嘛给的钱买了好多

---

① 吕大吉、何耀华总主编，本卷满都尔图、周锡银、佟德福主编：《中国各民族宗教资料集成·鄂温克族、鄂伦春族、赫哲族、达斡尔族、锡伯族、满族卷》，中国社会科学出版社1999年版，第341页。

东西。回头赶着车路过小庙时遇见那个喇嘛，拿出铜镜给他看，喇嘛只好认吃亏。以后那个铜镜继续留在满那莫昆霍卓日雅德根手里。他不愿意铜镜滚来滚去的，用妇女的裤子包裹起来了，从此铜镜就失去了灵验。据说那个铜镜还在一位最后萨满斡尔该布法衣中保存着。

萨满的神器很多，如神鼓、腰铃、神袋、神鞭、神棍等，这里的神器铜镜，虽然发不出多么震撼的声音，但在打击妖魔鬼怪、治病救人时却能发挥很大的作用。

第五节　各民族神话的交流

在研究萨满教时，我们必须看到其文化的重叠性、复杂性、多样性。达斡尔族的神话并不是独立的存在。我们在研究达斡尔族的萨满教时，还应该看到他们与各民族之间的交流的情况。从远古时代起，蒙古、达斡尔、满、鄂伦春、鄂温克族先民就在我国东北以及北方广阔的地区生息繁衍，他们彼此相邻而居，后来或经过频繁的战争，或经过密切的交往，许多少数民族形成了错居杂处的情况，相互之间联系更加密切，直至彼此联姻等。这种关系也反映在神话方面。

一　吉雅其·巴日肯

"吉雅其·巴日肯"（jiyaqi·barkan）的来历在《达斡尔族社会历史调查》中记载：传说在很早以前，在蒙古地方有一个喇嘛庙，庙内有一个伙夫，偶然遇见一个达斡尔人。那个达斡尔人对伙夫夸耀达斡尔人生活的地方，牲畜怎样多。那伙夫信了，非常向往达斡尔人生活的地方。最后，他由庙里逃出来，在前往达斡尔地区的半路上，被雷击而死。后来，达斡尔人把他的灵魂立为神，叫"jiyaqi·barkan"（吉雅其·巴日肯）。这个神对人不做祟，不叫人闹病。它专管家畜以及财富。达斡尔人不分莫昆和哈拉，几乎家家都供奉"jiyaqi·barkan"。它的偶像是用白布剪成一男一女的人形，贴在蓝色或黄色的布上，供在房外。有好马时，给他作乘骑的"ongu"马，意思是"吉雅其·巴日肯"专骑的马。这个马不许女人乘骑。

二 生殖神神话

在探索萨满教生育崇拜的各种生育形式时，关于北方民族的"乌麦"崇拜是很重要的问题。

乌麦（omie），又称为"omie·barkan"（乌麦神），是达斡尔人供奉的保胎神。原义为"子宫"。后来演化为赐给子嗣和保护小孩的神，它是由古代女性生殖崇拜而产生的，多为求子者供祭。"omie·barkan"神的画像很壮观。此神住在带有九层台阶和金银桩子的九顶蒙古包的正中毡房内；有三层院墙，院内有九印大锅，大门外有公母凤凰各一只；龙钟年迈的父母神，他们衣服的下摆很长，在九眼泉水内生育着小孩，由泉水内取出胎卵，在宽阔的前胸后背上，全是小孩；有金银箔制的"嘎什哈"（狍子后腿踝骨，达斡尔族儿童玩具之一）供孩子们玩。"omie·barkan"的乳房很长，喂奶时奶头由袖筒内或由肩上往后耷拉着，它的小孩们前后簇拥着吃奶。当她用手掌在孩子的屁股上一拍，孩子就降生到人间。所以，刚生下的小孩屁股上都有一块青斑。该神用白色牡马为其"ongu·mori"（温古）马，用羊献祭。

过去，有的人家孩子总是夭折，就请"omie·barkan"保护，待孩子长大后，到一定的年龄再举行一次仪式，解除保护。

乌麦是阿尔泰语系民族共同祭祀的生育神，它是属于灵魂和输送孩子并庇佑他们的女性神，这与西伯利亚诸族中非常相似。妇女想要孩子时，就求助于这些大神。"乌麦"一词，据苏联学者C.B.伊万诺夫的《黑龙江流域民族造型艺术手册》中，不同民族有如下含义：

通古斯满人：
奥麦——女人肚子、子宫（埃文基人）
奥莫——巢、穴、洞
乌木克——巢（图鲁罕地区埃文基人）
奥米——乌米、奥米希、乌米希——调配孩子的神（中国东北埃文基人）。

突厥人、蒙古人：

奥麦——女人的肚子、子宫（蒙古—喀尔喀人）

乌麦——同上

乌麦——保护婴儿消灾祛邪的护身符（克钦人）

鄂麦——儿童庇护神的图形（别尔蒂尔人）

乌麦、鄂麦、麦——庇护孩子的女神（绍尔人、帖列乌特人、哈卡斯人）[①]

总而言之，从以上的比较可知，北方少数民族中叫乌米、乌麦的很多，含义也不尽一致。但可以看得出，主要是指生育保婴女神。乌麦最初还是以"巢穴"含义为主的说法是合理的，实际是指子宫，或女人的肚子。由于对女性生育功能的崇拜，发展演化为司管婴儿灵魂的女性大神。"乌米"一词可能是"乌麦"一词的音转，应该是同一个含义。这些观念产生的时间都非常遥远，是母系氏族社会时期的反映。

三 鄂温克族与达斡尔族神话的交流

据《达斡尔族社会历史调查》介绍：传说早先达斡尔人、鄂伦春人、鄂温克人、蒙古人，相邻而居，在一起生活了很长时间，亲如兄弟。后来要分开了，离别时恋恋不舍，互相交换了"巴日肯"作为纪念。鄂伦春人送给达斡尔人的是"玛罗·巴日肯"，蒙古人给的是"诺·巴日肯"，达斡尔人也把自己的巴日肯送给了鄂伦春人和蒙古人。但因时间已久，达斡尔人送给鄂伦春和蒙古人的巴日肯的名字，人们已经忘了。可见，玛罗·巴日肯是从鄂伦春族传过来的。所以他们的三界形成的神话也是一样的。《达斡尔族社会历史调查》介绍：

古时，只是冬天被雷击死的人，才能当莫昆的祖神。而被雷击死的莫昆祖神的肉体，能变成三种不同名称的神：上部变成"肯格勒带拉勒·博尔绰克尔（kenger·dailar·borqookuur）；中部变成了霍

---

① 富育光：《萨满教与神话》，辽宁大学出版社1990年版，第79—80页。

卓日·克依登（hojoor· keiden）；下部变成"霍卓日·多勒布日"（hojoor· dolbuur）。①

《鄂温克研究文集》记载奥卓尔神神话：

据说，鄂温克的始祖神是被雷打死的。这位始祖神的上半身上了天，变成 Boorol qoohor harul（意为斑白巡视者）；中身变成 Shokoodaaral（意为守护神）；下身到了地下变成了（Yegindolbuur）。②

这两个神话实际上是一个神话，只是语言有些不同罢了。关于始祖神的来历在《鄂温克族社会历史调查》中保留得比较好，如"玛罗"神话中讲道：

世界上没有人类的时候，有一位带辫子的鄂温克人，在一条大河附近的山里，发现了一个大湖，名叫拉玛湖。……这个大湖，有大小八条河汇入，在日出方向有一条河，河口的水很深，深水里有一条大蛇，长15丈左右，头上长有两只大犄角。这条大蛇是从天上掉下来的，跟普通人不通话，但跟萨满通话，它就是舍沃克神。③

从神话中可以看到被雷击而死的祖神是一条大蛇，上面所介绍的达斡尔族和鄂温克的三界之神就是这位蛇神的身体所变。

第六节　达斡尔族神话的特征

一　达斡尔族神话的信仰特征

关于神话与萨满教的关系，困扰了学术界几百年，可以说是众说纷纭。富育光先生认为："萨满所讲述的任何神的世界的事情，都不是娱乐

---

① 内蒙古编写组：《达斡尔族社会历史调查》，内蒙古人民出版社1985年版，第251页。
② 内蒙古编写组：《鄂温克族社会历史调查》，内蒙古人民出版社1986年版，第114页。
③ 内蒙古编写组：《鄂温克族社会历史调查》，内蒙古人民出版社1986年版，第232页。

性地讲述故事，随意编造，而是极其真诚和庄重地向本氏族人的传教和宣扬，认为是神界中实实在在存在或有过的事情，是不容怀疑的。在当时人类思维发展水平上，并不像我们今天对古代神话的感受，觉得幼稚可笑，或者不屑一听。而是非常郑重其事地讲述、倾听，祭祀与奉行着的观念。观念是宗教的神话因素。"①神话中所叙述的就是萨满教的观念，神话的原型、典型形象和人物以及重复出现的英勇行为或创造的举动，全部可以纳入叙事的形式用语言来表达。神话和萨满教之间存在着你中有我、我中有你的关系，它们的孕育和成长具有共同的思维基础和社会环境。正如卡西尔所说："神话思想和宗教思想并没有什么根本的区别。它们两者都来源于人类生活的同一基本现象。在人类文化发展中，我们不可能确定一个标明神话终止或宗教开端的点。宗教在它的整个历史过程中始终不可分解地与神话的成分相系联并且渗透了神话的内容。另一方面，神话甚至在其最原始最粗糙形式中，也包含了一些在某种意义上已经预示了较高较晚的宗教理论的主旨。神话一开始就是潜在的宗教。"②杨堃认为，"任何时候，神话都是宗教的组成部分，只要宗教存在一天，神话就存在一天，阶级和宗教消亡的日子，是神话消亡的日子"③。

由此可知，达斡尔族世代传承的萨满神话与达斡尔族世代笃信的原始宗教——萨满教之间也同样存在密切的关联，而这种关联的存在不仅促进了神话的传播，使宗教思想不断深化也形成了达斡尔族神话的重要特征之一。神话与萨满教关系表现在以下三个方面。

第一，萨满神话是萨满教的"教义"的解读。

萨满教神话中蕴含着原始的思维，如自然崇拜、祖先崇拜、英雄崇拜、原始灵魂观、世界观等。而这些观念都是以"万物有灵"信仰为基础、以多神崇拜为主要特征的萨满教的核心教义。从近些年达斡尔族中举行的斡米南仪式，我们可以看出神话和原始宗教之间的关系，可以看到神话是原始宗教的形象化、具体化的呈现和表达。如当代达斡尔族已出了两个大萨满，近二十多年来，在政府和相关部门的帮助下，举行过多次的相

---

① 富育光：《萨满教与神话》，辽宁大学出版社1990年版，第201页。
② ［德］恩斯特·卡西尔：《人论》，西苑出版社2003年版，第138页。
③ 杨堃：《关于神话与民族学的几个问题》，载于钟敬文主编《民间文艺学文丛》，北京师范大学出版社1982年版，第14页。

关仪式，这些对研究达斡尔族萨满教及神话提供了活的资料。在斡米南仪式中所祭祀的各种神，在仪式开始时，萨满在室外托若树前所唱的请神伊若有：先请的是日月神、本氏族的"霍卓日·巴日肯"（祖先神），再请各位神灵下来。这里关于日、月图腾神话、鄂嫩哈拉的霍卓日·巴日肯，这些在上面神话内容中都已介绍。在室内托若树下面有两条黑蛇和白蛇缠绕在树根部分，它是奴吉热（罗斯）即水神，它是萨满的得力辅助神，系生物神系统，实际上是成精的蛇精灵。像这些神话在达斡尔族中，只要是虔诚的信徒，他们认为这里所讲的神的来历故事，或是对族人的提醒要求等，人们都认为这些是真实的存在，他们都是虔诚的萨满教信仰者。由此我们可以看到神话的确是一种不自觉地创作。

第二，萨满神话就是萨满教仪式的解说。

神话和宗教的关系早在费雷泽时期就已成为学者们关注的焦点，20世纪初出现了神话—仪式学派，他的主要观点包括：神话是仪式部分的叙事，神话是仪式中叙述的事件；在仪式中既讲述神话又实施仪式；神话可以间接讲述或者伴随着讲述。虽然其中某些观点受到后来很多学者的质疑，但不可否认，神话—仪式学派对神话的研究提供了一个新的视觉，萨满在萨满教仪式中的地位和作用的确是十分的明显。

萨满神话解释了祭祀仪式各项议程。神话与宗教仪式之间的关系已成为关注的问题。弗雷泽在《金枝》中，对神话与仪式的关系做了评估，认为神话与仪式关系很密切，多数神话是为了解释仪式或习俗才产生的。

从目前达斡尔族的萨满来看，达斡尔族的神话就是这种情况。萨满在仪式过程中所祭祀的神灵，都有与其相对应的故事。达斡尔族每个莫昆都有自己的祖先神，每一个祖先神都有其相关的故事。莫昆内有人闹病就会请这些神灵治病。这些神灵的神话传说不仅使祭祀的目的更清晰，而且可以加深人们对仪式的信任，在某种程度上稳定了仪式的传承。

萨满一般都掌握仪式的各项规程，相关的问题在祭祀举行前，都有神灵给萨满托什么梦，萨满就按梦中的指点去做，诸如哪年哪月哪日举行仪式，使用什么祭品，丝毫不能含糊，不同神的祭品都是不同的，如"敖雷·巴日肯"多为成精的鼬鼠，供于仓房内，其供品为猪、羊、鸡、果品等。又如在斡米南仪式中，刚开始，萨满站在室外托若前祈祷，以羊为供品。祭天时，早期用白牛为贡物，如遇特大灾祸则以九头牛供祭。后来多以猪或羊为供物。至于什么神用什么祭品，都已经由神灵指教。其中的原因还不是太清楚，大概是神的爱好不同吧。这个方面还需认真研究。如果搞错了一定是不行的，会出事的。有的神话中看到相关的解释，可以帮助我们解读该问题。在神话中讲述神的来历时，也会交代神的脾气秉性及生活习惯等，这样在祭祀时萨满如何取悦神灵，应该注意哪些禁忌就有了合理的解释。

作为萨满的神谕也能够体现神话与萨满教之间的密切关系。当萨满神灵附体后说唱的伊若（神谕）就包含着神话。诚如富育光先生所说："萨满教教义便寓含于神谕中，而其核心意识便集中体现在神谕记载的众多神话里，萨满教神话构成了萨满教神学的主要内容。"[1]

第三，萨满教神话通过萨满及萨满教仪式传承。

萨满的单线传承也是萨满神话区别于其他神话的一个重要特征，它对神话的演变、发展具有较大的影响。萨满教神话的传承主要是通过萨满以及萨满教的仪式来进行的，按照萨满教观念，萨满不是任何人都能当的，必须符合一定条件的人才能当。萨满教神话创造出来后，萨满就在历代承袭基础上不断丰富、传讲。萨满以自己的智慧、才华和从事神职经验，而竭力整饰萨满教各方面神祇神话，以媚诸神，以教族人。萨满教中保留的神话内容，集中保留在伊若当中，其传承方式主要是老萨满向新萨满口传心授。据斯琴挂说，她平时也不太会唱歌，一旦神灵附体，不知怎么就会唱了，很值得研究。一般萨满都是由传承而来的。正如富育光先生说："有些人以为，可能只是萨满教初期有造神现象，似乎人类迈入文明门槛以后，造神运动已不复存在了。其实，宗教存在，神话便存在着。宗教与神话相依而生，相依而存。故此，宗教信仰与宗教观念和祭礼都存在着，凝结其核心的神话便要存在下去。直到近世，仍未改变。"[2] 达斡尔族仍然存在着的活态神话，现在还在流传着，敬诵与发展着。

二　达斡尔族的神话具有综合艺术的多维性

目前，在北方信仰萨满教的民族中，唯有达斡尔族萨满教有复兴的情

---

[1] 富育光：《萨满教与神话》，辽宁大学出版社1990年版，第202—203页。
[2] 富育光：《萨满教与神话》，辽宁大学出版社1990年版，第203页。

况，族内外研究萨满教的学者们都来考察研究。为我们研究达斡尔族的神话也提供了活的化石。

达斡尔族在举行斡米南仪式时，人们以神圣的仪式和虔诚的心态去演绎神话，正如刘守华先生所说："神话不仅是语言的叙事艺术，还是一种综合的观念体系，其表现形式多种多样——语言的、非语言的、艺术的、非艺术的、含有艺术成分的，各种直观的艺术表现手段都可以用来再现神话的思维，如绘画、雕刻、音乐、舞蹈……都曾用以表现神话意识中飞腾自如的翩翩奇想，非语言的神话表达形式，即使在语言形式的神话叙事研究中，亦有很大的参考价值。"①

这种表现形式集中反映在达斡尔族萨满教盛典的斡米南仪式上。在举行斡米南仪式前，需要认真准备。参加人员有穿着萨满服的主祭萨满和师傅萨满、陪祭萨满、徒弟等，本氏族的成员及让萨满治过病的人们。祭祀开始前，做一些准备工作，先建一座蒙古包，并立"屋内的托若树"（根部有两条黑白蛇的形象）和"外面的托若树"，上面都要挂上请的神灵及装饰物，蒙古包内也存放着萨满各自的神偶。这些神偶都是由专人用各种材质所绘制，它们都有各自的神话。从木刻的、彩绘的偶像上看都是一副副精美的图像，它包含着美丽的图像神话。在仪式举行的过程中，萨满要唱请神歌，将神灵一一请来。当神灵附体后，萨满跳萨满舞，然后唱萨满调传达神灵的意愿。从这些仪式的过程中可以看到萨满在讲述神话时运用了直观的音乐、舞蹈等艺术形式。萨满的服饰也是一件精美的艺术品，其中多用刺绣等民间工艺手法，衣服上的每一件缀饰都有其丰富的内涵，不是任何人随便能做的。从以上的介绍我们可以清楚地感受到，为了表达神话的内涵，在斡米南仪式中，用尽了绘画、雕刻、音乐、舞蹈等各种表现艺术形式。从这些行为方式可以看出斡米南仪式的确是一种"以祭司（萨满）为中心的文化综合体"。

三 萨满教神话的神圣性

从斡米南仪式可以看出，当神灵附体后，萨满开始替神说话，讲述神

---

① 刘守华、陈建宪主编：《民间文学教程》，华中师范大学出版社2002年版，第111页。

的来历，以及相关的事情，这时萨满和神一样具有了神圣性。神圣性是达斡尔人神话很重要的特征。神话有一种不容怀疑的权威，这种神圣性表现在时间和空间两方面。

首先，时间上的神圣性。在一首伊若中这样唱道：

> 在正月十六的日子里，
> 竖起吉庆的"托热"树。
> 备齐庆典的神器祭品，
> 集起"莫昆"族众和乡亲……①

这首伊若说"在正月十六的日子里"举行仪式，可见达斡尔族的斡米南仪式举行的时间是正月十六日（或前后差一、二天），这是新年。这时日落月出，这时日、月遥遥相望，这就是日红月圆的好日子。在祭词中往往说：我们选了"良辰吉日向您祷告"，指的就是这一天。这是蒙古物候历的新年。有关这问题，还正验证了阿尔丁夫先生对蒙古13世纪前物候历新年的考证。② 他认为蒙古语族的物候历中四月十六日是新年，而达斡尔族的斡米南仪式也正在这个时间前后举行，在请神的祷词中往往说：在这吉日良辰来请您（神）。所说的吉日良辰就是这个新年。为什么要选这个日子为"良辰吉日"？"在文化发达的诸民族之中，之所以把新年作为一个重要的节日来庆贺，就是他们认为除旧布新的这一变化，会使宇宙秩序重新得到创造。这种对初始的生命力量、宇宙之谜的笃信，使得一些民族不仅在新年，甚至在成年礼、葬礼和巫术仪式中讲述宇宙起源神话……宇宙神话中包括创造、起源、复生、轮回、循环等多种文化内涵。"③

阿尔丁夫先生说这个新年即"孟夏十六"。他认为：古代蒙古人采用"草青则为一年的"物候历和蒙古草原上的草至"四月始青"，考证出"孟夏十六"才是13世纪蒙古物候历的新年。他的说法正符合达斡尔族

---

① 吕大吉、何耀华总主编，满都尔图、周锡银、佟德福主编：《中国各民族宗教资料集成·鄂温克族、鄂伦春族、赫哲族、达斡尔族、锡伯族、满族卷》，中国社会科学出版社1999年版，第342页。

② 阿尔丁夫：《13世纪之前蒙古物候历考》，《内蒙古师范大学学报》2013年第2期。

③ 阿尔丁夫：《13世纪之前蒙古物候历考》，《内蒙古师范大学学报》2013年第2期。

斡米南举行的时间。据此也可以推断达斡尔族的新年,在古代也曾是这个日子。难道达斡尔族斡米南仪式的日期和阿尔丁夫先生所说的是巧合吗?非也。如果和前面介绍的图腾神话联系起来分析,不难发现,在这一天,图腾父母见面,"会使宇宙秩序重新得到创造"。[①] 斡米南仪式的目的也正在于此。正如恩格斯在《家庭私有制和国家的起源》一书表述的两种生产理论,指出:"根据唯物主义观点,历史中的决定性因素,归根结底是直接生活的生产和再生产。但是,生产本身又有两种。一方面是生活资料即食物、衣服、住房以及为此所必需的工具的生产;另一方面是人类自身的生产,即种的繁衍。一定历史时代和一定地区内的人们生活于其下的社会制度,受着两种生产的制约:一方面受劳动的发展阶段的制约,另一方面受家庭的发展阶段的制约。生产越不发展,产品的数量、社会的财富也越受限制,社会制度就在较大程度上受血族关系的支配。"[②]恩格斯说的正是斡米南仪式想达到的目的。

其次,祭仪空间的神圣性。在举行斡米南仪式前,空间是需布置的。布置时先用白色的东西划定一定的范围,内外有别;另外在此范围内再用红线划分出神圣与世俗的空间。在此范围内布置了室内室外的托若树,托若树中间拉一根棉绳。整个仪式就在这个神圣的范围内举行。

各民族对神圣空间的界定与特定神灵的祭祀有关。达斡尔族在自然崇拜阶段就已形成了对具体神灵特定的祭祀场所。如山神、水神、树神,都划出具体的祭祀范围,视其为神圣的场所——神圣的空间。无关者不许接近或进入,否则招致不测甚至会危害社群生活。因此,祭祀的仪式中,祭神的特定场合或临时规定的祭祀地点等构成了讲述神话的神圣空间,并与仪式相伴随。伊若就很好地解读了萨满教仪式的神圣内涵,同时也让我们更深刻地理解萨满教的教义。

四 达斡尔族神话的民族性

达斡尔人的生活环境以及他们民族发展的历史,对民族神话的内容、

[①] 阿尔丁夫:《13世纪之前蒙古物候历考》,《内蒙古师范大学学报》2013年第2期。
[②] [德]恩格斯:《家庭私有制和国家的起源》,《马克思恩格斯选集》第4卷,人民出版社1972年版,第2页。

演变都产生了不同的影响，因此，他们的神话独具特色。

第一，具有狩猎文化特点。

在渔猎经济生活中，高山、密林、河流都是人们赖以生存的自然物，当然也会在神话中留下印记。由于人类认识水平所限，对自然物的情感有矛盾性，既恐惧又崇拜。在前文中已提到，达斡尔人有关山神的神话较多。如达斡尔族所崇拜的白那查就非常典型，他们认为一切猎获物均为白那查所恩赐，放排木等一些野外生产者也是由白那查保佑其安全。故出外打猎、放排都要尊敬它。遇到山洞、怪山、奇山异峰就认为是山神所居之地，并对其祭拜。这种情感体现在我们所见到的这些神话中，神话自然就带有狩猎文化的特色。

达斡尔族神话的特色，还体现在树神神话中。从对树木的崇拜来看，最突出的是"通天树"和"生命树"。

萨满的通天树，就是在斡米南仪式中所竖立的室外托若树（神树）。这个托若树要用青枝绿叶的树，并在上面挂各种神偶。在仪式开始，首先由萨满在神树前唱请神歌。据说神灵就会从天上下到树上，并附体于萨满神身上。故人们就认为这个托若树是"通天树"。

神树也是萨满的生命树。生命树它和萨满的健康有关，也与民众的健康有关。这些树称为"十二个杜瓦兰"，属于生物神体系统。盘踞在树上的十二种动物就是十二个杜瓦兰。大柳树—噶力尔特；杨树—猎鹰；粗柳树—西木库；刺木果树—雕（树鼠类）；稠李子树—雕；白干红枝柳树—帖西哈；灌木柳树—二十只乌鸦；枞树—昂古拉白桦树；白桦树—索木哈；枳枳草—五十五个栗雀；榆树—布谷鸟；樟松—蟒。近几年，达斡尔族大萨满斯琴挂连续三年到四方山祭祀，一方面是祭该神山，另一方面祭山顶天池里的罗斯（龙王）。在去往神灵的路上，还需要找到十二棵树进行祭祀，并给它们涂抹血、根部培土等。这样，神树被激活，其法力会加强，萨满的身体也会更健康。

这种生命树和通天树就是树木崇拜的最好的例子，也是达斡尔族狩猎文化的表现之一。

第二，体现对自然环境的认识。

达斡尔族神话不仅具有狩猎文化的特色，同时也表现在其所依赖的自然环境。达斡尔族神话对先民生存的自然环境有生动的描绘。在水神神话中所祭的"奴吉日·巴日肯"就是罗斯，即龙王、水神。在举行斡米南仪式时，其形象就是室内托若树根部缠绕的黑白两条蛇，当"奴吉日·巴日肯"附体后，萨满所唱的伊若中唱到："达斡尔人，从原来的地方，开了两条路，一条是纳文江，一条诺敏河，为了子孙后代生活在这个地方，把沿途经过的泉眼都打开，所有的江河湖海都是奴吉日·巴日肯翻滚出来的，让山上的树木都变绿了。"[①] 这里对水神的描绘就独具特色。达斡尔族对水的态度与南方民族略有不同。北方民族世代逐水草而居，靠渔猎湖泊解决衣食住行，故对水产生挚爱之情。而南方到处可见水和江河，并非稀缺的自然资源，对水的渴望不像北方民族。

南北方地区对同样事物不同的态度，也反映在达斡尔族对动物的崇拜方面，至今流传的神话中，蛇、熊、狼、黄鼠狼等都是萨满的辅助神，或是祖先神。而在中原地区常常将它们视为人类的敌人。这和北方民族生活的自然环境有关，达斡尔族长期生活在寒冷的地方，并从事狩猎生产，培养了他们艰苦奋斗的精神品质，战胜寒冷，延续生命。同时，也就产生了对动物的崇拜。因此，达斡尔族神话中有大量的动物神话，这与地域环境有着密切的关系。

达斡尔族对渔猎文化的保留，不仅说明达斡尔族在历史上曾经历过漫长的渔猎经济生活，而且也表明渔猎文化已成为达斡尔先民具有的民族性特点，神话中相关的内容也正是达斡尔族神话民族性的体现。

还需特别注意的是达斡尔族神话的学术价值，值得当代神话学界关注。达斡尔族神话有的就是活态神话，这些神话十分难得。可以说达斡尔族的神话是我们研究原始社会文化的一种活化石，其内涵大致上包括原始知识的化石、原始信仰的化石和原始观念的化石三类，具有明显的民族特色，而且具有通过化石的研究来展现古代社会文化面貌的珍贵价值，就像人体的化石可以帮助我们研究和认识古代人类的体质和到今天的发展演变一样。

[①] 萨敏娜：《达斡尔族萨满仪式调查研究》，人民出版社2022年版，第232—236页。

第三章 达斡尔族的民间传说

达斡尔族民间传说是达斡尔族劳动人民集体创作的口头文学的重要体裁之一，它是与一定的历史人物、历史事件和山川风物、地方风情有关的口头叙事作品。不同民族在历史上创作了大量的传说，用以反映自己的社会历史和社会生活。达斡尔族民间传说与其他体裁相比较，更能够直接地反映达斡尔民族及其先民的社会生活，为深入了解和研究达斡尔族的社会历史提供了极好的资料。

中国民间文艺学学界比较通用的传说分类方法是按照传说讲述内容的性质进行划分的。本书也沿用这种分类方法，把达斡尔族的民间传说分为人物传说、历史传说和地方风物传说、萨满的传说四类加以介绍。

第一节 达斡尔族人物传说

这类传说以历史人物为中心，叙述他们的事迹和遭遇以及对他们的评价。此类传说中的人物大多是有据可查的历史人物，也有一些虚构的人物，达斡尔族人民通过这样的创作表达自己的思想感情和意愿。相当一部分传说中的主人公都是在不同的时代做出过突出贡献的人，因而都是达斡尔族人民心目中的英雄人物。人物传说主要包括民族英雄的传说、关于抵抗沙俄侵略和反对国民党反动派欺压的传说、以及关于清官的传说。下面分别加以介绍。

一 关于乌尔科（边壕）的传说

萨吉哈尔迪汗是达斡尔族首屈一指的英雄人物，他在达斡尔族人民心目中享有特殊的地位。达斡尔族人认为自己是他的后裔。《关于乌尔科

(边壕)的传说》中讲道:

  萨吉哈尔迪汗被沙俄战败后,率男女部众顺瑷珲城南下,到宜卧其(今七家子附近的月亮泡)附近过大江。时值六月间,无船不能渡,受阻。萨吉哈尔迪汗在江岸扎营住了一宿。第二天,问其近卫人员:"江封上没有?"近卫人员回答:"没有!"萨吉哈尔迪汗闻之大怒,把他杀掉。以后凡是照实说的都被杀了。后来有一个警卫人员暗中想,反正是一死,等问到自己头上,干脆说封江了。过了几天,轮到他了。萨吉哈尔迪汗问他:"江封了没有?"他回答说:"封了。"于是萨吉哈尔迪汗下令过江。来到江面一看,果然真的封住了。可是封江的不是冰而是龟背。萨吉哈尔迪汗在前面走,部队过的也不少。萨吉哈尔迪汗问卫兵:"过完了没有?"回答说过完了。话音刚落,龟背桥马上就不见了。结果带几名卫兵正走在江心的太子等都沉于江中。……太子死了,他的儿媳妇又年轻又漂亮,萨吉哈尔迪汗想打死她,却又觉得可惜,于是想娶她为妻。儿媳不从,还提出挖边壕比赛,如果她输了嫁给他,赢了她仍是儿媳。比赛结果儿媳获胜。①

  传说中的乌尔科(边壕)是由金朝安帝五代孙、泰州都督婆卢火征集部分契丹民工修筑的,史称"长春边堡"或"泰州迤堡"。达斡尔人中被说成萨吉哈尔迪汗及其儿媳修筑的。目前有关萨吉哈尔迪汗的研究很多,但是有些观点不能达成一致,如关于他生活的年代众说纷纭。对萨吉哈尔迪汗其人其事,目前有三种解释,即认为是奇首可汗、鲜质可汗和库烈儿,这三个人物在达斡尔族心目中都是有影响的大人物。滕绍箴先生通过深入研究后提出:"审视三者,我们认为前两说尽管作者已经尽力了,但史实显得不足。……我们认为萨吉哈尔迪汗的传说是根据库烈儿的英雄业绩,经过文学加工,在民间世代传说中逐渐塑造而成。这不仅有上述历史事实为据,而且有具体印迹可查。"② 滕绍箴先生认为"奇首可汗说"和"鲜质可汗说"都未能以史实论证,仅供参考。滕绍箴先生的研究有

---

① 内蒙古编写组:《达斡尔族社会历史调查》,内蒙古人民出版社1985年版,第32页。
② 滕绍箴、苏都尔·董瑛:《达斡尔族文化研究》,辽宁民族出版社2014年版,第69、72页。

理有据，很值得注意，为相关研究打开了更加广阔的思路。

二 齐琶告状的传说

第二类英雄传说的内容往往鲜明地表现了人民对某些历史人物的赞美或批判，对某些行为的颂扬或嘲讽。这类对历史人物的评价是通过虚构情节（即它们既不是历史上发生过的重大事件，又不是个人经历中的真实事件）来表现人民的爱憎。《齐琶告状》传说是这类作品的代表作。摘录如下：

传说三百多年前，达斡尔族已归顺清朝，一部分人已迁居到嫩江流域，还有些哈拉没搬迁，其中也有鄂嫩·哈拉留在鄂嫩河畔，精奇里哈拉首领受清廷的委任镇守于此。齐琶是达斡尔族鄂嫩·哈拉的祖先，也是达斡尔族著名的人物。传说中说他历经千辛万苦，从黑龙江左岸的故乡到穆古墩城（现在的沈阳，后金的首都），向皇帝告状，揭发精奇里氏先祖巴尔达齐欺压人民，仗势强占齐琶的妻子。还把他的两条腿锯断，并让他拖着木制的假腿，白天给巴尔达齐干活，夜晚被关在东屋里。巴尔达齐和齐琶的妻子睡在西屋，为了防备齐琶逃跑，把他的假腿放在西屋。齐琶的妻子于心不忍，便替他准备了干粮，帮他偷跑出去到沈阳告状。夜间，齐琶悄悄骑上巴尔达齐"卡恩·马"，顺手又牵上了一匹海骝马，迅速跑了出来。巴尔达齐被马蹄声惊醒，出来追赶，已望尘莫及。齐琶艰难地走了很多天，干粮吃完了，只好先后杀死了两匹马做成肉干充饥。没有马，他便自己做了一个小木筏子顺嫩江而下。刚开始木筏直兜圈子，走得很慢。有一天，他看见老鹰在天空飞翔，从老鹰的翅膀和尾巴上得到了启发，在伐子上安上了两翼、尾舵，这样就顺利多了。好容易到了嘎布克屯，将告状的事告诉了他们，大家都很同情他，给了不少东西，又上了路。到了沈阳，见到皇帝说明了自己的来由。皇帝下命令将巴尔达齐召至京城。巴尔达齐进皇宫见到齐琶非常气愤，便拿出刀子在玉石地上划动，想刺死齐琶。皇帝看他这样无理，下令处死他，把他的皮剥下来做皮鼓。并下令灭其族。巴尔达齐原来的姓是"sebeke"，他的亲族为了逃生改姓为"jinkir"，纷纷逃到各地。有的藏到菜窖里，上面盖上车轮，由别人从车头孔撒饭喂养。这就是精克日哈拉的来历。①

传说中的主人公齐琶和巴尔达齐在历史上实有其人。齐琶是清初人，南迁嫩江前曾居住在鄂嫩河下游，掌管两座木城。1640年清军压境的情况下，他与索伦部落首领博穆博果尔并肩作战，与鄂温克人民共同反抗清兵，谱写了一篇反征服的英勇诗篇。巴尔达齐（1590—1654）是黑龙江中游支流精奇里江下游多科屯人，皇太极时期被招为驸马。顺治六年（1649）率族人进京，任一等侍卫，授缘于阿思哈尼哈名号。据金鑫的研究，巴尔达齐这个人物有误。他说：《黑龙江将军衙署档案》中的相关资料表明，这个达斡尔族故事是有原型的，但被齐琶控告而遭惩处的巴尔达齐并不是故事中所说的巴尔达齐，而是一个名叫巴尔达楚的人。所以，故事中的巴尔达齐是人名的误传。②

可见传说中的两个人物都是真实的历史人物，但是达斡尔族人民对他们的态度是不一样的，倾向性明显。作品歌颂了反清的英雄，嘲讽了站在清廷一方的额驸巴尔达楚。这种态度是由战争的性质决定的。达斡尔族人民多年来居住在黑龙江左岸。努尔哈赤和皇太极发动征服索伦部的战争，是为了扩大势力，巩固后方，并且进一步攻取内地的战略部署的具体一环。努尔哈赤和皇太极曾先后四次征讨索伦部，最后一次是镇压反征服的战争。传说中的人物虽是真人，但许多情节是虚构的。如齐琶两条腿被打断后，还能按假腿。在当时的条件下，这是不可能的事情。这还不算，他竟然能跑到沈阳告状，简直是人间奇迹。可见这些类似的内容除有一定的历史依据外，主要还是人民通过自己的想象以艺术形式虚构出来的。这些故事充满了对齐琶的赞美、敬佩，而对巴尔达楚持嘲讽、批判的态度。达斡尔族人民的政治倾向性显而易见。

---

① 孟志东：《达斡尔族民间故事选》，上海文艺出版社1979年版，第320页。
② 金鑫：《巴尔达齐遭清廷惩处之由来补释——以"齐琶告状"的故事的史实为切入点》，《民族研究》2010年第4期。

三　抵抗沙俄侵略的传说

萨布素是著名的满族将领，他在任宁古塔副都统和黑龙江将军时，为保卫边疆、反击沙俄侵略者做出了重要贡献。《萨将军的传说》讲道：

> 三百多年前，萨布素将军率兵打罗刹（沙俄），他手下的兵将大多数都是达斡尔族人。当时，在萨将军的指挥下，把一尊神奇的大炮拖到黑龙江边的伦图尔山上。我军靠大炮的威力频频获胜。但有一次打了败仗，无奈弃炮撤退。罗刹占领伦图尔山后，对大炮无计可施，大炮不听他们使唤。他们本想用炮轰击我军，大炮偏转向沙俄军队。没办法，他们也弃炮逃跑了。当清政府和沙俄签订《瑷珲条约》时，这尊大炮被搬到江北，它对大片的国土被罗刹吞占感到绝望、羞耻。只听轰隆一声，自己放射出一颗炮弹，炸跑了沙俄侵略军。[①]

这个传说不仅反映了萨将军率领达斡尔族和各族人民共同抗击沙俄侵略者的决心和功绩，也反映了失掉家园的达斡尔族人民想要战胜沙俄的强烈愿望。

四　绍郎和岱夫的传说

《绍郎和岱夫》乌春是达斡尔族民间文学的经典作品，所传唱的是20世纪初（1917—1919）一场英雄豪杰式的农民起义。当两位起义领袖纵横江野、行侠仗义、除暴安良之时，嫩江流域早已流传着关于他们的传说，当他们遭遇失败牺牲后，这些零碎片段的故事传说，便逐渐进入乌春中，形成了一首长篇巨制的乌春。有许多的各种题材的作品，颂扬他们的英勇事迹，如在《绍郎和岱夫》一书中，就收集到了《英雄智战奇克耐》《三丹遇难》《火烧哈拉乌苏》《嫩江边八雄脱险》《计破王家大院》《绍郎岱夫巧夺枪》等传说，大多是民间艺人提供。每篇传说都活灵活现地

[①] 萨音塔娜（赛音塔娜）：《达斡尔族民间故事选》，内蒙古人民出版社1987年版，第23页。

塑造了两位英雄人物。如《绍郎岱夫巧夺枪》：

　　绍郎和岱夫拉起队伍，专跟官兵巡警干，为穷人出了气，不少人跟他走，人越聚越多，可是枪不够用了。

　　有一天，绍郎听说，有一队官兵，正在大屯抢粮食。他叫弟兄们慢慢地往屯里活动，自己改扮成买卖人，穿上长袍，戴上礼帽，让岱夫跟随着，大摇大摆地来到了大车店。把门的一看这神气，也没敢问。院里看粮的几个官兵，见是买卖人也没注意，哥俩稳稳当当地进了上房。

　　上房里二十多个官兵，刚吃完晌饭，一个个汗麻流水的。有的敞开怀，手拿衣襟扇风，有的东倒西歪"扯大栏"（闲唠嗑），那枪，那子弹袋，乱七八糟地扔了满炕。炕头上有一排长正喝茶。绍郎冲他一作揖，说"老兄，发财，发财"，凑到跟前就坐下了，递上一支洋烟卷儿，说："来，烟酒不分家嘛。"排长接过烟，抽着，打量着绍郎问："看老兄像个买卖人？""不瞒你说，专倒腾烟酒茶糖，姓吴。""吴掌柜的，这年头兵荒马乱的，你可得加点小心呀！""哎，是呀！我总想买支枪，万一碰着，也有个称手的家伙呀！"排长一听有利可图，忙说："你出多少钱？我卖给你一支。"绍郎笑了笑，冲岱夫一招手，机灵的岱夫忙从钱搭子里掏出三十块大洋，哗啦一下子放在桌子上，"够不？"绍郎问了一句，又假装为难地说："我也不会使唤哪。"排长一见大洋，早馋得淌哈拉子（口水）了，赶紧把自己带的镜面匣子掏出来，告诉绍郎怎么上上子弹，怎么放，还亲自顶上定门子儿，递给绍郎说："吴掌柜，你试试。"绍郎假装害怕，手哆哆嗦嗦地接过来。翻过来看看，掉过去看看，问："怪吓人的，咋打呀？"排长说："搂这个机子就行，往窗外打就行，没事。"

　　好绍郎，慢慢地举起了匣子，冲窗外一搂火儿，"呼"的一声，没成想，站在门口站岗的应声倒地。绍郎的弟兄趁机冲进院来了，提起斧头镰刀一起收拾官兵，院里可就乱套了。排长不知道院里出什么事，伸着脖子往外瞅，刚想问，绍郎的枪又响了，"哨"的一声，这小子也一头栽倒在炕上，糊里糊涂地见阎王爷去了。就在枪响的节骨眼儿，岱夫从钱褡子里"噌噌"拽出两把匣枪，一高跳到八仙桌上，高喊"谁也不许动，绍郎爷爷来了！"一听绍郎的名字，官兵的魂都吓飞了，一个个只顾磕头："爷爷饶命！爷爷饶命！"弟兄们闯进屋里，拽过枪背上，拿过子弹袋背上，乐得嘴都闭不上了。绍郎端起茶杯，喝了一口，冲官兵说："爷爷今天来，就为买你们的枪，不杀你们。以后再敢当兵作恶，爷爷可不能饶你们，滚吧！"官兵们磕完头都跑了。绍郎用眼一扫，弟兄们都有了枪，也很高兴，让店家拿来酒，一人捅了三大碗，完了扔给店家一块大洋，说："给你酒钱。"绍郎又指了指院里的粮食，说："你去告诉乡亲，谁家的，谁拿回去，差一点，我就要你的命！"店家吓得鞠着躬连连说："小子知道了，小子知道了。"等他抬头再一看，绍郎的队伍都走没影了①。

传说表现了绍郎有勇有谋的英雄形象。在没枪的情况下，巧妙地夺到了枪支，武装了起义队伍。

五 清官的传说

这类传说大多是达斡尔族劳动人民以历史上某些受人尊敬和爱戴的清官为素材而创作的口头文学作品。传说中有的是歌颂清官刚直不阿、执法如山、敢于惩治权豪势要、为民伸张正义的行为，如《都将军巧斩黄带子》；有的表现了他们居官清正、廉洁奉公的优良品质，如《多将军的传说》；还有的颂扬他们深入群众调查研究、为民伸冤的事迹，如《无名将军的传说》。总之，清官传说最大的特点是赞颂他们不畏权势为民伸张正义的高尚品德，这正是这类传说的生命力所在，也是最富有人民性的部分。如《都将军巧斩黄带子》讲道：

都将军是满那莫昆的人，名字叫都兴嘎。他是个铁面无私的清官，连皇亲犯法他都敢与民同罪处理。清朝建立时，曾建都穆格敦（过去称盛京，即现在的沈阳）。清迁都北京时，在沈阳留下了不少皇叔、皇弟等人。因为他们都佩带黄缎腰带，故称为"黄带子"。这些黄带子在沈阳长期以来为非作歹，什么坏事都干。皇帝为了建设好

---

① 沃岭生主编：《绍郎和岱夫》，民族出版社2002年版，第121—123页。

故都，常派有能力的将军去治理，但是去一个死一个。后来，皇帝又选了一位达斡尔族都将军。当都将军来到沈阳后，黄带子们第一天就要宴请他，将军拒绝了。他带领手下的士兵，穿上老百姓的服装走访了半个月的时间，把事情全弄清楚了，之后才去赴宴。宴会开始，都将军就上下左右地观察，忽然看见在热气腾腾的菜上，从棚顶滴下来一股白色的东西，正好落在他的碗里。他就立即派士兵上去查看，发现一条又粗又长的蜈蚣发着绿光，几个士兵几下就把它处理了。都将军也顾不上让皇帝批准，把那些出主意干坏事的黄带子立马杀无赦。事后才上报请罪。皇帝高兴还来不及，根本没有怪罪他。①

达斡尔族人物传说中的主人公，都是达斡尔族人民心目中的英雄。他们都是在不同的时代对人民做出过这样或那样贡献的人物。正如鲁迅先生所说："我们自古以来，就有埋头苦干的人，有拼命硬干的人，有为民请命的人，有舍身求法的人，……这就是中国的脊梁。"② 达斡尔族传说里讲述了自古至今各个历史时期的英雄人物，他们就是达斡尔民族的脊梁。正因为此，他们的名字永远铭刻在人民的心中。他们的精神业已成为达斡尔族人民克服困难、战胜敌人的不可抗拒的力量。

第二节 达斡尔族历史传说

这类传说主要包括族源传说、史实传说。在达斡尔族传说中占有重要的地位，它与达斡尔族及其先民们的历史有密切的关系，是达斡尔族人民对民族历史的回忆和赞颂。这类作品往往围绕某个时期历史事实展开，涉及事件和人物较广泛，表现达斡尔族人民对本民族历史的思考和认识。

一 达斡尔族族源传说

《达斡尔族社会历史调查》③记载有如下几个关于民族来源的传说，这

---

① 萨音塔娜（赛音塔娜）：《达斡尔族民间故事选》，内蒙古人民出版社1987年版，第14页。
② 鲁迅：《中国人失掉自信了吗》。
③ 内蒙古编写组：《达斡尔族社会历史调查》，内蒙古人民出版社1985年版，第30页。

些传说对研究达斡尔族族源也许有些启发。

关于鄂嫩、郭贝勒两个哈拉的祖先的传说中讲道：

相传在黑龙江左岸的时候，萨吉哈尔迪汗在远征之前下令，命其部下头朝南睡。可是有的人却头朝北睡了。第二天清晨出发时，萨吉哈尔迪汗把"头朝南睡"的人都带走了。头朝北睡的人未被叫醒，留在原地成为达斡尔族鄂嫩、郭贝勒两个哈拉的祖先。今天的鄂嫩和郭贝勒两个哈拉就是"头朝北睡"的那部分人的后裔。

关于达斡尔人的祖先曾建立黑水国的传说中讲道：

传说达斡尔人的祖先曾建立黑水国，与高句丽比邻而居。在高句丽和唐朝之间发生战争时，熟女真与生女真一起援助过高句丽。战争失利后，熟女真迁至长白山，生女真和黑水国迁至黑龙江北，到黑龙江以北后，由萨吉哈尔迪汗支配统率，与相邻民族和睦相处。萨吉哈尔迪汗率部向四周扩张势力，遭到包括俄罗斯在内的六个民族的反抗。因寡不敌众，打了败仗的萨吉哈尔迪汗率部向南方逃去。越吉登达瓦（兴安岭）时有一部分人不堪疲于奔命之苦，潜留于兴安岭的深山中。他们冬猎夏渔，住在柱克查里。此即今日达斡尔民族的祖先。

关于达斡尔人最早的祖先是蒙古台吉的传说中讲道：

很久以前，有个蒙古台吉脾气不好，不能与人和睦相处，后被族人遗弃。于是，他只能漫无目的地沿着黑龙江流浪。走着走着，他看到一所房子，里面住着一个披头散发的女人。他求她收留，想与她结为夫妻。那个女人说：那得看看你的力气怎么样。于是，她就挽起袖子和台吉摔起跤来了。台吉是个粗壮的汉子，摔了好久都分不出胜负。俩人彼此钦佩对方力大无比，遂结为夫妻。不久他们有了儿子，儿子又有了儿子，子子孙孙越来越多。据说他们就是达斡尔人的祖先。

关于达斡尔人的祖先曾被岳飞战败，逃至黑龙江北岸的传说中讲道：

在南宋时期，北方有个大王，他有三个儿子，也有很多兵。他想侵占南方广大土地，于是派长子攻打金兀术。但其长子向金兀术投降了，并被收为驸马。大王闻讯大怒，想调回问罪。次子偷去兄处告信，也未敢返回，同兄一起留在金兀术那里。那时金兀术就在白城子。

岳飞攻打金兀术，屡攻白城子未果，于是收买白城子白家雀，在其尾部拴上火药，到晚时放回城内，使城内烈火四起，金兵大败北逃。

北方大王的长子和次子随金军北逃，到黑龙江北岸停下来，搭撮罗子居住，打野兽采野果充饥，用兽皮做衣服穿。他们就是现在的达斡尔人的祖先。①

有关达斡尔族族源的传说非常多，其内容涉及也很广，有的传说的内容过于不着边际，不可当真。

二 史事传说

历史事件传说，也称为史事传说，是以历史事件为叙述中心的传说。这类传说往往与人物传说有所交叉，但是两者各有侧重，史事传说重在叙事，而人物传说重在记人。史事传说在记述历史事实的同时，也刻画人物，但这些人物多是普通的百姓，在这类传说中反映的是集体性的群众英雄；而人物传说中的历史人物往往是著名的人物。

《奇三和孟库胡图荣嘎为民申冤的传说》，说的是清朝乾隆末年，布特哈旗达斡尔族上层，以清廉官吏为代表的达斡尔族反抗贪官污吏的斗争。这是地方官在皇帝面前直接拦驾告状，引起朝野一片哗然。前往热河告状的一个人是奇三，他是倭都霍台屯的郭布勒哈拉氏，任布特哈副总管。另一位是孟库胡图荣嘎，他是洪花尔基屯郭布勒氏，担任协领，这一

---

① 内蒙古编写组：《达斡尔族社会历史调查》，内蒙古人民出版社1985年版，第28—30页。

场官告官，涉及北方各民族生计的利民斗争，是清朝中叶官吏腐败的典型案列。奇三作为副都统，敢于挡御驾告状，为民请命，受到了达斡尔族人民的普遍爱戴，被诵为"达斡尔巨擘"。[①] 他的事迹在达斡尔族人民中创作成传说代代相传，成为达斡尔族人民坚强不屈、公正不阿、勇于进取精神的生动教材。

《奇三和孟库胡图荣嘎为民申冤的传说》梗概：

齐齐哈尔将军、副都统及下辖协领等官吏的贪暴行径，在奇三的状子中列为八款，归纳起来有四大项。

第一项，他们公开克扣布特哈官兵俸银。按着规定，实际发放给布特哈官兵的俸银四万两，协领那音太每千两中，克扣21两。第二项，每年五月，交貂会盟前夕，需要轮番选布特哈兵丁150名扎棚，用做交易时居住及交易平台，历时两个月。这件事给广大达斡尔官兵造成了三项重负：如乾隆五十九年（1794），扎棚用料是落叶松720根，松木椽子720根，柳条子72000捆。乾隆六十年人员增至200人，用落叶松800根，松木椽子1万根，柳条子10万捆，综合折价2000两白银，然而，其中7000捆柳条子没有用来扎棚，而是将军各司衙门私分。特别是交貂会盟时，将军、副都统用的蒙古包、牛奶都征之民间，并加倍增用，甚至逼令"核银收款"。兵民对于如此恶劣行径十分不满，曾经向上级控告。但将军以下官官相护，反将控告人戴枷服刑两个月，责打100官鞭。当时布特哈贡貂的男丁5000余名，有2000余名仅领半分钱粮，而扎棚、购买木料却要支付自己的钱粮，每年两个月扎棚，兵丁奔走于外，农田荒芜，导致的广大兵丁生活贫困。第三项，超额征收，以次充好。乾隆六十年（1795），布特哈兵丁5475人，每人交貂皮一张是政府规定，但在征收时，将军等人竟强征至8750，多征60%；加上协领那音太及其子协领舒通嘎等人，将优质一二级貂皮拿出，重新编制"假一级十八张、假二级五十一张、假优三级六张"，把"落选貂皮参入进贡数目"。第四项，降价或不给价收用。据立案

---

① 西清：《黑龙江外记》卷五，第58页。

侦查，齐齐哈儿将军、副都统以上协领那音太父子等降价貂皮2450张，每张只给八钱（当时落选貂皮1—2两之间），有97张貂皮作为摊派，分文不给。另有将军500张，副都统100张以及协领舒通额53张，共计653张上好的貂皮不给价。这种公开掠夺式的贪暴行为，在达斡尔族官兵中引起强烈的不满。①

奇三为人具有一身正气和安民抗暴精神，毅然情愿承担重任，与孟库胡图荣嘎决心告御状为民请命，当告别母亲登上征途时，母亲厉言劝子说："你救一部出汤火，即死（而）不辱父，我何恨。"百姓诵云："贤妇人也。"

在8月16日乾隆皇帝从避暑山庄回京途中，他们守候路旁，伺机呈上奏本。乾隆皇帝为查清案情，命兵部尚书傅常阿为钦差大臣，率兵部侍郎保玉、副都统色列、散秩将军恒秀、军机处笔贴式巴平等官员前往黑龙江审理此案，又让吉林将军兼任黑龙江将军。不到一个月的时间，事实便已查明，所告八条中，主要内容均确实无误，还查出许多物证。皇帝最后判决，将齐齐哈尔将军即行革职判决秋后实施处斩。副都统安静开除宗籍，永远拘禁于高墙。协领那音太等拘留，秋后行刑处绞。协领舒通嘎等革职，枷号两个月，责打80板之后赦免。②

奇三和孟库胡图荣嘎虽胜诉，但是在封建制度的统治下，"以下反上"是有罪的，而且不能越级相告。何况我们这两位犯的罪不仅是"越级上奏"，还"擅自冲进仪仗"，故将奇三流放到新疆木尔色尔小岭地方服刑。③ 这一消息传出，在临别之际，嫩江两岸的达斡尔、鄂温克族百姓无不失声痛哭，挥泪送别。奇三仗义执言、为民请命，竟遭此厄运，是预料之中的事。这就是达斡尔族的英雄，为整个民族利益，宁肯做出自我牺牲的民族团结一体精神、高尚的爱国主义情操和中华民族主持正义不屈不挠的自我牺牲精神。

---

① 呼思乐、雪鹰：《达斡尔族民间故事集》，内蒙古人民出版社1981年版，第167—174页。

② 呼思乐、雪鹰：《达斡尔族民间故事集》，内蒙古人民出版社1981年版，第167—174页。

③ 《有关达呼尔鄂伦春与索伦族历史资料》第1辑，第74—75页。

三 革命历史传说

抗战时期的传说是新的史事传说。特别是中国共产党领导的新民主主义革命历程中的传奇故事。主要作品有《巴嘎布抗联的传说》《抗联向导郭庄海》等，集中表现了抗联与达斡尔族人民如鱼水般的军民关系，反映英勇的达斡尔族儿女积极投入抗日战争的洪流中，机智勇敢地同日冠展开英勇斗争，表现出中华民族同仇敌忾的爱国主义精神。

巴嘎布支援抗联的故事有：《巴嘎布掩护了抗联战士》《巴嘎布涉水为抗联带路》《巴嘎布帮助抗联运送战利品》《抗联看望巴嘎布》等系列传说。如《巴嘎布坚贞不屈》中讲道：在帮助抗联运送完战利品后，刚回到家，巴嘎布的父亲就告诉他说："日本兵来过了，问了半天才回去。"果然清早第二天，二十多个日本兵把巴嘎布的家包围了。几个人进屋就让巴嘎布跟他们走。巴嘎布毫无惧色地跟着他们来到北兴镇守备队。守备队队长亲自审问："为什么你总让抗联过河？""抗联都有武器，我不给渡行吗？""这次警察署被烧，都是你搞的鬼，你串通了抗联，你从实交代。""那么朱署长们亲自坐镇看着烧了，难道没有串通抗联？""你的不说不行！来人，给他戴上手铐、上电椅。"巴嘎布被戴上手铐按在一个椅子上。他也不知道这是什么东西，只见他们把他绑住，接上了电源，巴嘎布顿时感到手脚发麻，一阵难以忍受的疼痛，使他失去了知觉。看他失去了知觉，就把电源拔掉，继续问。可是巴嘎布铁了心，一口咬定不知道抗联的情况，一连几天审问，没有取得一句口供。只好放了。……

后来，王钧司令员和巴嘎布经常来往。当王钧问到他有什么困难时，巴嘎布说手脚不太好了想要一支枪，以后打猎维持生活。首长就给了他一支枪。巴嘎布老人一直到死，总是把枪擦得亮亮的，在他的心中，这只枪不是一般的枪，而是充满了党和国家对他的深切关怀，也充满了他和抗联的深情厚谊。

第三节 地方风物传说

地方风物传说主要反映达斡尔族居住地区的山川、地方名字的由来，表现了达斡尔族人民热爱乡土的感情以及他们对生活的理想和信念。这类传说的代表作主要有《凯阔石碑的传说》《凯阔山为什么出不了金子》《人崖的传说》以及《风刮布奎》《大马哈鱼游到库玛尔河》等。《大马哈鱼游到库玛尔河》中讲道：

> 清朝的时候，皇帝派出大兵，北上抗击入侵的罗刹（即沙俄）。大兵中有几百名达斡尔人。可是，在他们前往雅克萨城的途中，断了粮食。带队的将领派人上奏皇帝，请求救助。皇帝见到奏文，只好请求龙王帮忙。龙王答应下来，马上派很多大马哈鱼游到黑龙江。官兵们正处在进退两难之际，看见肚子上有红斑点的大马哈鱼一群接一群游到库玛尔河来了，像木片一样漂满了水面。官兵们得救了，清兵开到雅克萨城，将罗刹撵跑了。要说起大马哈鱼肚子上的红斑点，那是红色印泥的痕迹。当时，皇帝命令把印盖在许许多多的木片上面，扔到海上。这么一来，盖着御印的木片，就变成了龙王派出的肚子上有红斑点儿的大马哈鱼群。龙王派出大马哈鱼的时候，还下过一道令，一个也不能游回大海，只能待在库玛尔河里。从那以后，大马哈鱼就每年从海里游入黑龙江，在江面结冰以前一定要游到库玛尔河来。①

这篇传说看似巧妙地解释了大马哈鱼的习性和外表特征，实则借此体现了达斡尔族人民和各族人民一起抵抗沙俄的英勇事迹。

又如《凯阔山为什么出不了金子》故事中讲道：

> 多年以前，从内地来过一位风水先生，他知道此处山里出金子，想找取宝的钥匙。他满村绕着找黄瓜，准备用黄瓜开启山洞的门。后来在一个菜地里发现了一根黄瓜。当他进洞里后，发现里面的金矿还未形成。没办法，他只好退出山洞。等他走出洞口时，哗啦一声山洞就被封住了。一位莫日根（猎手）看见了这一切，就把这个故事讲给大家。②

---

① 孟志东：《达斡尔族民间故事选》，上海文艺出版社1979年版，第318页。
② 萨音塔娜（赛音塔娜）：《达斡尔族民间故事选》，内蒙古人民出版社1987年版，第50—51页。

这篇传说是达斡尔族人民借风物言志抒怀,在讲述家乡美丽的地理风貌中,表达自己热爱家乡的真实感情。

《凯阔石碑的传说》中讲道:[①]

> 凯阔是达斡尔族地区的风水宝地。据说,村里有个老头,一儿一女都已成家。村子里来了一位算卦先生,占卜时说老头前途无量,有帝王之相。还告诉他,在百天内不要出远门。可是,老人少算了一天,露出了马脚,被钦天监发现。皇帝派人修了两座石碑:一座是乌龟底座的石碑,一座是娘娘庙。从此,这个地方再也出不了皇帝和皇后了。

传说的局限性很明显,达斡尔族人民由于长期遭受统治阶级的压迫,他们渴望幸福美满的生活,如何才能得到呢?他们误认为只要本民族出现皇帝,自己成为统治民族就可实现。尽管如此,传说中所反映的思想,却有着深刻的社会内容,并有一定的积极意义。

《风刮卜奎的传说》这篇地名传说反映人民群众的机智战斗精神,在清都督的威胁下没有屈服,保卫住了自己的家乡和在此生存的权力。达斡尔族的传说不但具有历史价值和欣赏价值,并且在艺术方面也有自己的特点。传说中讲道:

> 卜奎城(现在齐齐哈尔市原来的名称)的来历。达斡尔语中,"卜奎"(bukui)是摔跤之义,原来此处为摔跤场所,紧靠嫩江,经常发生水灾,据传有很多人被洪水夺走了生命。传说卜奎这个地方爱刮大风。清代,官吏们想在达斡尔人居住的地方修筑城池,硬行规定腾出这块地方。有一位叫苏义的老人出了个妙计,利用此地经常刮风的特点,将都督准备好的修筑城的木料等,悄悄给搬到江东,就说是被大风刮过来的。这帮官员都吃惊了,在吃惊之余,也就默认了这个事实,并且认为"这是天意,天意难抗啊"。从此,达斡尔族中便开

[①] 萨音塔娜(赛音塔娜):《达斡尔族民间故事选》,内蒙古人民出版社1987年版,第46页。

始讲述"风刮卜奎"的传说了。达斡尔人也就住在这个地方了。①

第四节 关于萨满传说

萨满的传说实际是人物传说中的一个特殊部分。这类传说与萨满教的观念有千丝万缕的联系,其产生的历史比较久远,流传也相当广泛。传说中的萨满有超乎凡人的神通,大多是虚构的。有的属于神话的范畴。在此着重介绍关于萨满教的仪式以及一些神的来历的传说。如《嘎胡查的传说》中讲道:

> 在达斡尔族迁居海拉尔不久,满那莫昆的某人,由新巴尔虎人那儿买了一个家奴,名叫阿多诺诺(汉译为:放牧娃)。后来他当了满那莫昆的霍卓日·雅德根,人们称他为嘎胡查,他非常有本领。传说中讲道:有一天,他的主人在海拉尔河北边放牧,不料开河流凌,无法过河。这时,主人对嘎胡查说:听说你的本领很大,我想把牲畜赶到河对岸,你能否叫河水结冻,让我把牲畜赶过去?嘎胡查回答:我能。但是,这样做了后我可能少活十年,而你的子孙后代也要稀少。主人不顾他的劝阻,硬要他施展法术,嘎胡查没有办法,就穿上法衣,在河边跳起神来。果然,海拉尔河有三个河湾长的一段封冻了,嘎胡查说:可以把畜群赶过去了!于是,那些牲畜都踩着冰安全地过河了。②

在《托庆嘎萨满的传说》中讲道:

> 约在19世纪90年代,满那莫昆的托庆嘎·雅德根的妹妹在婆家病得很重,请了许多雅德根都治不好。前去请托庆嘎,他却屡次拒绝,原因是他和七间房屯的依克歹·雅德根不和睦。如果给妹妹治

---

① 萨音塔娜(赛音塔娜):《达斡尔族民间故事选》,内蒙古人民出版社1987年版,第39页。

② 内蒙古编写组:《达斡尔族社会历史调查》,内蒙古人民出版社1985年版,第260页。

病，恐怕会受他的暗害。但是，母亲很着急，他被逼无奈只好答应。临走的时候托庆嘎说：这次去，我的法术肯定会降低。于是他和来接的人一起去了。在途中，他的护心镜忽然从皮囊中掉在地上，直奔西北方向滚去，两人追赶也没抓住。他说：损失了这铜镜，我的法术又减弱了。到了妹妹家，仓促了事。可是，妹妹的病却治好了。

回家后他觉得不舒服，他告诉家人，我被苏克歹暗害了，可能今天我就要死了。等我死后，给我的尸体穿上法衣，并连同神鼓、鼓槌装在套牤牛的车上，拉到听不见狗吠声的野地里，把牛卸下来拴在车轮上，然后，你们回家等我三天三夜。在这期间如我不能苏醒，你们就当我上尚德了。如果我能醒过来，在我到家前，由房门到大门拉"拴那"绳子，绳子上挂我的旧衣服，房门前点燃"刚嘎草"就可以了。等他死后，家人按他的吩咐办了。等到第三天天快亮时，远远听见鼓声，声音越来越近。大家照他的吩咐准备停当，出门一看，死者在牛车前面一面跳神一面往家走来。过了一会儿，他来到自家大门，顺着拴那绳子，反复跳了三次，脱下了法衣，穿上了便衣，进入屋内说：我把自己的尸体用乌鸦换回来了。以后人们去哈拉嘎纳·扎拉嘎纳地方一看，果然，在那里有一个死乌鸦。说完他拿一把香，到伊敏河岸把香点着，自己跳到河里去了。等那香烧过半个多小时，忽然从河水里漂出五尺多长的大鲤鱼。随后，他从水里跳出来说：我把我身上的污物，转嫁给那大鲤鱼了，如今我能活到七十岁。果然他最终活了七十多岁。①

清初，由于不同宗教文化的相互渗透，达斡尔族的宗教也受到了其他宗教的影响。那时喇嘛教以空前的规模东进，对达斡尔族的萨满教产生了很大的冲击。特别是喇嘛教一些变通性较强的教义契合了统治者的心里，从而得到大肆宣扬，成为风靡一时的宗教。但是，萨满教毕竟有着深厚群众基础，因此，在精神文化领域二者发生冲突，所以必然产生了一些喇嘛和萨满斗法的传说故事。如《喇嘛和蟒蛇》《喇嘛和木匠》等故事都是反映这种现实的传说。《喇嘛和木匠》故事大意如下：

---

① 内蒙古编写组：《达斡尔族社会历史调查》，内蒙古人民出版社1985年版，第261页。

很早以前，在一个国家里有一个贪婪残暴的喇嘛。这个喇嘛碰见了一个木匠，对他说："人类应该互相帮助，你给我盖一座房子吧，我请求恩都热给你幸福。"木匠说："只要斧头在我手里，谁也夺不了我的幸福。"说完理也不理喇嘛就走了。喇嘛这下子可是气坏了。他剥削惯了别人，哪吃过这一套。因此他起了歹心，想找个机会害死这个木匠。他想来想去，想出来个坏主意。喇嘛来到国王跟前说："昨天黑夜我到天堂去了一趟。见到已经去世的老国王。他给你捎来了一封信。"说完拿出他写的信，交给了国王。国王拿过信就看。信上写道："我想在天上修一座庙，可是这里没有一个木匠。请你派一位木匠来。怎么样来到我们这儿呢？你请教喇嘛吧。"

国王下令把木匠叫来了。喇嘛对木匠说："父王想在天上修一座庙，我想派你去一趟。你要是不信，你看这不是父王的手令吗？"木匠看完信后说："我怎么上天呢？"喇嘛说："这很容易。老王吩咐，把你关在板棚里。然后烧板棚，你就会顺着烟，升到天上了。"木匠说："明天中午我再上天吧。"回到家，他对妻子说："喇嘛心真坏。他给国王出鬼点子，想害死我，现在你帮我一件事儿吧。"俩人通宵没合眼。挖了一条地道，能从板棚到他家。

士兵们把木匠关在板棚里，喇嘛抱来了一捆干柴。堆在板棚跟前把干草点着了，浓烟滚滚，什么也看不见了。木匠趁这功夫悄悄地穿过地道，回到了家里坐下。从门缝往外看着，好多随从和士兵都站在院子，仰着脖子往上看，想看看木匠怎么上天去。喇嘛也仰着头指着浓烟大声喊着："那不就是他。那不就是木匠吗？烟把他送到天上去了。"烧完板棚了，木匠在家待了整整一个月。每一天用酸马奶洗脸洗手，一天洗三次。这样洗了一个月，他的脸、手比天上的云还白。一个月过去了，木匠穿上白绸子衣服来拜见国王。木匠说："老王放我回到人间，让我捎来一封信。"说完，把他写好的信交给了国王。国王接过来信一看，信上写道："木匠给我修建了一座大大的庙，你应该奖赏他。现在，你再把喇嘛派到我这来一趟，来这儿住上三天就行。没有喇嘛的庙，还不如一顶帐篷，喇嘛来的时候，从木匠走的路来。"国王按着父亲的旨意，赏给木匠一峰骆驼，还有好多东西。又吩咐他，把喇嘛叫来。木匠穿着白绸子衣服来到了喇嘛家。喇嘛见了吓一跳，心想这是怎么一回事呢？他怎么还活着？木匠把喇嘛叫到国王跟前。国王又把父王的信交给了他，并让他赶快动身，以免父王着急。

喇嘛心里想，一个普通的木匠都能上天，而且还能回来。我一个堂堂的喇嘛，更不成问题了。第二天中午，木匠、随从和士兵，来到喇嘛那儿。把他拉到棚顶上，木匠抱来一大捆干柴点着了。喇嘛就这样活活的被烧死了。他想害木匠，反而自己送了命。真是大快人心。①

类似的传说还有很多，如《喇嘛和蟒蛇》等，这反映了萨满教和佛教的矛盾。这些传说故事听来很一般，但其中深含有萨满与佛教斗争的内容。它用传说的形式，说明萨满教信仰在达斡尔族中的牢固地位。佛教或其他一些宗教很难在这个地方站住脚。在两种宗教的斗争中，胜利者始终是萨满教。后来，达斡尔族有的地区虽然也有信佛教的，但它始终没有成为达斡尔人信仰的主流。

第五节　达斡尔族传说的特点

一　内容的可信性

传说的内容所涉及的人物、时间、地点、事件都是相对固定的。这些因素决定了传说的内容具有可信性。首先，传说一般总有一个具体的时代规定，这种时代规定大都是通过特定人物的身份和特定事件背景的交代，以及对特定时代生活特色的叙述来实现的。其次，传说通常总有地点和场所的规定，这种地点和场所是现实存在的或是人们相信确曾存在过的。再次，传说通常总有具体人物的规定。这些人物一般有明确的身份，是传说讲述者或者听众记忆中的历史人物。最后，传说通常总有具体事件或行为是在公认的历史大背景下发生的，是经得起人们现有的民间历

---

① 萨音塔娜（赛音塔娜）：《达斡尔族民间故事选》，内蒙古人民出版社1987年版，第295页。

史知识评判的。传说正因为具备这样一些特征和标志而区别于神话和故事,并且显示出一种真实性与可信性。

但是,传说的真实性和可信性并不等于客观上的真实和可信。传说里的人、事、物、时间、地点当中,可能只有其中某一两点在客观上真实,其他未必。例如,《萨吉哈尔迪汗的传说》就是比较典型的例子。传说中的人物萨吉哈尔迪汗是达斡尔族历史上妇孺皆知的真实人物,并且故事发生的地点也是真实存在的,即莫力达瓦旗内两条边壕,因而这则传说可信度极高。有一些人确信现实中的边壕就是萨吉哈尔迪汗修建的。但是,说莫力达瓦旗这儿、那儿都有他的足迹却是虚构的。又如《奇琶告状的传说》,它产生于达斡尔族从黑龙江北岸南迁的时期。南迁对达斡尔人来说是一件非常重大的历史事件。由于传说附着于历史上曾有过的真实人物奇琶和巴尔达楚,因而使人们容易信以为真,但是,一个没有了双腿的人,怎么能从黑龙江到沈阳呢?足见是虚构的。传说就是这样使故事情节的发展既在情理中,又出乎意料;既给人以真实感,又有引人入胜的效果,以此表达一种民族生活和心理的需要。

达斡尔族传说中的人物、史实、自然风物、信仰习俗都是一种真实的、客观的、历史的存在。传说因为附着于实有的人物或事物,这就容易造成传说可信的效果。但是,这些客观的存在,并不是传说本身。有许多传说其表述方式是可信的,而传说讲的内容是不可信的。从历史传说我们就可以看出,这类传说虽反映历史,但它本身不是历史的翻版,更不等于历史。但是人们关心的是向民众灌输民族的自我意识,向后辈传授民族的自识能力,增强民族的凝聚力。达斡尔族的传说就发挥了这一职能。

二 情节的传奇性

达斡尔族传说情节上具有传奇性。下面我们以"人崖的传说"为例来领略达斡尔族传说的这一特点。

> 九位仙女因不甘心天宫寂寞的生活,向往人间的幸福,连天庭的天条天规也不顾,大胆地下凡。当阿查腾格日(父天)和额沃腾格日(母天)发现后,速派阿热迪(雷)前去追拿。在途中,阿热迪

击中七位仙女。另外两个逃到哈达阳这座山上。雷追得紧，她们俩虽然拼尽全力也未能逃脱。一位立即化成了石人，高高地耸立在山顶。另一位则被雷劈掉了头部。之后，雷神便回天庭领赏去了。

这是一篇有关追求婚姻自主、反抗封建礼教的传说。其中的人崖位于莫力达瓦达斡尔族自治旗哈达阳乡附近。为了使传说贴近现实生活，创造亦真亦幻的艺术效果，该传说利用传奇化的情节，采用象征的手法表现封建社会被压迫的妇女与封建势力之间的斗争。天上的仙女幻化成人间的石人，以此表示对天规天条的反抗。两个仙女双双变成石人的幻想，寄托了民众对追求自由爱情而死的仙女的深深的同情。故事的发展基本上合乎生活的逻辑，但又在真实生活素材之上加以虚构、夸张和想象，通过偶然的、巧合的超乎人间的情节来引起故事的转变，制造传奇的情节。

第四章　达斡尔族的民间故事

民间故事广义地说是指人民大众创作并流传的，具有散文形式的一切口头文学作品。它和达斡尔族的神话、传说和散文作品一起构成了庞大的体系。神话、传说、故事在民间文艺学科中是有它明确的界限的，但在一般人们的理解中并不十分严格，往往把民间流传的散文叙事作品统称为民间故事。这就说明各民族的民间故事具有广义的性质，或者说广义的民间故事，包括了神话、传说在内的一切散文形式的口头文学作品。但严格说来，从达斡尔族民间文学来看，民间故事又是和神话、传说有区别的。这种区别在于以下两方面，从内容上看，民间故事不像神话那样反映原始人对周围自然界和社会生活中复杂现象的蒙昧认识，也不像传说那样，将生动的解释性故事附会到具体事物上。从表现形式上看，民间故事不像神话那样，充满奇特的幻想；也不像传说那样，具有浓厚的传奇色彩。这就使民间故事除了广义性之外又有狭义性。所谓狭义性民间故事是指那些具有某种假想性（或幻想性），又和现实生活有着密切联系的民间文学的散文作品。由假想性和现实性所决定，民间故事更加真实地反映着社会生活中的复杂变化。它不照搬原来的生活，而是通过虚构的方式，表现现实生活的。民间故事的创作在时间上和空间上可以不受任何限制，故事中的主人公可以是人、动物、植物等，也可以是假想中的神仙和鬼怪。民间故事在我们面前展现着千变万化的生活画面，形形色色的人物形象。它是达斡尔族人民的良师益友。

民间故事的分类是比较复杂的问题。分类之所以必要，主要是为了研究各类民间故事的特点、规律，以促进民间文学的发展。分类之所以困难，主要是由于民间故事往往有近似并存、交错、变异的情况，所以，很难做严格划分，即使分类也只是相对的，不是绝对的，是大体相似，而不是非常准确。

民间故事的分类有各种情况，长期以来，民间文艺学界对民间故事的概念、范围，或对民间故事的认识，存在不少的分歧。关于民间故事的分类，钟敬文先生于1930—1931年在杭州《民俗周刊》上发表过《中国民谭型式》一文。但是未能更深入研究下去，写到一半中断了。

国外学者对中国故事作了详细的研究，如1937年沃·艾本哈特（W. Eberhart）在曹松叶协助下编纂的《中国民间故事类型》一书；又如，1978年，继艾本哈特《中国民间故事类型》之后，美籍华人学者丁乃通教授编写了《中国民间故事类型索引》，这部索引所概括的书刊资料500多种，大致包括了1966年以前中央和地方所刊印的民间文学资料（包括台湾省）。丁乃通的索引对研究少数民族民间故事分类研究很有参考价值。

刘魁立先生认为："目前对这些分类研究，有时大多注重于情节的方面，有时候完全不顾故事的其他因素，这样单纯的情节归纳，并不能向我们提供一幅明晰的历史和现实的图景。也不能使我们哪怕是最一般地认识民间故事创造者和讲述者的面貌，而且单纯的情节分类连民间故事本身的主题、形象、语言色彩、内部结构、思想倾向也不能向我们提示。"[①] 所以作为研究工作的手段是必不可少的，它可以帮助我们理清民间故事产生、流传和演变的规律，为我们的研究做好准备。当然，我们还必须明白任何手段和方法并不是目的本身，我们研究民间故事的目的是要探讨它和某一民族生活的关系，要研究它流传、演变的客观原因和内在因素，研究它的思想意义和美学价值。以便更好地清理民族民间文学遗产，发展社会主义新文艺。

目前中国民间故事的分类尚无统一的分类。钟敬文先生主编的《民间文学概论》根据民间故事的内容特点，分为幻想故事、生活故事（或称"写实故事""世俗故事"）、民间寓言、民间笑话四类。另外还有乌丙安、段宝林、天鹰先生也提出不同的分类，值得参考。有的按故事中的人物为主体来分类，有的以内容为主体来分类，这两种分类对我国影响不大。

本书运用目前我国民间文艺界通用的分类法，将达斡尔族民间故事

[①] 刘魁立：《世界各国民间故事索引述评》，《民间文学论坛》1982年创刊号第56页。

分为四大门类，即幻想故事、生活故事、动物故事、机智人物故事和笑话。

第一节　幻想故事

　　幻想故事，又称为魔法故事或民间童话。这类故事在达斡尔族民间故事中数量较多，并占有很重要的地位。幻想故事的内容大都是反映现实生活的，但它又不是现实生活的本身，而是通过超现实的幻想构成离奇的情景，通过幻想来表达达斡尔族人民在现实生活中不可能得到的理想。这类故事往往产生在原始社会时期，和古代的信仰有密切的关系。但是，随着社会的发展而有所变化，逐渐地也有了一些现实的因素，研究幻想故事时应当注意它演变的情况。

　　幻想故事中，经常出现残忍、强暴的恶人对善良、弱小者的欺凌与压迫，然而故事中都是"真、善、美"获得幸福，"假、恶、丑"受到惩罚。这种故事情节，往往构成幻想故事的主要内容。幻想故事可分为以下四类。

一　动物报恩的故事

　　动物报恩的故事也叫奇异助手故事，这类故事在达斡尔族中数量很多。故事中的动物比人占有更重要的位置，大都具有超人的才能和神奇的力量，人做不到的事，它们能轻而易举地做到；危难时刻帮助人化险为夷，战胜邪恶。它们之所以愿意为主人换取幸福，是因为主人关心、爱护它们，所以它们是转而报恩的。如《小燕衔来南瓜子》中讲道：

　　　　从前，有一个穷人和富人，他们是邻居。一年的夏天，一只燕子飞进了穷人家里，在房梁上搭了窝。有一天，一只小燕子从窝里掉下来摔断了一条腿。穷人可怜它，用线给缠好放回窝里了。到了秋天，小燕子随大燕飞回了温暖的地方。第二年夏天，那只小燕子飞回来了，落在穷人的手掌上，放下一颗南瓜籽。穷人把南瓜籽种下后，到秋天时，结出了大大的南瓜，穷人打开一看，里面全是金子。邻居家是贪心不足的富人，也学穷人的做法，将他家的小燕子从窝里拿出来把它的腿打断还给缠好放回窝里。贪婪的富人照做，当打开南瓜时，却冒出了一股一股浓烟烈火，把他家连人带房全给烧成灰烬。

这个故事中反映了动物对主人公的报恩和热情地帮助，对贪心的富人的惩罚。过去，一个穷人想过幸福生活是不可能的。经他救助的燕子，完全改变了穷人的命运，他们的理想和愿望得以实现。类似的故事很多，如《鲤鱼姑娘》《松树姑娘》等都是这类故事的代表作。

二 异类婚配故事

异类婚配故事又称为变形故事。在达斡尔族故事中，有许多人与仙女、人和动物所变的美女结婚获得幸福的故事，如《罕力毛和鹿姑娘》《江蚌姑娘》等都是这类故事。这些故事都属于动物报恩的性质，不同的是这些动物都能变成男子或女子与人婚配，也都有魔法，使年轻的猎人、渔夫、农民过上幸福生活。故事反映了青年男女对自由婚姻的热烈追求，同时也表现了对勤劳、善良的优秀品质的赞美。所以，这类故事在封建社会是有其现实意义的。我们以《江蚌姑娘》为例，说明这类故事的特征。故事中讲道：

> 有一个老汉和儿子以打鱼为生，有一天钓着了一个江蚌，他们把江蚌带回家。江蚌就变成姑娘为他们做饭、打扫房屋。可是好景不长，一个巴音看上了江蚌姑娘，非要娶她不可。小伙子在江蚌姑娘的帮助下找到宝盒对付巴音，在巴音举行的娶江蚌姑娘的婚礼上，宝盒里变出九男九女跳舞，过了一会，他们又变成黑脸大汉、红脸女将巴音和来的有钱的人们痛打了一顿，不一会宝盒忽然爆炸，冲天的大火把他们都烧成了灰。这样小伙子和江蚌姑娘过上了太平的日子。

这样的情节在很多故事中都有所表现。这类故事中反映了青年男女对自由婚姻的强烈追求，同时也表现了对勤劳、善良的优秀品质的赞美。故事借助这类情节是有其积极意义的。

幻想性故事是民间文学中幻想性特别强的故事，又是达斡尔族人民在阶级压迫和封建伦理道德统治下，一种特殊心理状态的反映。

又如《罕力毛和鹿姑娘》故事中讲道：

> 一个青年猎人名叫罕力毛，家境贫寒。在一次出猎中，打到一只梅花鹿，带回家准备吃肉。但看见梅花鹿流着眼泪，就产生了怜悯之心，没杀她，还给她治疗了伤口。后来，养好伤的梅花鹿变成一位美丽的姑娘，和罕力毛结为夫妻。一位贪得无厌的白音（富人）听说后，企图霸占鹿姑娘。白音提出三个难题，想难倒猎人，以便达到不可告人的目的。但在鹿姑娘的指点下，三项难题并未难倒猎人，一一都逢凶化吉。夫妻终于转危为安，过上了幸福生活。

上述故事所要表达的主题不仅仅是异类通婚或动物报恩，而是通过这个来推动故事情节的发展，主要的思想内容是劝善除恶，赞扬勤劳、善良、勇敢的品德，而劝诫那些懒惰、贪婪、懦弱的人。

三 宝物的故事

达斡尔族人民在创作幻想故事时，往往借助幻想构思出一系列神奇的情节。为了使善良人的美好愿望得以实现，让他们掌握一定的宝物，战胜邪恶，获得幸福。这小宝物往往具有神奇的魔力，同时它只有在被剥削者和被压迫者手中才有效；一旦到了剥削者和压迫者、坏人手中，宝物就失效甚至丧命。在《宝铃铛》故事中就讲了一位勤劳、诚实的农民捡到一个神奇的金色的宝铃铛，使他的生活好起来了。但是，他的一个贪婪、懒惰的邻居骗他，借走了宝铃铛，不但不还，还逃到很远的地方躲起来，到别处修筑城堡，过上了富贵荣华的生活。后来，在家猫和小狗以及耗子的帮助下，终于找回宝铃铛。

这则故事中，那个农民是个淳朴、善良的劳动人民的代表，那个邻居是贪得无厌的剥削阶级的代表，真善美和假恶丑形成了鲜明的对比。宝物是向往幸福的产物，在这里也有通过想象、借助想象战胜一切困苦、灾难的意义。掌握宝物的受苦人的成功、幸福是这类情节最有意义的内容。一个类似的故事《没有脖子的富哥哥》中讲道：

> 从前，有个哥俩，哥哥富，弟弟穷。弟弟编了一只筐，挂在房角上。每天来回飞过的大雁，就给他下满满一筐蛋。弟弟每天卖一筐蛋，攒了点钱，娶了老婆，过着俭朴的日子。哥哥听到这个消息，也编了一副筐，挂在东西两个房角上。每天来回飞过的大雁，不是给下满筐蛋，而是给拉满一筐屎。哥哥气得眼都红了，他把弟弟的筐抢过来，挂在自己的房角上。可是来往的雁子，却不给他下蛋，而留给他的是一天一筐屎。弟弟被哥哥抢走了筐，无法生活，就出外谋生。一天弟弟走着走着，山路把他带到了一个山洞口。弟弟进去一看，洞里炕上有好吃的，弟弟想着人不在，不能吃。过了一会，一对老头老婆进来了，没找见他，但闻到了味。他们吃完饭就走了。这时飞来一只小红鸟，告诉他洞里有一对红宝葫芦，快进去拿去吧。于是弟弟又进洞里去拿出一个宝葫芦，这个葫芦要啥就能给拿出啥。哥哥嫂子知道后，也想拿宝葫芦去发财。这次哥哥见到饭菜，全都给吃了。老两口找到了他，老两口像拔河似地拉他，不一会，哥哥的脖子拉成了象骆驼的脖子那样长了。回到家里，老婆请一位巫师给治疗，巫师喷点酒，拍一拍，拍一下缩一点。老婆嫌慢，自己下手，拿起一碗酒倒到老伴的脖子上，再用拳头拍，这样一下男人的脖子缩没了。[①]

总之，因宝获福故事的主题通常是借宝物来反映劳动人民的善恶观，劝恶扬善，同时常常反映贫富关系及其矛盾。宝物在劳动者手中能帮助弱者得福，而在贪婪、懒惰者或剥削者手中却常常受到惩罚。故事中的宝物是人民大众按着传统的道德观和审美观所赐予的。这种故事中有幻想的成分，它鼓舞着正直、善良、勤劳的劳动人民。

四 怪孩子型故事

达斡尔族民间故事中，怪孩子往往做出大事业并获得美满的结局。这

[①] 孟志东：《达斡尔族民间故事选》，上海文艺出版社1979年版，第271页。

类情节在达斡尔族的故事中比前两类较少。像达斡尔族的《拇指孩》《金光闪闪的儿子》都属于这类故事。《拇指孩》中讲道:

> 有一对老两口,无儿无女,非常想得到一个孩子。有一天老头下地干活,老婆在家做饭,切面时,不小心把大拇指齐根切掉了。老婆心痛地把他捡起来立在面板上,继续干活。拇指变成了拇指孩。这个拇指孩伶俐、聪明,学啥会啥,老头有了个帮手,日子过得很来劲。有一天,有钱人知道了,瞧不起拇指孩,对拇指孩说:"我家有三百多斤的一头猪,今天夜里,你能把它赶出来,不叫我发现,那头猪就归你了。"拇指孩就藏在猪的耳朵里,把猪赶回家。第二天,有钱人又说:"我有一匹好马,今晚你能把他骑回来,也白送给你。"拇指孩藏在拴马桩上,钻进穿绳的洞眼里,解开缰绳,从马头上跑过去,骑着马跑回家了。第三天,有钱人又说:"我有一颗珍珠,攥在手心里,看你能不能拿到手。"晚上有钱人把珍珠攥得紧紧的,到后半夜还不见拇指孩来,便推醒老婆说:"你替我拿一会儿。"乘他们换手时,拇指孩把珍珠拿走了。有钱人三战三败,只好认输了。①

这类故事中,总是把同情放在无儿无女的老人身上,把赞美加在被人看不起的幼小者身上。在故事里让拇指孩战胜了有钱人,而且他能令人满意地奉养老人。

达斡尔族还有一篇奇特的《拇指孩》故事中讲道:

> 从前,有个老太太和老头,到老了也没有个儿子。他们每天向天神供香叩头,祈求给个儿子。还好,有一天老太太在家做"拉热斯巴达"饭(荞麦面做的刀削面),老太太在削面时,把小拇指给削下来了。老人把手指放在面板上,隔了一会儿,听见有人喊妈妈,这儿看那儿看,原来是站在面板上的拇指变成小孩喊的。老人非常喜欢。拇指孩给他爸爸送饭,老头听见后吓坏了:"这不是鬼吗,哪有人呢?"老头子赶车回家问老婆,才弄清楚。他说啥也不接受拇指孩。

---

① 奥登挂、呼思乐:《达斡尔族民间故事集》,内蒙古人民出版社1981年版,第102页。

老婆只好给他做了很多吃的逃避孩子。走到半路，老头说："总算是离开鬼儿子了。"没曾想，有个声音说："我在这儿呢。"老人就把口袋扔掉继续走。走了一段路，又说是离开了儿子，可是，总也没有扔掉。老人说扔掉了儿子，儿子说还是在。说在胳膊上、在脚上、在心里，说在哪儿就砍到哪儿，最后砍了自己的心脏，死在路边。①

这个故事与传统的怪孩子故事不一样，而且在其他民族中也未见到。这里蕴含着什么意思呢？有的人说这个故事可能比较古老些，有的人认为老头像"叶公好龙"中的叶公。实际上，拇指孩是老两口祈求天神得到的，老头却不接受，这是违背天意的事情。也有可能这个怪孩子故事比前面怪孩子故事产生的年代较早。

尽管以上所述四类，并不包括幻想故事的全部内容，但是我们可以看到，故事中对勤劳、善良、正直品质的赞美，对剥削者、压迫者、坏人的贪婪行为的揭露、鞭挞，对幸福生活的向往。

五 幻想性故事的艺术特点

幻想性故事在艺术形式上，除了具有一般民间文学散文作品的叙述特点外，还具有以下三个特点。

首先，它的结构更为完整，它所描述的主人公的活动是富于戏剧性的，它带有明显的传记性的生活史的性质，和那些短片插曲式的故事结构不同。这类故事的人物、事件的安排，往往具有稳定的形式，三个女儿重复三次事件，两个兄弟重复两次活动等。这类故事中往往插入和谐的韵语，增强了故事的抒情性和感人的力量，而且歌谣给故事添加了魅力。

其次，这些故事中的人物一般并没有确定的姓名。即使有的话，也往往是以本民族习惯通称或泛称为人名。如莫日根、老大、老二等。当然也有的人物被讲述者加上姓名流传开来，但为数较少。故事的时间也往往泛谈为"从前""早年"。这类故事的艺术性较强。可以作为作家创作的好营养。同时它更能适合于儿童心理和艺术兴趣的需要。多少年来，它都成

---

① 萨音塔娜（赛音塔娜）：《达斡尔族民间故事选》，内蒙古人民出版社1987年版，第176页。

为教育儿童的好教材，成为儿童文学取之不尽的源泉。

最后，幻想故事中保留了很多早期的习俗。幻想故事中保留了人类社会早期的许多痕迹，这些痕迹大多属于古代社会的某些制度、道德观念、风俗习惯及当时人类的特殊心理状态。例如，故事中用一些平凡而具有奇异威力的东西（棒、帽子、宝盒等）就能征服一切的情节内容，往往也表现了古代某些巫术观念；在那些异类变人（江蚌、狼、莽盖）的形象里也有万物有灵观念的遗留，故事中有时出现主人公如果需要入海时要紧闭双眼，不许睁开眼睛，这可能反映了古代人对禁忌的遵守。

第二节　生活故事

生活故事是现实性比较强的民间故事，它的幻想性比较少，或完全没有幻想性。这类故事具有尖锐、鲜明的阶级倾向性。有时也称为"写实故事"或"世俗故事"。这绝不是说幻想故事不反映现实生活，也不是说生活故事等于是真人真事的故事，而是说它的形象在艺术虚构的基础上更具有现实生活的色彩。在这类故事中没有万能的宝瓶，没有能制服大海的石块和咒语，没有娶仙女为妻的事件。在这类故事中，只有人们生活中常见的人、事、物。

生活故事的大部分都是在阶级社会中出现的，它反映的是阶级社会的阶级关系、社会现象、人们日常生活的事实和经历。当然它不是事实和经历的原样的记录，而是带有很多虚构成分的典型创作。因此，它是我国阶级社会劳动人民的生活和愿望的反映。但总是以称颂劳动与智慧为基本内容，同时这类故事多取材于人们的家庭生活，反映家庭各成员之间的伦理关系、爱情故事。生活故事在达斡尔族故事中占有十分重要的地位，它从不同的角度，反映了达斡尔族人民的社会生活。

生活故事的主人公，通常是讲故事者熟悉的劳动者、"卑贱者"和最受压迫、受虐待的人，如贫穷的农民、樵夫、妇女、愚人等。它所歌颂和赞扬的是那些正直、善良、聪明的人，它所讽刺和鞭挞的是封建社会的剥削者和压迫者，如地主、官僚、皇帝、富人以及象征封建社会最高统治者阎王、天帝等。同时，它也对人民的缺点进行善意、幽默的讽刺。这类故事的突出特点，是尖锐的讽刺性和对反动势力强烈控诉的抒情风格。

这类故事不仅故事性强，而且具有独特的民族特色和民族风情。它从不同角度反映了达斡尔族人民的生活。为了讲述方便，我们将达斡尔族的生活故事归纳为两类：第一类故事是劳动和生产经验故事，第二类是生活斗争故事。

第一类，有关劳动和生产经验故事。

这类故事主要在于通过艺术形式，总结生产经验和知识，在教育青年方面有直接的作用。劳动人民用讲故事的方法教育下一代的传统是一贯的，他们认为既要想有效力的劳动，又要有好的收成，没有知识是不行的，而知识的获得必须通过刻苦学习和勤于实践。劳动和生产经验故事，正是通过对劳动能手的动人事迹的赞美，对青年传授劳动能手的种种经验，包括不怕劳累，精益求精，按着劳动的规律办事。例如，在《德·莫日根故事》中就介绍了很多狩猎方面的经验，以及各种动物的习性。《谦虚的德·莫日根》中讲道：

过去有一位叫色莫日根的猎人，因为多年打猎，积累了不少的经验。一般好的猎人一天费九牛二虎之力才能打两三只麅子，而他毫不费力地能打十只八只。平常什么时候想起吃麅子，不到半袋烟的功夫就驮来一两只。他对野兽的习性研究得很透，他知道什么样的野兽，什么时候找食物，什么时候喝水。知道它们在什么地方趴着，早晨在什么地方，夜里在什么地方。就拿麅子来说，到夜里在山的阴面趴着的时候多。它们为什么在夜里会在山的阴面呢？主要是因为山的阴面积雪厚，容易藏身。夜里西北风多，如果人从西北方来，顺风时从很远就能闻到人的味，可以即时躲避。麅子和鹿都有四快，也可以说是四灵：耳朵灵、眼睛快、嗅觉灵、腿快。但麅子没有鹿机灵，素有傻狍子之称。总之，飞禽走兽都有各自的特点，都有各自的护身本能。所以对不同的动物捕猎要采取不同的方法才行，对不同的动物的习性摸透、熟悉以后，才能决定什么时候采取闪电战术，什么时候用迂回战术，什么时候守株待兔，这都根据地形、风向、季节、气候的不同而采取不同的方法。这是所有的猎人都应该具备的。对这他不仅熟悉，而且已经达到了登峰造极的地步。

另外，他的枪法特别准，可以说是百发穿杨。不管天上飞的，地上跑的，只要是子弹一出膛，绝不落空。除了他的打猎经验以外，他还有两个助手。一个是他的枣红马，它好几次从生死边缘上救出了它的主人，它简直是一匹神马，它不论在沼泽地、草蕈上跑起来，都如走平地。它在冻得光滑如镜的冰上跑起来绝不滑倒，在平地上跑起来更不用说了，简直是四蹄生风，上山下山，恰似在平地上奔驰，因此人们给这个马起了外号叫"草上飞"。他的另一个助手就是他的白狗，它全身雪白黑嘴巴，稠李子似的滴溜溜的黑眼睛，细细的肚子、长长的腿。它和主人的枣红马一样，曾经从九死一生的危险境地救出过他。它的嗅觉特别灵，一般被打伤的野兽不管它跑出多远，或者隐蔽得多巧妙，他的狗是绝不放掉它的。它不仅能从野兽脚印闻出它们的气味，而且从空气中能辨别出它们的气味。它捕捉小野兽或飞禽的时候，身子完全伏贴在地皮上，它那爬行的步法，比猫还轻比老虎还灵，因此，它经常捕捉一些野鸡、兔子、貉子、獾子等小动物。这样，也就给他节省弹药。其实即便有子弹，他对小动物也不太感兴趣，如想吃野鸡、沙斑鸡，也用不着枪。训练的鹰就会捉这些。他打的多是大野兽。至于灰鼠、貂、狐狸、猞猁、貉子等小动物就是另一回事了。因为这些小动物的皮子特别值钱，尤其是貂是清朝政府指定布特哈达斡尔、鄂温克、鄂伦春人每个壮丁每年必须纳贡一张貂皮，所以你打也得打，不打也得打。没有我们这些猎人，小姐、太太们从哪里得到皮袄、坎肩、帽子来装饰、炫耀自己呢？没有我们这些猎人，那些官老爷、纨绔子弟也无法夸耀自己的轻裘肥马了。这是他不得不打小动物的原因。

这个狩猎故事中，勇敢的德·莫日根，他从实践中观察、掌握了野兽的习性和活动规律，根据不同野兽的特点，总结出了宝贵的经验。这类故事赞扬生产能手莫日根的同时，也控诉了旧社会的罪恶。这种阶级对立的内容，显示了故事鲜明的思想特色。

第二类，生活斗争故事。

这类故事和幻想故事不同，它的幻想成分少或者说没有幻想性，所以又说是"写实故事"或"世俗故事"。

生活故事大部分产生于现实生活中。生活故事所讲述的人物、环境和情节，也大部分为创作者亲身经历，但它又不是真人真事的照搬，而是根据生活斗争经验和审美趣味以及现实生活现象有选择地集中、概括,并通过想象和虚构塑造出感人的艺术形象和生活画面。这类故事不仅故事性强,而且具有独特的民族特色和民族风情。

这类故事的构思异常巧妙,显示出人民的丰富想象力。这种艺术虚构的特色主要表现在故事情节的安排、处理方面。生活斗争故事的情节,往往是用一系列超乎正常状态的事件、纠葛安排起来的。这种特色比较突出地表现在"巧媳妇型""长工与地主型"故事中。

"巧媳妇型"家庭生活故事中巧女故事也很突出。这是达斡尔族优秀的劳动妇女品德和聪明才智的集中表现。在封建社会,妇女不论在社会或是在家庭中的地位都十分低下,封建礼教严重地束缚了妇女的发展。然而,妇女的聪明才智依然显示在生活中的各个方面。巧女故事中,妇女的才华被真实地展现出来了,故事中的女主人公大多智慧超群,胆识过人,对答如流,不但善于处理家事,而且巧妙回击对方的刁难,充分展示农村妇女的多才多艺和敢作敢为。巧女的"巧"一是展现在家庭中,通过家庭内部的矛盾关系来表现她们的智慧,突出她们的手巧、嘴巧、头脑灵活。如《巧媳妇的故事》中讲道:

过去有一个老头子,有三个儿子。大儿子和二儿子都娶了媳妇儿,只有三儿子还没成家。这老头子很不讲理,常常要找儿子、儿媳妇的碴儿。

一年夏天,两个儿媳妇儿都要回娘家去住上几天。老头子听到这个事儿,便对她俩说:"你们俩回娘家,我不阻拦。可是你们回来的时候,每人要给我带来两筐东西:一筐骨包肉,一筐肉包骨。"这两个媳妇儿一听吓坏了,本想打消回娘家的念头,又怕这次回不去,过后公公又不让回去了。她们决定还是回娘家走一趟。

她俩各自回到娘家后,一直猜不出骨包肉和肉包骨是什么东西。到了日子不回去吧,公公更有理了,不知要给什么苦头。到第六天头上,两个媳妇儿只好提着空筐子离开娘家往回走。走着走着,妯娌俩,在邻屯的一家门口相见了。两个人看到对方提着空筐子,便抱头哭了起来。他们的哭声惊动了住在这家的母女俩。老太太出来问这两个媳妇:"你们俩为啥要哭呀?有什么痛苦的事儿啊?"她们一看是个好心的妈妈。将公公要骨包肉和肉包骨一事告诉了她。老太太听了也想不出肉包骨和骨包肉究竟是啥东西，便进屋问她女儿。女儿一听，笑道："为这点小事吗？这骨包肉和肉包骨不就是枣和鸡蛋吗？"老妈妈一听，一边往外走一边说："女儿呀，你可救了那两个媳妇儿，我得赶紧去告诉他俩。"

这两个媳妇儿听了老太太的话，恍然大悟，又匆匆忙忙跑回各自的娘家，各装了一筐鸡蛋和一筐枣。拿回来交给老公公。可是老头子接过鸡蛋和枣，便问两个儿媳妇："你们怎么知道骨包肉和肉包骨是这两样东西？是谁告诉你们的？""是我们自己猜出来的。"老头子不相信，正想动手打他们，妯娌俩不得不把事情说出来。

老头子听说是邻屯的一位老太太告诉她们的，便去打听。他打听来打听去，知道原来是老太太的女儿猜出来的。老头子见着姑娘聪明伶俐，就托人说亲。把她给小儿子娶过来了。

有一天老头子去铲地，临走时告诉大儿媳妇和二儿媳妇："快到晌午的时候，你们俩用筐提水给我送去。"快到晌午的时候她俩怎么也想不出用筐提水的办法。于是她俩就去问小弟媳妇，小弟媳妇儿说："公公的意思是叫你们俩装一筐黄瓜给他送去。"妯娌俩就照她的话办了。老头子问道："谁告诉你们送黄瓜来的？"老头子眼睛一瞪，大声喝道："不说实话，我用锄头敲碎你们的脑袋。"妯娌俩吓得直哆嗦，赶忙告诉是小弟媳妇说的。老头子一听，咧嘴笑了。一个劲儿地说："好媳妇儿！好媳妇儿！"这时正在旁边的儿子，就顶了他父亲两句："好媳妇儿，好媳妇儿，落在你手里。灵芝草也会变成莠子，好不好？你唠叨个啥？"老头子一听这话，气得暴跳如雷："你这个小混蛋竟敢打断我的话把儿，教训起爹来了。"说着他就拿起锄头要打三儿子，三儿子拔腿就跑回家来了。他见妻子正在门外洗衣服，便气呼呼地说："父亲在众人面前一个劲儿地夸你，我说他两句，他说我打断了他的话把，就拿锄头要打我。你快想个办法吧，父亲追上来了。"她临机一动，计上心来："你到屋里歇着去吧，我自有办法。"不一会儿，老头果然拖着锄头，气冲冲地追上来了。他一见三儿媳妇儿就问那个小混蛋到哪儿去了？她回答公公说："他在房后挖风根子呢。"老头儿听了出来却奇怪的问道："风哪里还有根子呢？"三儿媳妇心平气和地说："那么话儿哪来的把儿呀？你老人家为什么平白的生这么大的气呢?"老头子自己知道说不过她,就请小舅子去了。小舅子是个能言善辩的人,有铁嘴钢牙的称号。老头子气鼓鼓的,一进屋,小舅子便下炕,问道:"姐夫,出了什么事儿啊?""嗨,我那三儿媳妇儿太能说会道了,我算对付不了她。现在你去给我压压她的威风吧。"小舅子听了哈哈笑道:"姐夫,你一向能干,怎么连儿媳妇儿也说不过了? 我不用一张嘴,就是把嘴封上一半,也能辩过她!"于是他真的用纸缝上半边嘴,摇摇摆摆地来了。他一进院,便向正在晒衣服的外甥媳妇儿问道:"我外甥在家吗?"三儿媳妇儿一看舅舅来了,知道是来帮腔的,急忙向前答话:"他正牵着毛驴在锅台上站着呢。"他听这话惊讶地问三外甥媳妇儿:"哎呀,那毛驴不往锅里拉屎吗?""不要紧,他的屁眼儿用纸给糊住了。"舅舅猛然醒悟,取下自己嘴上封的纸,羞得脸红一阵、白一阵的,无言以对,连屋也没进就回去了。老头子斗不过三儿媳妇儿,三儿媳妇儿又处处替两个妯娌出主意、解难题。从此老头子的威风被打掉不少,不敢轻易刁难儿子和儿媳妇们了。

另一则故事《伊玛迪》中讲道:

过去,有一个巴音,弟兄共七人,他们家里有一个家奴名叫特莫迪。家奴有一个儿子叫伊玛迪。有一天,七个主人一起去打猎。临行前,他们吩咐家奴特莫迪:"晚上,你要用公牛奶做粥!"主人走后,特莫迪坐立不安。伊玛迪便问父亲,父亲说:"主人走的时候,让我用公牛奶做粥。做不成还不是挨打。"伊玛迪给父亲出了一个主意,让他到晚上装成生孩子的样子。晚上,七个人回来后,看见特莫迪躺在女人坐月子的地方(达斡尔族女人坐月子有专门的地方),就奇怪地问:"你爹怎么了?"伊玛迪:"我爹生孩子了。""住嘴!男人怎么能生孩子呢?"伊玛迪:"既然男人不能生孩子,那么,公牛怎么会出奶呢?"主人们听完,无言以对。

过了一些日子,主人们要领着伊玛迪去打猎,出坏主意想害死他。晚上,在河岸搭起了四顶帐篷,一个是主人们住的,一顶是圈七匹马的,一顶是放马鞍子的,一顶是伊玛迪住的。伊玛迪看了这个安排就猜透了主人的企图。他趁主人睡觉之际,赶紧和放马鞍的帐篷调换了位置。半夜主人们起来就把他原来住的帐篷推到河里了。正当他们几个高兴的时候,伊玛迪大喊:"把马鞍子推到河里,怎么骑马呀!"七个人哭笑不得。对伊玛迪恨得不行,伊玛迪自己知道早晚会有不测,趁黑夜下大雨,领着爸爸逃跑了。

这类故事中,猎人或穷人与地主斗争的特点,除了特殊情况外,一般多靠"智斗"。过去地主一般都有支配和控制穷人的权利,穷人忍受不了想反抗,往往只能依靠自己的机智来进行巧妙的斗争,如在《红棒子和黑棒子》中讲道:

地主看上了猎人的鹰想抢到手,嘎尔迪不敢惹他,干脆就给他了。但是,鹰不听他的指挥,跑回家里。地主气得跑到嘎尔迪家里要把他告到衙门那儿。嘎尔迪说自己有红、黑棒子。冬天把不干活的人用黑棒子打死,春天用红棒子打醒好干活。嘎尔迪说妻子正在死的状态,若去衙门,用红棒子把她打醒再走吧。地主看在眼里,高兴地说:"把红棒子和黑棒子送给我吧。"拿走后地主回家把自己的家里人一个一个都打死了,等到了春天,想让他们复活,用红棒子怎么打也打不醒,才知道受骗了。他也晕倒死在死人堆里了。嘎尔迪及其妻子逃到别处去了。

从以上三篇故事中可以看出,人们用轻松的语言赞美了劳动人民和他们的智慧。生活故事所显示的生活气息与幽默、乐观的情调是十分突出的。这类故事不仅仅表现了人民现实生活的处境,表现了人民的生活态度与真挚的感情,而且讽刺、揭露了剥削阶级的刻毒狡猾、贪婪、懒惰。在故事中安排了伊玛迪和巴音、嘎尔迪和地主斗智斗勇的有趣情节,然而这些情节并不是合乎现实生活常情的,这里有想象成分的戏剧性情节,这是现实基础上的合理夸张与虚构。除了以上例子外,还有许多这样的故事都是表现劳动主题的,揭示出勤劳可以多收获的道理。通过艺术的夸张手法,使读者发笑,在这点上与笑话有共同点。

生活故事具有浓厚的现实生活特征。它直接地表现生活中的各种关系，如阶级关系、家庭关系、伦理关系等，有非常明显的教育意义。它所讲述的都是日常生活、一般的世态人情、平凡的小事，没有曲折离奇的情节，主要通过现实生活本身的逻辑说明问题。

第三节　动物故事

动物故事也是富于幻想内容的民间故事，过去又被称为"自然童话"。这类故事以动物或主要以动物为主人公。但是，具体讲述中又不是单纯地去描绘动物的习性和特征，而是赋予动物以人性的特点，使故事中的动物有社会的意识、思想和语言。故事中动物与动物的关系，实际上就是人类社会复杂的社会关系以及社会生活反射在动物身上，劳动人民借用虚构的方法既曲折又直接地表现对现实生活的态度和强烈的思想感情。但在一定程度上，动物的性格特征又与动物本身的习性特点相接近。像狐狸的狡猾、猴子的聪明、老熊的蠢笨、喜鹊的多嘴多舌等特点，就是人的性格与动物习性合成的一些人格化的动物形象。

达斡尔族的动物故事，就其内容、情节、特点，分为三种类型介绍。

一　寓言性动物故事

通过动物形象之间的纠葛，表现一般世态人情的故事。这类故事往往有趣地表现了聪明性格、狡猾性格、残暴性格、愚蠢性格之间的各种各样的关系、矛盾。它往往通过性格的对比、形象的对比，不仅使人感到生动、亲切、富有人情味，而且还很细致地培养人们（特别是儿童）的道德情操、是非观念。通过动物形象表现世态人情，如《狼和毛驴》《抢占熊窝的刺猬》《猴和老虎》《老虎、牛、狐狸》等。如《狗熊与狐狸》中讲道：

> 有一只山羊，在山下吃草。看见狗熊向它奔跑过来时，它吓坏了。事到临头，它只好装着不怕的样子照样吃着草等。狗熊本想吃掉它，但看到山羊从容不迫的样子，它想这个怪物可能是世界上最厉害的猛兽。于是向山羊问一些情况，当问到山羊的胡子时，山羊说："是我专喝熊油后，擦嘴用的一个细布条。"狗熊听完后跑了。跑着跑

着,狗熊遇上一只狐狸。对它说自己遇到一只叫羊的猛兽。狐狸经过仔细打听,知道是山羊。于是狗熊和狐狸一起跑回来吃山羊来了。山羊看见狐狸领着狗熊跑来了,起初,山羊很害怕。想了想,急中生智,大声笑着说:"哈!哈!我的狐狸老弟,你可真是不失信用的好朋友啊!我托你买的那只狗熊,你怎么提前两天就送上门儿来了?今儿个晚上,咱俩就用熊掌,好好喝它几瓶酒吧。"狗熊听了山羊的话,又气又怕,恨透了狐狸。狗熊立刻按倒狐狸,一个巴掌就把它的脑袋打了个稀巴烂,然后狗熊就夹着尾巴到山林里去了。

在这个故事中狗熊、狐狸、山羊之间的关系和社会生活的人的关系很相似。它们的性格特点与习性结合得很好、很巧,构成了生动的情节。山羊的智慧、狐狸的狡猾和狗熊的凶残,动物故事的形式都是社会化了的,像这类故事流传很多,它往往借生动的故事,表达了人世间的关系。

二 通过动物形象进行教训的故事

实际上这类动物故事也就是动物寓言,在达斡尔族故事中也很丰富,民间流传的《群蜂斗野猪》故事中说道:

有这么一头野猪。为了找蜂蜜吃,足足地跑了大半天。结果什么也没有吃着,累得在一块松软的草坪上躺了下来。突然有嗡嗡的声音传入它的耳朵里。野猪因为懒得起来,只睁开一只眼睛看,不见有啥东西;再睁开另一只眼睛瞅瞅,嘿!原来在对面不远的一棵树上,有一只小小的蜜蜂。小蜜蜂见野猪睁开了双眼,告诉它说:"野猪你躺下睡觉的地方正是我们蜜蜂国的土地。我们正在附近的树上搭起窝,正在采花酿蜜呢。请你还是离开这里吧。"野猪听了这话,威胁道:"呵!你这不自量力的东西,我正在到处找你们的蜜呢?你快带我去,如果领我去的话,咱们就没事儿。要是不的话,那我就踩扁你啦!""大家派我来的时候,是要我同你好好商量的,以免伤害我们双方的友好关系。不料想,你却这般蛮横无理!"小蜜蜂说完就飞走了。小蜜蜂飞回去,便把野猪的话,一五一十地告诉大家。蜂王听了,可真气坏了。

"这不是明明仗着力气大,来欺负我们吗?"蜂王立刻召集部下,商量驱逐野猪的办法。不一会儿,蜂王命令勇敢的长嘴将军,率领十万精兵,向野猪睡觉的地方去了。这个时候野猪为寻找蜜蜂正在树林折枝拔杆的闹腾着。勇敢的长嘴将军,先叫蜜蜂摆开阵势,然后自己来到野猪跟前,良言相劝:"喂,如果你现在就走开的话,那我们还是不愿伤害双方的和气。""哼!你们这些毛毛虫,我都踩扁了你们!"野猪咒骂着,便向蜂兵们扑来。勇敢的长嘴将军一见这情势,向前一挥手,蜂兵们向暴风雨似的飞过来,一起扑到野猪身上,也不管是鼻子、脸、耳朵、嘴、眼睛,一个劲儿的蜇起来了。野猪是很有力气的,所以它才这样骄横。蜜蜂虽小可是多呀!野猪力气再大,怎能抵得过十万蜂兵呢?它被蜇得实在受不了啦,爬到一块大石头上去了。可是蜂兵们紧追不放,继续蜇它。野猪东躲西闪,忽然一失足,从石头上滚了下来。它紧忙爬起来也顾不得疼痛,拖着摔伤的腿,只好狼狈逃窜了。勇敢的长嘴将军,看野猪已逃出国界,这才收兵而归。接着,蜜蜂们奔向各自的岗位,又开始做工去了。

这则故事中动物的形象和性格特征是十分鲜明、突出的,这正是社会的某些人所具有的特点。野猪贪婪而又骄横,还自以为身壮体胖能一脚就踩扁蜜蜂,根本不把蜜蜂放在眼里。然而勤劳的蜜蜂虽小可是多,它们团结起来战胜了野猪。故事是在教训那些骄横的人。

三 关于动物起源或特征的解释性故事

这类故事对动物的解释,并不是为解释而解释,而是为了通过动物形象以及动物来源、特征的幻想性解释,曲折地反映出人类社会生活中的种种关系。这类故事在达斡尔族故事中比较丰富。这类故事解释的问题是多种多样的,下面举两个例子说明。《蚊子为什么嗡嗡叫》中说道:

有一天,腾格日对蚊子说:"你去人间找一下,最好吃的东西是什么?"于是,蚊子就到人间来了,到处吸血,不管野兽、禽类还是人的血,它都喝,最后发现人的血最甜,营养最高。回去后,蚊子要滑头，骗腾格日说："世上最好吃的、最甜的东西是瓜果。"早已尝过人血的腾格日，知道蚊子是在骗它，很生气。一气之下把蚊子的舌尖儿给割断了。从此蚊子说话就不清楚啦，只会嗡嗡叫，飞到人们身旁就能听到叫声，这是腾格日有意引起人们的注意。

《喜鹊为什么喳喳叫》中说道：

很久以前喜鹊总爱给人们传闲话，故意拨弄是非，造成人们之间的不和。人们便报告了腾格日。腾格日警告喜鹊说："你不要这样，如果你再不改好。我可要惩罚你的。"但是喜鹊仍没有改好，继续传闲话。腾格日知道后很生气，便下令把喜鹊的舌头割掉，还对喜鹊说："你今后在人间报喜，说一万次好话。如果你能改好，我再把你的舌尖儿给你安上。"喜鹊没有办法，只好答应。从此便开始为人们报喜，至今还是这样，成天叽叽喳喳的，听不清它在说什么。可能是那一万次的话还没有说完。

从上面的故事可以看出，达斡尔族的解释性动物故事的鲜明特色。此类故事并不是仅仅附会各种动物和他们的生活特征，它们的整个故事也有反应生活的各种题旨，在这点上，它与前面讲的并没两样，不同点在于前面的故事的内容不与动物来源、特征发生联系。这类故事中，除了上述例子中所提问题外，还说明蚊子为什么嗡嗡叫、喜鹊为什么喳喳叫……动物故事对这些问题的回答与动物的传说是不一样的。它们的区别在于：传说中对动物的起源、特征的解释是以现实生活事件为题材和依据，而动物故事以人格化的动物生活、纠葛为题材为依据。所以，研究民间文学时，要把握不同种类的具体特点并正确掌握，才能解释民间文学的各种规律。

第四节　机智人物故事和笑话

一　机智人物故事

在达斡尔族故事中，流传着一类以特定的聪明人物贯穿起来的机智、风趣、幽默的故事，人们习惯上称为聪明人的故事或机智人物的故事。它具有广泛的群众性，特别为人民喜闻乐见。它是达斡尔族人民在长期的社会实践中积累起来的精神财富，是达斡尔族人民智慧的结晶。这类故事的内容非常丰富和复杂，它像现实生活一样绚丽多彩，具有幽默和讽刺性质。题材的精心选择，主题的庄严、诙谐，语言的巧妙和锋利是共同的特色。机智人物故事中，常常把斗争的锋芒对准反动统治阶级和腐朽的势力。上至国王、大臣、地主、富人、富商等人都是故事讽刺鞭挞的对象。勇敢智慧的主人公面对凶恶的人，机智反击，将坏人置于狼狈不堪的境地，大快人心。

清代的达斡尔族社会生活中，充满着政治上的压迫和经济上的剥削，作为贫穷的达斡尔族人民，想从政治上推翻封建制度摆脱剥削，那是很困难的事情。从精神上战胜封建统治阶级还能办到，因此产生了很多机智人物的故事。如《塔温浅布库》《德克玛》《吉彦布库》等机智人物故事，很有特色。其中德布库的影响较大，他是莫尔登哈拉人，父亲曾在北京当过官。所以，他有机会到过几次北京。《德布库的故事》系列包括：《在饭馆里》《拉柳条》《割柳条》《气坏了蝈蝈财主》《在北京城外》等。已经大大超出了历史人物本身。这些故事表现了德布库的"力、义、勇"的特点，还能以机智勇敢战胜坏人坏事。类似的故事最初都是以某一机智人物为范本，随着故事的流传逐渐把好多故事加在他们身上，形成了一个一个典型人物形象。这些人物形象深受人民的喜爱，因此它活跃在达斡尔族劳动人民的口头文学中。《气坏了蝈蝈财主》中讲道：

> 有一年夏天，德布库从布特哈地方步行到北京城去。一天他正在赶路，肚子饿得"咕噜咕噜"响。可是前不着村，后不着店，没法找饭吃。走着，走着，在他眼前出现了一片庄稼，一帮人正在铲地。走近一看，地头放着一大桶高粱米饭。德布库不管三七二十一，都给吃了。这时，地里走出一个矮胖的人，他就是那个村的大财主。他逼着长工们起早贪黑地干活儿。他倒是吃得头脚尖，肚子鼓鼓的，长工们给他起了一个外号叫"蝈蝈"财主。"蝈蝈"财主看到午饭都没了，让长工们揍他。德布库对长工们说，你们一年到头给财主干活，吃不饱穿不暖，今天中午到他家吃一顿热饭去。说着德布库拣起身旁

的一块碗大的石头，"啪"一下攥得粉碎。"蝈蝈"财主看到吓得直发抖。他怎么敢动德布库的一根毫毛呢！只好装着一肚子气，领回长工们给吃了一顿午饭。

《在北京城外》中讲道：

有一年夏天，德布库正在北京城外溜达。忽见一个富人坐在车上叫车夫赶着套了七匹马的粮车，奔城里来。但是，路上有一个四五岁的男孩子光着屁股玩。车快到跟前，那孩子好像没看见。车夫忙喊："孩子快躲开！"可是那富人却说：你"喊他干什么？压死了也没事，谁叫他在道上玩呢。"那个富人边说着边夺过车夫的鞭子，把车飞快地赶了过去。只听孩子"哇"的一声，抱腿大哭不停。德布库一个箭步冲了过去。一看，嗯，孩子的腿叫车压断了，这时从路旁的一间破房里，跑出穿着补丁衣裳的中年夫妇。他俩看见自己的孩子叫车压断了腿，哭着抱起了孩子，望着那远去的大车。德布库指着那远去的大车，骂道："他妈的，什么东西！眼睁睁的压断人家孩子的腿。好吧，明儿个你压老子试试看！"第二天那辆车满载布匹出城了，德布库早就做了准备，他用沙土埋住身子，横躺在道儿上等着。不久那辆车的轱辘正要从德布库身上压过去。只见德布库猛一弓腰，那辆车被翻进了沟里。一把揪住富人的衣领，厉声问道："怎么你家的车压着人没事儿吗？幸亏是我，换个别人又被你压坏了。昨天，你压坏了一个小孩。今天我要在这里把你弄个半死不活！"那富人吓得魂飞魄散，脸色煞白，跪着求饶。"老爷爷是我的不对呀，只要你饶了我，我把车上东西分一半儿给你。"德布库越发来劲儿了，说以后再压人，揪掉他的脑袋。于是德布库把富人留下的半车布匹，大部分给了被压的孩子家治病了，其他分给了路过的穷人们。

从德布库的故事看出这类故事的特点，机智的人物往往能言善辩、足智多谋、敢于傲视权贵，戏弄行恶的豪绅或坏人，并扶弱济困。

达斡尔族机智人物故事的内容具有幽默和讽刺的性质。一般来说其主题庄严、诙谐、语言巧妙锋利。

二 笑话

笑话以简练的语言、深刻的含义、巧妙的寓意、引人发笑。笑话分为讽刺性笑话、幽默笑话。

第一类，讽刺性笑话。

讽刺性笑话多为揭露贪官污吏等统治阶级的丑恶嘴脸，戳穿他们的反动本质，它往往寥寥数笔便勾勒出剥削阶级的丑态，形象生动，一针见血。达斡尔族人民用笑话的形式讽刺贪官污吏、守财奴、爱拍马屁的人、懒汉等，这些人物的许多言谈、行为，都在违背生活的常规，因而遭到人民的揭露、嘲笑和打击。劳动人民用戏剧性的故事发泄对这些人的不满。如《爱吹牛的皇帝》中讲道：

> 过去有一个皇帝，特别爱吹牛。有一天他在各处贴广告："谁要是让我说出一个'谎'字，我就把半个国家给他。"一个青年牧人看后，对皇帝说："皇帝呀皇帝，我父亲有一根拐杖，夜间伸到天上去搅，能把星星都吓跑。"皇帝说："那有啥稀罕的，我父亲有一杆烟袋，抽烟时伸到太阳那里点火。"青年人无奈，他就走了。又来了一位裁缝，也没获胜就走了，最后来了一位木匠，他曾修过宫殿，皇帝问他："你干啥来了？"木匠说是代表伙计们要工钱来了。皇帝说："什么时候欠的？"木匠说："你住的宫殿是我们给盖的。"皇帝说："你在撒谎！"木匠听了哈哈大笑："你说出了'谎'字，现在，你该把国家的一半给我了。"皇帝说："不，你说的是真事！"既然是真事，皇帝只好拿出一斗金子给了木匠。

第二类，幽默笑话。

达斡尔族的幽默笑话很有特点，代表作有德·莫日根的系列笑话，很有典型性。如《穿糖葫芦》中讲道：

> 有一位16岁的德·莫日根出去打猎，刚到山脚下，忽然听到大雁的叫声，抬头一看，一群大雁排成人字形，从西北天空飞过来，飞

得很低,趁它们毫无防范之时,当最后一只雁飞过头顶时,他一箭射去,只见箭拖着细绳从最后一只雁的屁股射进去,又从其嘴里出来,这样穿来穿去好像穿糖葫芦似的,最后一根细绳穿上了九只大雁,从空中滴里嘟噜掉下来了。这不正是古人常说的"一箭双雕,百步穿杨"吗!①

又一个笑话《马栓在仙鹤脖子上》中讲道:

有一次德莫日根出去打猎,从远处看见三只狍子在山岗上吃草,但是没有拴马的地方。忽见百步开外有棵细细的白桦树,就把马拴在白桦树上了。在三个土堆上坐下来打狍子,把它们都解决后,正要起来去拿狍子时,土堆却慢慢直往上拱,当他抬起屁股看时,三个土堆原来是三只貉子,秋天的貉子肥得走不动了,蜷缩着趴在那儿。猎人把他们也给解决了。然后想去拿狍子,发现其中一个狍子死死咬住了子弹,细看才发现,子弹是从它屁股打进去穿膛而过的。把这儿收拾完了,又回来到拴马的地方,马不见了。向周围一看,原来是把马拴在仙鹤脖子上了,仙鹤牵着马走呢。走了一段后,狗和马都过来了,猎人却掉进了深水里了。又发现有什么东西在动弹,伸手一摸,原来两边套裤里钻进了十几条鲫鱼。半路上狗又帮着抓了十几只野鸭。今天的收获可真大呀。三只狍子、三只貉子、十几条鱼、十几只野鸭。猎人心里很高兴。最让人奇怪的是把马拴在仙鹤脖子上、把貉子垫在屁股底下打狍子、皮裤里舀出鱼。这可真的验证了人们说的"棒打狍子、瓢舀鱼"。②

笑话并不十分重视故事情节,而主要用人物对话和自白来揭示矛盾,说明狩猎生活中的现象,使人从笑的艺术中得到教育,对于敌人它则是攻击的匕首和枪。内容和表达上巧妙地满足搞笑和幽默的原理、技巧。情节单纯简单、不拖沓,常常使用夸张手法突出可笑之处。

---

① 引自巴达荣嘎的资料集。
② 引自巴达荣嘎的资料集。

第五章　达斡尔族的歌谣

第一节　达斡尔族歌谣的概念和分类

钟敬文先生主编的《民间文学概论》中对民间歌谣下的定义是比较全面、确切和简明的：

> 民间歌谣是民众群体的口头诗歌创作，属于民间文学中可以歌唱和吟诵的韵文部分。歌唱的部分它具有特殊的节奏、音韵、叠句和曲调等形式特征，并以短小或比较短小的篇幅和抒情的性质与史诗、民间叙事诗、民间说唱等其他民间韵文样式相区别。[①]

近年来，在编纂《中国民间歌曲集成》《中国歌谣集成》的过程中，民间文学界与音乐界的合作增多了，两方面的学者相互学习，共同探讨，对"民间歌谣"一词的内涵在认识上又有了新的认识。吴超先生提出的歌谣的定义可供我们参考：

> 民间歌谣是从远古诗乐舞三位一体的原始文化形态中分化出来的，但仍保留有乐、舞特征的一种韵文样式。作为一种综合性整体艺术，它同时兼有文学（词句）、音乐和表演（表情动作）三种形态。它以劳动人民的集体创作为主，主要在口头流传，形体比较短小，字句比较整齐，与劳动生活结合紧密，反映了各个时代的生活风貌，人民的思想、感情、愿望和审美情趣。它不仅是一种文艺现象，也是一

---

① 钟敬文主编：《民间文学概论》，上海文艺出版社1980年版，第238页。

门具有多种功能与价值的科学的研究对象。①

总之，我认为吴超先生的这种观点可取，给民间歌谣下定义时，不仅要观照它艺术形式方面的特征，也要观照它思想内容方面的特质，还要看到它"合乐与否""可唱与否"、曲式结构等外部特征。吴超先生还指出："必须把歌谣的词句、曲调、表演三种形态当作一个系统、一个整体来考察，不能孤立地、割裂地只看到它的文学成分，或者只看到它的音乐成分。即使是吟诵的民谣，在语言的节奏和韵律上，也表现有自然和谐的音乐美。"②

民间歌谣包括民歌和歌谣两部分。民歌和歌谣从所反映的生活内容来看，并没有多大的差别。所不同的是：民歌受到音乐的限制，有比较稳定的曲式结构，所以歌词也有与之相适应的章法和格局；民谣大都没有固定的曲调，唱法自由，近于朗诵，所以谣词多为较短的一段体，在章句格式上的要求不像民歌那么严格。现在人们提到民歌，大都包括民谣在内，成为歌谣的总称。

达斡尔族对歌谣的分类有一些分歧，其中主要的意见大体分为两种，即广义说和狭义说。广义说把歌谣的范围划得过宽，将达斡尔族民歌的体裁分为"扎恩达勒""哈肯麦"（哈肯麦勒呼苏姑，即舞词）"乌春"（乌钦）、"雅德根伊若"（萨满调）四种形式。这种分类多少年来在学术界有一定的影响，研究中都一直沿用此观点。狭义说，达斡尔族民歌包括"鲁日格勒""扎恩达勒""达奥"等短小抒情成分较重的韵文作品，而不包括"乌春""雅德根伊若"等体裁。作者基于多年研究以及各地采访艺人的情况，发现广义说有欠妥之处。"雅德根伊若"应该属于宗教音乐，不能包括在民歌范畴中。"乌春"（乌钦）可以属于民歌中韵文体的范畴，但是随着时代的发展，民歌也发生了发展、变化，现在已经形成一种比较成熟的体裁，即叙事歌、叙事长歌（"乌春"），故另设章节介绍。达斡尔族的民间歌谣包括"扎恩达勒""鲁日格勒""达奥"（歌）等。

在达斡尔族文学发展史上，歌谣有重要的作用和地位。它是达斡尔族

---

① 吴超：《中国民歌》，浙江教育出版社1995年版，第13页。

② 吴超：《中国民歌》，浙江教育出版社1995年版，第14页。

的社会和历史的一面镜子。达斡尔族歌谣反映了达斡尔族处于不同时代社会生活的各个方面，如民族风情、不同的人物形象、民族心理和性格特点等。所以，民歌的研究对达斡尔族的历史、语言、民俗的研究，以及对民间诗学、民歌史的研究，都具有极宝贵的价值。

达斡尔族的学术界目前对"扎恩达勒"这个体裁也有不同的认识。主要是齐齐哈尔地区和布特哈地区有不同的认识，存在广义和狭义之分。布特哈地区将在野外即兴抒唱的无固定唱词的歌称为"扎恩达勒"（Jaandaal），在野外唱的"扎恩达勒"以外的民歌则称为"达奥"（Dao）。齐齐哈尔地区，将民间歌曲统称为"扎恩达勒"。新疆地区的达斡尔族也称达斡尔族民歌为"达奥"，但其内容只包括"扎恩达勒"和"达吾"（达奥）[①]。本书基本上采纳布特哈地区和新疆地区的观点，将达斡尔族的民歌分为"达奥""鲁日格勒""扎恩达勒"三种体裁介绍。

第二节 "达奥"

一 "达奥"的概念和分类

"达奥"（Dao）是达斡尔族民歌的主要组成部分，是与蒙古族短调相类似的短歌。一般是指在达斡尔族民间流传较广、形式较规整的短小精悍的歌曲艺术。它的内容非常丰富，数量也较多。达斡尔族随着社会发展出现了音乐工作者创作的歌，也称为"达奥"。为了严谨起见分为民间的"达奥"和音乐家的"达奥"来研究。

"达奥"产生的时代背景。17世纪中叶，达斡尔族从黑龙江北岸迁居嫩江流域，开创了当地农业的历史。从清末至民初随着土地开放和移民开荒政策的推行，大批汉族农民迁入，使先进的生产工具和先进技术传入达斡尔族地区。经济、文化的变化，促使音乐也发生了较大的变化。尤其是1903年中长铁路的修建对齐齐哈尔地区影响极大，大批的城镇拔地而起，

---

① 参见张天彤《变迁与坚守》，人民音乐出版社2014年版，第96页。据书中巴尔登先生介绍："达吾"一词来自莫力达瓦自治旗对民歌的称谓"达奥"。现在新疆塔城地区人们通常将扎恩达勒和达吾通称为民歌。

人口大增。在商品经济的刺激和先进技术的影响下，一个马背民族狩猎和采集的生产方式及其文化逐渐过渡到农耕半农耕文化。人们唱歌的地方，也从空旷、辽阔的野外逐步过渡到了庭院或室内。

这一时期的短调歌曲以其深刻的哲理性和完美的艺术性，将达斡尔族音乐向前推进了一步，成为达斡尔族民歌的主流和代表。这时的民歌内容更加丰富，题材更加广泛，形式更加多样，无论是重大的社会事件，还是日常生活中的亲情、友情、爱情，在歌曲中都有充分的反映。民间的"达奥"则曲体规整、句式对称，以两句或四句为基础构成单乐段体。节拍多为两拍和三拍。其旋律起伏不大，唱腔较平缓。听起来悠扬、明快、美妙、悦耳，令人感动、神往，有着独特的韵味和强大的生命力。

二 "达奥"的内容

"达奥"的内容比较丰富，主要有劳动歌、仪式歌、情歌、生活歌、儿歌、新民歌等。

第一，劳动歌。

人类社会的文化，是不断地从劳动的基础上产生和发展起来的。人类社会的第一首歌便是口头创作的劳动歌。从远古开始产生歌谣起，这种歌谣就伴随着劳动动作和劳动过程。所以说，劳动歌是人类社会最早的诗歌形式。

根据劳动歌的内容和特点，大体上分为两种类型。

第一种，所歌咏的内容与劳动生产紧密结合，并在劳动过程中歌唱。这种劳动歌的特点是歌声和劳动节拍极为和谐一致。它的内容除去描述劳动过程和鼓舞劳动情绪的词句以外，还有很大成分是靠劳动呼声组成的。有的歌儿甚至完全是劳动呼声。例如，达斡尔族的《装排号子》《嗨罗吭罗》就是这种劳动歌的代表作品。如《嗨罗吭罗》歌中唱道：

兄弟们啊嗨罗，赶紧来呀吭罗
高高举起嗨罗，拉紧夯绳吭罗

把圆夯石举起来呦，一起举呀一起砸，

　　　　把球状夯石举中间，举起夯石一起砸。

　　　　把那夯石用力打呀，夯石打下震四方呀，
　　　　四面八方真动起来，一层层地砸结实呦。

　　　　潮湿土块砸得碎呦，高高举起夯石飞呦，
　　　　使劲砸呦使劲打呦，把那夯石抛得高呦。

　　这首是打夯歌，将夯举起、放下，都用此歌协调动作、提高效率和鼓舞劳动热情。

　　第二种劳动歌，所歌咏的内容与劳动生产本身没有关联，内容往往以现实生活为题材，以劳动中的感受所唱的歌，也可认为是劳动歌。此类劳动歌是劳动人民伴随着他们的劳动常唱的歌。这些歌在劳动过程中起到减轻劳动负担，抒发劳动者感情的作用。同时在歌唱时偶尔也加进一些劳动的呼声、"扎恩达勒"的衬词。达斡尔族的《树和鸟》《小兔求饶》等都是属于这种劳动歌，在内容方面深刻地反映劳动人民的生活、思想、感情。所以有的人通常把它放在生活歌的范畴内来探讨。

　　有的民歌表现了达斡尔族人民对自己生活的热爱，歌中洋溢着宁静、恬淡的气氛，充满了乐观主义精神。如《树与鸟》中唱道：

　　　　茂密的树呦，长得好看，
　　　　成群的乌鸦，在它上空盘旋。

　　　　稠李子树呦，长得好看，
　　　　成群的山鹰，在它上空盘旋。

　　　　枝叶丰茂树呦，长得好看，
　　　　成群的野鸡，在它上空盘旋。

　　　　高高的柞树，长得好看，
　　　　成群的"查库勒"（江鸥），在它上空盘旋。

这首歌中的树木和鸟不仅表现达斡尔人生活的自然环境，更重要的是反映了他们的思想、感情和审美情趣。歌中第一句里都有"长得好看"，第二句里也有"在它上空盘旋"，词句的反复，一方面产生一种旋律美，能增强歌曲的感染力，具有音乐美。另一方面以树木的挺拔、婀娜多姿，与各种鸟的婉转歌声相对应，从中表现出达斡尔族人民丰富的想象力，以及与大自然和谐相处的审美情趣。

然而，也有一些歌却反映了人道主义精神，如"小兔求饶"唱道：

蹦高跳啊蹬腿跳，亲爱的乡亲们，行个好吧。
算盘珠子似的我跳动的心，筷子粗细的四条腿呀。
星辰明亮似的我两只眼睛，高悬月牙似的两只耳朵啊。
三瓣的嘴是为了吃草方便，短小的尾巴是为逃命方便哪。
可怜可怜我的小生命，给我留条生存的路吧。

这首歌从另一角度反映猎人心中的愧疚，歌中蕴含着一种人道主义的精神。一般猎人都想多打到一些猎物，但是，应该适当地节制，注意生态的保护。

达斡尔族渔歌也很精彩，如《快去撒网吧》唱道：

咱们撒下渔网吧，把那鲤鱼捕捉吧。
咱们在深渊撒网吧，把那黑鱼捕捉吧。
咱们沿岸撒网吧，把那鲫鱼捕捉吧。
咱们撒下"阿贵"网吧，把那鳌花鱼捕捉吧。

这首歌旋律轻快，歌词朴素，既是一首表现劳动的歌，也是一首介绍生产知识的歌。在唱歌的过程中介绍了捕鱼的经验："鲤鱼用渔网捕捉，黑鱼到深渊去捕捉，鲫鱼沿着河岸捕捉，鳌花鱼用阿贵网捕捉。"

采集歌是采集劳动中所唱的歌。采集的野菜主要有柳蒿芽、野葱、江葱、野韭菜、黄花菜等。其中柳蒿芽是达斡尔族传统的主要菜食。每当春末夏初，妇女们到野外采集柳蒿芽、野韭菜、黄花菜等，当时吃不了的就晒干保存。妇女们好容易走出了家门，再加上家乡美丽的山河景色，很多人都会情不自禁地唱上几句，抒发自己的情感。姐妹们连说带唱不知不觉就会采到很多的野菜，满载而归。如《采野菜》中唱道：

    青青的天空，
    清澈的流水，
    咱们姐妹四个人，
    渡到河对面河湾。
      讷耶勒呢耶，
      讷耶勒尼耶耶，
      讷耶呢耶讷耶耶，
      讷耶呢耶耶。
    去到野菜滩，
    屈腿把腰弯，
    采集那野菜，
    芳香满衣衫。
      讷耶勒呢耶，
      讷耶勒尼耶耶
      讷耶呢耶讷耶耶，
      讷耶呢耶耶。[①]

  劳动歌的节奏异常的鲜明，它往往和劳动本身的节奏相适应。像达斡尔人打猎、采集时所唱的歌，曲调不一定有那么明显的节奏，它的劳动本身并没有给它提供基础的节奏。劳动歌具有一系列和劳动密切关联的特点，所以有的学者认为劳动歌实际上就是劳动生活不可分割的一个组成部分，这是很有道理的。劳动歌的产生和发展，对整个诗歌的发展、繁荣有很大的作用。它在很大程度上决定了诗歌的韵律和节奏的特点。达斡尔族的劳动歌不断丰富着达斡尔族音乐的民族风格。

  "扎恩达勒"由于流传方式的特点，它的发展受到了一定的局限。

[①] 杨士清编：《达斡尔族民歌汇编》（内部资料），第372页。本节所引的民歌，都引自该书，不再注释。

"扎恩达勒"一般是在野外唱的，为适应这种环境，它在音乐方面有它的特点，如曲调高亢悠扬，字少腔长，这样的曲调只在野外才有其美感，不适合在庭院内唱。由于"扎恩达勒"形式的稳定性和规范性较差，一直影响着它的流传，尤其在年轻人当中很难传承。

第二，仪式歌。

仪式歌是产生于古代的一种歌谣形式，在过去历史上劳动人民常常举行各种各样的仪礼。在仪礼进行中往往伴随着一定的韵语和歌唱。这些歌唱便是一首歌，就一般的情况来看，它主要盛行于古代。仪式歌的产生和存在是与生活中举行的一定的典礼仪式分不开的。达斡尔族仪式歌，伴随着结婚仪式，新娘的哭歌、喜歌和祝贺词。葬礼中的挽歌、哭词，以及与宗教仪式结合了的某些反映人民心理愿望的祷词等。这些歌虽然在许多研究著作中有记载，但在口头上绝大部分都没有得到更广泛、更久远的流传。其原因与它特定的仪式有关，不是任何时候都可以唱。仪式歌分为两种。

第一种是法术歌。

达斡尔人每年夏季都举行斡包祭，这是达斡尔人自然崇拜观念的表现。现在，这种祭祀活动已经成为达斡尔族的斡包节了。

达斡尔人的斡包祭（Oboo takbei）在这个仪式上所唱诵的仪式歌。

斡包用山石堆积而成，呈尖塔形，立于高处，多在山上，顶端插有树枝，上挂各种颜色的布条。达斡尔族每年祭一次，以求五谷丰收、人畜平安。祭祀时将牛羊肉煮熟后供于斡包前，由主持人致祷告词，参加者排成一行顺时针方向绕行三周，并给斡包添加山石。然后，共餐所祭的肉。斡包祭结束以后，一般还举行赛马、摔跤、曲棍球等民间的体育项目比赛。斡包受到达斡尔人的崇敬，如果在野外遇到它必须添加石头，以示崇敬。清代以来在各地都有官方立的主祭斡包。现在，莫力达瓦旗民族园里，立有一个斡包，它是在原有的布特哈八旗总管衙门斡包和尼尔基哈达的斡包合起来的斡包，每年都进行隆重的祭祀仪式。在仪式开始有几位老人吟诵斡包祭词：

今天，莫力达瓦达斡尔族自治旗达斡尔族、鄂温克族、汉族等各族人民一千多人，外宾二百多人，到斡包山祭祀来了！

按祭祀的老规矩，宰杀了一头牛、三只羊、四十只鸡、三百斤猪肉，各种酒类、糕点、水果，供在您的面前。

祈天神、斡包神多下好雨，避邪风和各种灾害，让草木茂盛，牲畜膘肥体壮，庄稼颗粒丰满，恩赐个丰收年吧！

天神、斡包神！

供品摆在您面前，恭请您享用吧！

在祭祀即将结束时刻，我们再敬三盅酒，请您享用吧！

他们认为祭祀仪式上唱诵的歌诀，它具有超自然的魔力。目的是祈福禳灾，他们认为这些仪式有助于他们过上幸福、平安的生活，或祛除某些靠自身能力解决不了的困厄。

第二种是人生礼仪歌。

关于人生、家庭生活中的仪式歌。仪式歌在达斡尔族生活中都有流传。它总是伴随着人们家庭生活中的一些重要时刻吟唱。如人生礼仪歌，人生漫漫路，一生中都要经过生老病死和婚丧嫁娶，在每一个阶段都有不同的仪式。其中最重要的是婚、丧两个时期。达斡尔族民间在进行婚丧嫁娶等活动时，都有一定的仪式，并伴以有关的歌。随着历史的发展，产生仪式歌的社会基础和思想基础逐渐消失，有些仪式连同它的仪式歌也就逐渐消失了。现在，仍在流行的仪式歌为数不多。

人生礼仪歌之一：葬礼歌。

达斡尔人信仰萨满教，在他们的观念中有灵魂不灭的观念，人死后，只不过是到了另一个世界。按达斡尔族的传统，一般的死者送葬，并不需要请萨满举行送魂仪式。但有人因特殊原因死去，怕他在本莫昆内闹灾，让人们不得安宁时，便认为是死者的冤魂不散，作祟于族人的结果，便请萨满举行送魂仪式，以免殃及亲属。届时还要唱送魂曲，如《送葬祷词》中唱道：

德尔德呀德，
额乌色雅德。
瓦然莫昆的后代，
在你的家里，

祭起你的祖先神灵，
述说你的家族身世。

瓦然莫昆的族众已聚齐，
扶起你亡故的躯体，
从你世居的家室抬起，
送到你安身的墓地。

牵着你年幼的孩儿，
备齐金钱和供给祭品，
选择好吉祥的日子，
祭请诸位神灵来享用。

不要为难活着的亲属，
不要苛求无辜的族众，
请你安心而去，
我们时时为你祭奠。

又如《哭丧歌》：

妈妈，妈妈，
妈妈我在叫您，请应我一声妈妈。

看我们一群都是您的儿女，妈妈
亲爱的妈妈，尽心抚养我们。

亲爱的妈妈，像宝贝护养我们。
亲爱的妈妈，怀抱中疼爱我们。

亲爱的妈妈，忍饥挨饿养活我们。
亲爱的妈妈，历尽艰辛养育我们。

人生礼仪歌之二：婚礼歌。

男女缔结婚姻，一般要经过求婚、订婚、认亲、过彩礼、结婚等程序。每一个环节都有一些仪式，同时也都有相应的歌，给婚礼增添喜庆的气氛。如送彩礼时唱的歌：

你家少女我家郎，
千里姻缘结成双；
远地相近两亲家，
割不裂砍不断。

送来美酒佳肴，
为了两家的亲事，
我用双手斟酒，
请接受我的敬意。

岳父接酒后，斟酒回敬：

两只眼睛看得清；
在石头上跑起来，
结实的蹄子嘚嘚响。

像狍子似的飞快，
像狐狸似的敏捷。
在沙漠里能追上兔子，
在土墩子上不栽跟头。
在圈内喂养的猪七口，
肥脂有两指厚。

在锅内蒸好的"乌如莫"三十锅，
达斡尔特有的瓦特 八桌，
"希日格勒·乌图莫"二十个，

满坛子的美酒。

哭嫁歌,姑娘在结婚时,婚礼那天早起与亲戚、父母、姐妹告别,接受各位的祝福和母亲的教诲,边哭边唱道:

讷呀勒讷耶呦,讷耶勒讷呦耶,
在娘家时呦,讷耶勒讷呦耶,
我生活的舒适安逸,
到陌生的地方,
我怎么生活呦。

讷呀勒讷耶呦,讷耶勒讷呦耶,
和妈妈在一起呦,
欢乐又自在呦,
到了婆家呦,
家务事靠自己呦。

讷呀勒讷耶呦,讷耶勒讷呦耶,
和爸爸在一起时呦,
撒娇偷懒呦,
到了婆家呦,
砍柴割草自己干呦。

讷呀勒讷耶呦,讷耶勒讷呦耶,
和嫂子在一起呦,
吃穿不操心呦,
到了婆家呦,
一切都操心呦。①

---

① 郭白玲、郭巴尔登:《中国新疆塔城达斡尔族》,新疆人民出版社2013年版,第88页。

大家都知道，各个民族都有哭嫁歌，达斡尔族也有类似哭嫁歌的仪式歌。如上所唱的歌曲都是即兴发挥，也就是想到什么唱什么，其中哭唱的内容包括哭爹娘、哭哥嫂、哭姐妹、哭叔伯、哭陪客、哭媒人、哭梳头、哭祖宗、哭上轿，等等。

第三，时政歌。

时政歌是人民从自己的观察和切身感受出发，以民歌的形式对所处时代的政治局势、政治事件、政治人物、社会风气等所作的评价和议论。时政歌实际就是社会上广泛流传并为人民津津乐道的议论时政的歌。

时政歌的内容有赞美与讽刺两个方面，一般评论时事的民歌则以讽刺为主，是有感于切身的政治状况而创作的歌谣。它反映了劳动人民对某些政治事变、政治措施、政治人物，以及与此有关的政治局势的认识和态度，反映了广大民众在旧社会所过的非人生活，揭露地主残酷剥削和贪婪吝啬的本质。在《皇帝的马鞍》中揭露了皇帝奢侈的生活：

皇上佬的马鞍子，前后挂的是黄金穗，皇帝佬的马笼头，上下挂的是金铃铛。皇上佬的靴子，里外三层五彩缎。

达斡尔族人民的诅咒和揭露有时竟大胆兼及天地神灵，《只逼得穷人走投无路》中唱道：

穷人生活多么苦哇，
满腹的愁来无处诉。
……讷咿耶呢呀耶。

神仙佛爷都是拍马屁的，
只逼得穷人走投无路。
讷咿耶呢呀耶。

这种呼声，不仅抨击了人类社会的不平和黑暗，而且有助于动摇束缚人们思想意识的神权观念。当他们受到现实不公的待遇时，最后终于觉醒了，于是大唱《起义歌》，唱出自己的心声："打倒地主恶霸""推翻官府衙门"。在农民起义的歌谣中，体现农民的觉醒最充分，政治色彩最浓。《绍郎和岱夫》短歌中，歌颂了起义军首领绍郎哥俩，歌颂了他们在与军阀的斗争中所表现出来的英勇顽强的精神，表达了达斡尔族农民在军阀的残酷统治和奸商的盘剥下，被逼无奈不得不举旗起义：

　　　　生活在贫困的罕伯岱村，
　　　　我们是受苦的达斡尔，
　　　　高利贷盘剥逼我造反，
　　　　联合起来杀富济贫。

　　　　骑上黄骠马是绍郎大哥，
　　　　能打善拼的是岱夫弟弟，
　　　　心眼多的是单普乐，
　　　　胆量大的是准得格。

　　　　……

　　　　穷人有了上顿没了下顿，
　　　　老婆孩子泪水涟涟，
　　　　这个日子可怎么过，
　　　　只好横下心来造反。

在乾隆二十年（1755），清廷为了征服新疆境内准噶尔部的叛乱，除在内地抽派一部分满族、汉族官兵外，还在东北地区抽调达斡尔族、鄂温克族官兵西征平息叛乱。在平息新疆的叛乱后，仍然让达斡尔族官兵远离家乡驻扎在新疆屯垦戍边。许多民歌反映了新疆戍边的达斡尔族人民的生活情况，如《我要安息在卡伦》中唱道：

　　　　二十处伤身上挂，好像身上开的花。
　　　　哪咿儿呀哪呀呦，哪咿儿哪咿呀（衬词）。

我曾守过这卡伦,我要安息在这里。
哪咿儿呀哪呀呦,哪咿儿哪咿呀(衬词)。

夏天黄土地把我身盖,冬天白雪当被盖。
哪咿儿呀哪呀呦,哪咿儿哪咿呀(衬词)。

双双飞翔的小燕,捎个信儿给我情人。
哪咿儿呀哪呀呦,哪咿儿哪咿呀(衬词)。

又一个代表作《在伊犁时》中唱道:

拿起弓箭威震山川,
我们来自纳文江,(纳文江即嫩江)
来到伊犁河沿岸,
安营扎寨多壮观。

当兵扛枪保边防,
爬冰卧雪在疆场。
军饷难以充饱肚,
闲时垦荒种食粮。

这些戍边者亲口唱的歌,唱出了戍边中所受的苦难,甚至牺牲自己的生命也在所不惜。从中我们可以感受到,远在新疆的达斡尔族亲人们,爱家爱国的情怀及英勇顽强的战斗精神。

第四,生活歌。

民间文学中的生活歌是诗歌的重要组成部分。它反映了工农劳苦大众在阶级压迫时代的悲惨境遇和斗争生活,一方面表现了人民对剥削罪恶的揭露、诅咒和斗争。另一方面,在暴政统治下他们也大胆地表现了对起义者的赞颂。这些反映阶级斗争、政治斗争内容的歌谣,成为生活歌的重要成分。例如,达斡尔族在《穷苦的日子还要多长》中唱道:

抬起头来（讷耶）望天空，
乌云遮天不见阳光，（讷耶），
乌云遮天不见阳光。

低下头来（讷耶）看大地，
处处枯木黄草多荒凉，（讷耶）
处处枯木黄草多荒凉。

回过头来想往事，（讷耶）
几辈子受苦生活不变样，
想往事，
几辈子受苦生活不变样。

正过头来（讷耶）想未来，
穷苦的日子还要多长？
想未来，
穷苦的日子还要多长？
逼得穷人走投无路。

《受苦受难的人》中唱道：

受苦受难的人，受苦受难的人，
不顾风雪还在叉鱼忙。

荣华富贵的人，荣华富贵的人，
身披皮袄还在游四方。

受苦受难的人，受苦受难的人，
为了糊口挨冻在冰洞旁。

荣华富贵的人，荣华富贵的人，

为了开心，骑马在冰上逛。

这两首歌都深刻地表现了人民的苦难生活，揭露了旧社会阶级的不平等。盼望着抬头的日子，喊出"穷苦的日子还要多长"。后一首更是用对比的手法反映了穷富两重天的情景。

上述内容固然在歌谣中占有重要地位，但是妇女的生活歌，也是不可忽视的，如家庭生活的歌，咏叹妇女苦难生活的歌等。尤其关于婚姻生活的歌，就尖锐地反映她们的委屈、辛酸和仇恨。妇女歌谣往往表现了旧时代她们悲惨的命运、父母出卖儿女的悲剧、婆婆虐待儿媳、后母虐待非亲生子女等真实情景。这些歌谣表现了他们的怨和恨、控诉和抗议。达斡尔族有关妇女的歌谣有的是她们自唱自编，甚至可以说妇女是民间歌谣重要的创作队伍，尤其是反映他们自己生活的歌更值得珍惜。

在达斡尔族歌谣中，反映了做媳妇的那些数不尽的委屈、心酸和仇恨。如《女人好似笼中鸟》中唱道：

　　太阳天天升起来，
　　女人天天守锅台。
　　星星夜夜闪出来，
　　受气的话夜夜填满我胸怀。

　　婆婆心刁手又狠，
　　更难忍丈夫的皮马鞭。
　　女人好似笼中鸟，
　　辛酸的眼泪呀不知还要流多少。

反映同"不称心"的男人结婚后的感受，《一生就这样完了吗》中唱道：

　　杏黄色的衣裳，
　　袖子破得露棉花，
　　呀呀哲珠，呀呀哲珠。

深蓝色的衣裳，
褪色成了白大褂，
呀呀哲珠，呀呀哲珠。

小小年纪，
就被泥土埋吗？
呀呀哲珠，呀呀哲珠。

不对心思的人哪，
能和她过一辈子吗？
呀呀哲珠，呀呀哲珠。

敬爱的爸爸妈妈，
我这一辈子就这样完了吗？
呀呀哲珠，呀呀哲珠。

心情实在难受，
好似一块磐石压。
呀呀哲珠，呀呀哲珠。

达斡尔族的婚俗中，还有姑娘远嫁的习惯，尽量避免近亲结婚。所以，妇女结婚后，回娘家是很难的事情。不经婆婆同意，自己是不能随便回娘家的。回娘家还有期限，让你在娘家待几天你就只能待几天。这也是媳妇想娘家歌产生的原因之一。如《想娘家》中唱道：

跟妈妈在一起呦，耶格勒耶格勒哎唻，
自在欢乐享福呦，耶格勒耶格勒哎唻。
今儿个离开妈妈呦，耶格勒耶格勒哎唻，
家务事自己动手呦，耶格勒耶格勒哎唻。

跟爸爸在一起呦，（以下省略衬词）

使性撒娇显威风呦。
今儿个离开爸爸呦,
砍柴割草自己干呦。

跟嫂嫂在一起呦,
吃穿都是现成呦。
今儿个离开嫂嫂呦,
事事不知咋料理呦。

第五,情歌。

封建婚姻制度和封建主义道德观念,在很长一个历史时期里支配了男女关系,青年们一般很难得到爱情的自由而正常地生活。广大的劳动青年在黑暗的年代中,从不间断地通过口头诗歌形式反映他们对爱情的热烈歌颂和赞美。

情歌是民间诗歌中量最多、艺术性较高的一部分口头作品。有的人在接触和研究情歌时,往往不恰当地认为情歌只不过是一些男女关系方面问题的反映,因此也往往轻视了它们,回避了它们。这些人还没有能够进一步看到情歌往往真实强烈地反映出劳动人民的阶级感情。这种反抗精神通过男女爱情的具体描绘来实现,往往很大胆,更尖锐、更没有顾忌和更赤裸裸些。情歌的内容所表现的思想感情是复杂多样的,但从根本上来看,这种思想感情的表现,总是与封建道德观对立的。

达斡尔族情歌中坦白地表现了男女青年之间互相爱慕、彼此追求的真挚感情。如《忠实的心呐想念你》中唱道:

清水河边有歌声,
我急急忙忙走过去。
讷呀耶,尼呀耶,
讷呀　尼呀　讷呀耶。

芦苇塘里有歌声,
我急急忙忙走过去,

以为我爱人在歌唱,
鸳鸯对对双双飞。
讷呀耶,尼呀耶,
讷呀　尼呀　讷呀耶。

我的花走马呀,
轻轻走来多美丽。
哥哥我不思饭和菜,
日日夜夜想念你。
讷呀耶,尼呀耶,
讷呀　尼呀　讷呀耶。

这首歌用"对对飞的水鸟"、"双双飞的鸳鸯"作喻体,表达男子对姑娘热烈的追求。我们可以看到劳动青年之间恋情的真挚表现,这种感情一旦遇到什么不幸,往往也表现出忠贞可贵的深情。这种感情表现在离别、相思的歌中,如《孤独地鸿雁》中唱道:

孤独的小鸿雁,
在天上飞鸣,
想起我的亲人呐,
心里一阵悲怆。

孤独的小鸿雁,
落在深苇塘,
想起我的亲人呐,
心里一阵悲怆。

你送我的花毛衣,
穿在我身上,
见物想起呀,
泪珠流成行啊。

> 天上的风照旧刮,
> 江河的水呀照旧流,
> 日夜想念的你呀,
> 何时能到我身旁。

情歌中所有的这些健康成分,是与劳动人民健康的恋爱标准分不开的。劳动人民的恋爱标准总是牢固地建立在劳动阶级的基础上的。他们常常以劳动青年的优点为恋爱条件,可见阶级关系决定了他们的爱情生活基础。从来很少对剥削者、游手好闲的人表示好感,可见是阶级关系决定他们的爱情生活基础,如像情歌《我不嫁给他》中所唱:

> 财主的儿子喝酒耍钱,
> 不怀好意把我缠,
>
> 不像样的脑袋秃得发亮,
> 狠毒的心都像毒蛇一样。
> 逼迫爸爸把我嫁给他,
> 我逃出虎口离开了家。
> 金银再多买不动我的心,
> 势力再大,我绝不怕。

《什么最美丽》中,则更坦白地表达了一位男青年择偶的标准。

> 世上的人儿多又多哟,
> 什么人儿最美丽?
> 世上的人儿多又多哟,
> 爱劳动的姑娘最美丽。

正因为有这种坚实的阶级基础,每当他们遭到恶势力的阻挠和破坏时,他们就表现这种坚贞不屈的反抗精神。劳动人民追求自由、为自由而斗争的精神,是一切反动的"王法"或"坐牢"都不能制止的。这些歌中表现的感情、精神，具有阶级斗争的意味。

第六，儿歌。

达斡尔族儿歌是儿童口头传唱的歌谣。这类歌谣没有曲调，但词句有较强的节奏感，以吟诵的方式来传播。儿歌大部分是成年人根据儿童的心理特点、理解能力和发音习惯等编出来教给小孩唱的，这些儿歌往往体现了成年人的经验与观念，对儿童有教育意义。儿歌从内容上大致分为摇篮曲、教诲儿歌、谜歌等。

有人认为摇篮曲不属于儿歌，对这问题我们采纳《中国民间文学集成工作手册》中的表述："儿歌中有的是成年人教儿童唱的，有的是儿童自己唱的。对儿童唱的如催眠歌、摇篮曲等。"摇篮曲又称为催眠曲、抚育歌，是母亲、奶奶、姥姥等长辈哼唱给婴儿听的歌。这种歌谣倾注了老人对幼儿的厚望、温柔、爱护之意，音调和谐，旋律舒缓而优美，有催眠的效果。虽然儿童听不懂歌曲的意思，但是在朦胧中却能感受到其中的情感和民歌韵律的熏陶，如《摇篮曲》中唱道：

你看松树长得多么直啊，莲花！（衬词）
吴有莲，吴有莲，
你是妈妈的宝贝，
吴有莲，博—博！

你看榆树长得多么好看啊，莲花！
吴有莲，吴有莲，
你是妈妈的心肝啊，
吴有莲，博—博！

你看杨树长得都高上天了，莲花！
吴有莲，吴有莲，
你也快长大吧啊，
吴有莲，博—博！

你看那柏树长得都快啊，莲花！

> 吴有莲，吴有莲，
> 它像你明亮的眼睛，
> 吴有莲，博—博！
>
> ……

达斡尔族和东北汉族一样用摇车哄孩子睡觉，正如人们说的"东北有三大怪，养个孩子吊起来"。达斡尔人对摇篮非常重视，制作和装饰方面都有一定的要求。这首摇篮曲充分表达了一位母亲对孩子的爱，以及盼望孩子长大的心情。婴儿的手脚都被系在摇车里，睡在里面又安全又暖和。出生几天就放进摇篮里，一周岁后才离开摇篮。

教诲儿歌是大人所编的教给小孩各种知识、做人规范与发音技巧的歌谣。既然是大人所编，那是成年人将自己的经验、道德规范融入其中，以形象可亲的形式传授给下一代。这类儿歌可以很好地帮助儿童开启智慧、养成好的习惯，对他们的成长都有很好的作用，如《谁能耐》中唱道：

> 小男孩在冰上滑倒了，
> 站起来问：冰啊、冰啊，谁能耐？
> 冰说：我能耐呗，没有能耐的话，能把你弄倒吗？
> 男孩：你能耐的话，怎么让太阳弄化了？
> 冰说：那么太阳能耐。
> 男孩：太阳能耐的话，为什么被云彩遮住呢？
> 冰说：那么云彩能耐呗。
> 男孩：云彩能耐的话，为什么被风飐跑呢？
> 冰说：那么风能耐呗。
> 男孩：风能耐的话，为什么被山挡住呢？
> 冰说：那么山能耐呗。
> 男孩：山能耐的话，为什么被野兽踩踏呢？
> 冰说：那么野兽能耐呗。
> 男孩：野兽能耐的话，为什么被人杀呢？
> 冰说：那么人能耐呗。

这类儿歌教育儿童认识有关的自然现象，以及它们之间的关系，教育儿童要知道世界上还是人最能耐。教诲儿歌代表作还有《吹牛的蛤蟆》《哥哥你去哪儿啦》《老鼠啊老鼠啊！你为什么撅屁股》《杀荞盖》等。

谜歌指用歌谣形式来猜谜的歌，如盘歌、问答歌就属于这种类型的歌。它内容丰富，天文地理、古往今来、动植物都在问答的范围内，如《谷物名称翻译对答歌》中唱道：

大麦是什么？咚咚 咚 咚咚 咚。你给我说出来。咚咚 咚 咚咚 咚。

大麦就是那 咚咚 咚 咚咚 咚。"Murgil"对不对？咚咚 咚 咚咚 咚。

小麦是什么？咚咚 咚 咚咚 咚。你给我说出来。咚咚 咚 咚咚 咚。

小麦就是那 咚咚 咚 咚咚 咚。"Maise"对不对？咚咚 咚 咚咚 咚。

荞麦是什么？咚咚 咚 咚咚 咚。你给我说出来。咚咚 咚 咚咚 咚。

荞麦就是那咚咚 咚 咚咚 咚。"Haol"对不对？咚咚 咚 咚咚 咚。

以下分别问大豆（Borqoo）、大米、小米、苞米、稷子米等。这些粮食中有的有达斡尔语词汇，有的没有，就直接借用了汉语词。如歌中所唱大麦、荞麦、稷子米、苞米都有自己的词，就是没有麦子的词。在一问一答的歌谣中，有说有唱地就教给人们汉语。儿童听到此类问答歌，还能学到很多的知识，能够开阔眼界。

儿歌一般都比较短小，节奏明显，朗朗上口。在儿歌中，大量运用各种手法来表现广泛的内容，如拟人化的手法，反复、重叠和对答的形式，排叙、比喻、对比和寓意以及起兴、联想、夸张和幻想等。

第七，新民歌。

中华人民共和国成立后，达斡尔族被认定为独立民族，成立县、乡自治区域，与各兄弟民族携手并肩成为国家的主人，过上了安定幸福的新生活。新的生活赋予民歌以新的生命、新的内容。民歌中产生了许多歌颂中国共产党、歌颂毛主席、歌颂新生活、反映民族团结的新民歌，表达了达斡尔族人民对党和国家的感激之情，为建设家乡、为民族发展努力奋斗的坚强意志。

第一，歌颂党和毛主席、歌颂幸福的新生活。

新中国成立后，达斡尔族人民过上了当家做主的幸福安定的生活，新生活赋予民歌以新的内容，产生了许多歌颂中国共产党和毛主席、歌颂民族团结的新民歌。如《映山红花开满坡》中唱道：

　　映山红花开满坡，
　　达斡尔姑娘爱唱歌；
　　山歌一代传一代，
　　嘹亮的歌声震山河。
　　讷呦耶呢，讷呦耶，
　　讷呦耶呢，讷呦耶。

　　旧社会达斡尔受压迫，
　　人民苦啊歌儿多：
　　口唱山歌眼流泪，
　　歌是泪呀泪是歌。
　　讷呦耶呢，讷呦耶，
　　讷呦耶呢，讷呦耶。

　　太阳一出照山坡，
　　共产党带来好生活；
　　达斡尔人民齐欢唱，
　　毛主席恩情盖山河。
　　讷呦耶呢，讷呦耶，

讷呦耶呢，讷呦耶。

又一首歌唱道：

> 井上的辘轳溜溜转，
> 清清的泉水打不完；
> 达斡尔有了共产党，
> 幸福的生活像井泉。

第二，表现达斡尔族人民当家做主的喜悦心情，反映他们以主人翁精神投身祖国建设的劳动生活。

达斡尔人民翻身解放，当了国家的主人，最直接、最具体地表现在劳动人民拥有自己的土地。劳动人民世世代代做牛做马，开田造地，却不属于自己。共产党领导人民翻了身，土地归还主人，他们不禁自豪地唱出《成立了自治旗当家做主》：

> 红色的朝霞照大地，
> 受苦的达斡尔高站起，
> 成立自治旗当家做主，
> 感谢伟大的领袖毛主席！
>
> 金色的太阳照山林，
> 达斡尔人从此摆脱贫困，
> 鼓足干劲搞生产，
> 山区面貌日日新！
>
> 人说莫力达瓦的山峰高，
> 没有共产党的恩情高，
> 受世代欺压的达斡尔人，
> 今天找到亲爱的母亲。

人说纳文江的水深，

比不上毛主席的恩情深，

他给我们的幸福呦，

子孙万代记在心。

达斡尔族的新民歌具有强烈的时代特征。民间文学的产生发展同新中国社会发展的轨迹存在着相对应的关系，每次的社会运动、社会思潮都会有相应的民歌出现，表现出时代的特征。所以说民间文学是时代的晴雨表，新民歌是达斡尔族人民的心声，是社会发展的缩影。

第三，反映妇女生活的新民歌，代表作《新媳妇回娘家》中唱道：

灰毛驴呀（克喂），真使我开心（克喂），

（珠珠珠，哲哲哲）——驾！

往年作媳妇（克喂），想回娘家难上难（克喂），

（珠珠珠，哲哲哲）——驾！

如今妇女翻了身哪（克喂），新媳妇回娘家 乐呵呵（克喂），

（珠珠珠，哲哲）——驾！

柳树林顶上啊（克喂），百灵鸟自由歌唱（克喂），

（珠珠珠，哲哲）——驾！

这是一首反映妇女新生活的歌，充分说明妇女在新的社会得到了应有的地位，过上了自由幸福的生活。

三 "达奥"的艺术特点

第一，真挚的内在情感。

民歌是广大劳动民众抒发情感最直接、最实用的方式。在多少年的历史长河中，民歌忠实表达达斡尔族人民的生活、情绪、心态、愿望，是发自内心的呼声。它是我们了解民族心态、了解社会历史、体察时代生活和

风土人情的一面镜子。如《马上的哥哥你在何方》中所唱①：

如此强烈的感情，要不是发自内心，是很难唱出来。正因为这样，男女相爱之情、妇女生活中的诸多苦难，都用民歌来反映。民歌之所以受到他们的青睐，就在于民歌敢于抒情，讲真话，这是民歌的宝贵传统。

第二，丰富多彩的艺术手法。

达斡尔族歌谣常见的艺术手法，非常丰富。其中比较突出的有比兴、双关、重复等。

首先，比兴手法。

比兴是达斡尔族民歌传统的表现手法。劳动人民巧妙地运用比兴手法构成鲜明生动的形象，借以抒情或叙事，富于感染力与概括力。

比即比喻，"以彼物比此物"，借此来表达复杂微妙的内心情感，抒情民歌中运用更为广泛。它又分为明喻、暗喻、借喻。多采取常见的事物，如山水、树木、花草、鸟类，无不用来作为起兴的对象，民歌艺术手法也较丰富。又如《姑娘像鲜花》中唱道：

---

① 安晓霞：《达斡尔族音乐志及研究》，黑龙江大学出版社2014年版，第191页。

像那盛开的荷花，婀娜多姿惹人爱，性情温和又温顺，提亲说媒的不断来。

……

在她那乌黑的发髻上，卡着一对海棠花，你那轻盈地走步，就像海棠水中开。

在她那平展的额头上，插上一对牡丹花，你那忸怩的走姿，就像莲花风中摆。

在她那左边鬓角上，插着一对菊花，你们并肩走起路，就像并蒂的菊花。

这首歌中的比喻用的就是明喻手法。明喻的特点是喻体和本体之间有比喻词相连，如此歌中将姑娘的"你那轻盈地走步，就像海棠水中开""你那忸怩走姿，就像莲花风中摆""你们并肩走起路，就像并蒂的菊花"，这里的"像""就像"等，将喻体和本体的之间比喻关系凸显，所以称为明喻。

民歌中更多地是"隐喻"，又叫"隐比"，即喻体和本体不用比喻词连接，但两者之间的关系也是显而易见的。如《何日能相逢》中所唱：

你那温顺的性情，比那嫩江水还恬静；你那含情的眼睛，比那秋月还晶莹。

你那柔软舞姿，比那垂柳还轻盈；你那甜蜜的歌声，比那天鹅鸣叫还动听。

每个民族都有自己生活的环境、风俗等有关情况，所以情歌中所使用的喻体也不同。在此歌中用"嫩江水"比喻姑娘的性情，用"秋月"比喻姑娘的眼睛，用"天鹅"的鸣叫比喻姑娘的歌声，就是这样运用比喻表达了小伙子对姑娘情之深、爱之切。

其实各种比喻在民歌中同时运用。这些比喻如此的多，而且又如此贴切、生动、巧妙，只有对生活、劳动非常熟悉的人们，才能大量地运用到创作中。

"兴"即起兴，就是以他物以引起所咏之词。歌手们以所见的物、所见的境、所历之事为媒介，引发思绪，抒发情感，如在《咱俩成亲的那一年》：

　　西山上盛开着双蝴蝶花（莲花），属虎那年我嫁到你家（乌云都莲花）；

　　一是爱的是你呀，二是爱的你，"红轿车"把我送到你家。（乌云都莲花）。

　　东山上盛开着一对鸳鸯花（莲花），双双对对咱俩成亲（乌云都莲花）；

　　一是爱的是你呀，二是爱的你，"红轿车"把我送到你家。（乌云都莲花）。

　　此歌中"双蝴蝶花""鸳鸯花"都是虚构的花，用词以隐喻男女青年的爱情；又以"双蝴蝶花""鸳鸯花"起兴，这里"比与兴"同时使用，表达了他们深厚的情感，即增强了民歌的抒情成分，又创造了一种优美的意境，更突出了民歌的主题。

　　除了比兴之外，还有双关、拟人、对比等手法。这些手法增强了民歌的表现力，体现了人民群众创作的多样化。

　　其次，对比手法。

　　对比又称为对照，是用互相对立又有联系的两种事物来作比较，这是生活歌在艺术上的重要特征之一。民歌中通过对比手法的运用更准确地揭示事物的本质，如《想娘家》歌中姑娘将结婚前后的生活进行了对比，"跟妈妈在一起哟，自在欢乐享福哟；今儿个离开妈妈哟，家务事自己动手哟。跟爸爸在一起哟，使性撒娇显威风哟，今儿个离开爸爸哟，砍柴割草自己干哟"。又如《女人好似笼中鸟》中，将女人的生活比作笼中鸟，没有一点的自由，一切都得听婆婆、丈夫的，"受气的话夜夜填满我胸怀。……婆婆心刁手又狠，更难忍丈夫的皮马鞭"。的确像笼中的鸟，比喻非常贴切。如《大葱的辣》中唱道：

　　大葱的辣哟，使你胸口难受哟，尼莫那热依尼莫哪热依。
　　大蒜的辣，使你鼻子难受哟，尼莫那热依尼莫哪热依。
　　青椒的辣，使你嘴唇难受，尼莫那热依尼莫哪热依。

生活的贫困，使你心里难过哟，尼莫那热依尼莫哪热依。

这首歌中用"大葱""大蒜""青椒"的辣和贫困对比，让人形象的体会到贫困是怎样让人心里难受的。达斡尔族人民在饱受阶级压迫和民族压迫的情况下，受到欺压和凌辱时，用歌声排泄心中的不平，非常生动。

又如《海德哥哥》中对比的运用更为精彩：

海德哥哥骑着花走马，　　瘌子哥哥骑着有鞍疮痂的马驹。
海德哥哥的雕花马鞍带着穗，瘌子哥哥的光板马鞍裂了纹。
海德哥哥的皮鞍鞯刻着花，　瘌子哥哥的破皮鞍透窟窿。
海德哥哥的藤鞭光又亮，　　瘌子哥哥的柳棍劈两半。
海德哥哥的貂皮帽子带着穗，瘌子哥哥的狍皮帽缺半拉。

这首歌中对海德哥哥和瘌子哥哥的对比，表达唱者鲜明的态度和感情色彩。对比中又运用铺陈手法，从两个人所骑的马以及马具、穿戴等方面进行对比，给人留下深刻的印象。

除了上述表现手法，达斡尔族民歌中还使用许多其他修辞手段，如设问、直叙等手法。

再次，重复手法。

情歌中重复手法的使用也比较普遍。一般来说，有词的重复、有句子的重复、有段落的重复，如《忠实的心那想念你》中唱道：

清水河边有歌声，
△△△，
我急急忙忙走过去，
△△△△△△△，
以为我爱人在歌唱，
○○○○○○○○，
水鸟双双对对飞。
○○○○，

芦苇塘里有歌声,
△△△,
我急急忙忙走过去,
△△△△△△△,
以为我爱人在歌唱,
○○○○○○○,
鸳鸯对对双双飞,
○○○○。

这里的重复表现在:① 行的重复,两段歌词中第二、第三行完全重复;② 第一行只换前面的地点词,后面都用"有歌声"。第四行也是只换前面的一词。

还有,"达奥"中的衬词。达斡尔族民歌中还有大量的常用的衬词"讷耶呢耶",同时也形成了"达奥"的特征,如《心上的人》中唱道:

时光像流水呦(噢咿),春天又到我家乡,
辽阔的草原披上了(噢咿),绿嫩的春装。
尼呀呦那呦尼呀呦(噢咿)那呦尼呀呦。

暖风迎面吹呦(噢咿),马莲花儿香;
遍地的黄花菜呦(噢咿),不觉采满筐。
尼呀呦那呦尼呀呦(噢咿)那呦尼呀呦。

燕儿双双飞舞呦(噢咿),百灵对口唱;
心上的人儿你呦,你在哪方。
尼呀呦那呦尼呀呦(噢咿)那呦尼呀呦。

站在江边望呦(噢咿),远帆正飘荡;
心上的人儿呦(噢咿),赶来会姑娘。
尼呀呦那呦尼呀呦(噢咿)那呦尼呀呦。

浪花对我笑呦，双桨更繁忙；
好心的船儿呦，飞翔快如飞。
尼呀呦那呦尼呀呦（噢咿）那呦尼呀呦。

嫩水深又长呦（噢咿），船儿又远航；
心上的人莫非呦（噢咿），不在船上。
心上的人儿，你快来呦（噢咿），
嫩水为你又闪霞光。

这是一首很有影响的"达奥"，现在有些人还在认为它是"扎恩达勒"，其理由大概就是因为有衬词。其实，这种认识是不太科学的，达斡尔族的民歌从"扎恩达勒"、"鲁日格勒"到"达奥"一路发展过来，经过了社会、经济长期发展的过程，不是一蹴而就的，故免不了要有一个过渡阶段，在此期间仍保留了"扎恩达勒"的衬词。但是，不能因有衬词而不管其他方面的变化，将很多带有衬词的"达奥"划入"扎恩达勒"中。这首"达奥"尽管有衬词，我们应该说它是"达奥"，而不是"扎恩达勒"。

第三节 "鲁日格勒"

一 "鲁日格勒"的概念

"鲁日格勒"（Lurgiel）是达斡尔族"诗、歌、舞"三位一体的原始歌舞形式，其中的曲和词都与舞结合得很紧密。歌谣产生初期，歌唱与吟诵未必有什么区别，值得注意的是，在古代歌谣与舞蹈是有密切的关系的。一般谈到艺术的起源时，认为诗歌的产生先于散文，它伴随着人类语言的形成，首次表达劳动的韵律和节奏。这种韵律和节奏是原始人类对现实的艺术加工或不自觉地艺术加工的再现。一旦这种艺术加工不足以表达感情时，又辅助以原始的舞蹈形式。《诗经》在孔子时代也是"可颂、可歌、可弦、可舞的"。《诗大序》中说："情动于中而形于言，言之不足，故嗟叹之；嗟叹谈之不足，故咏歌之；咏歌之不足，不知手之舞之，足之蹈之。"虽经过多年的发展变化，但大量的作品仍保持着"诗、歌、舞"特点。它们的最初形成，都受节奏的影响，往往同时产生，分不出先后。随着社会的进步和发展，诗歌本身也不断变化，客观现实要求诗歌本身的形式适应这种变化。

达斡尔族的"鲁日格勒"也跳不出这个发展规律，也从早期的"诗、歌、舞"三位一体的形式，出现了"和乐""徒歌"之分。所说的徒歌，即达斡尔族的童谣、妇女歌谣。再往后，诗与歌脱离关系，只剩徒歌，后来逐渐分家，独立门户。在达斡尔族则出现诗歌与舞蹈脱离，出现了"扎恩达勒""达奥"（歌）。虽然"鲁日格勒"有了一些发展和变化，它仍然还保留了本身的基本特点，至今还在达斡尔地区流传，深受达斡尔族人民的喜爱。

关于"鲁日格勒"的称谓，因流传的地区不同，其称谓不同，齐齐哈尔地区称"哈库麦勒"（Hakumiel），布特哈地区称"鲁日格勒"，该词有"燃烧""兴旺"之意。在早期，这种舞蹈是围着点燃的篝火来跳的，也可称为"篝火舞"。海拉尔地区称"阿罕伯勒"（Ahenbiele），新疆地区称谓"达博"。各地称谓虽不同，但其歌舞的表演程式和舞蹈基本动作、演唱的主要歌曲、主要呼号词都基本相同、相似。参加歌舞表演的主要是妇女，偶有男者参加。各地的称谓虽然不同，其本质上是一样的。奥登挂老师的解释："阿罕贝"一词是从"阿哈（或者阿卡）哈那贝"（哥哥在那里）演变来的。"达博舞"是新疆地区的民间舞中比较古老的一种形式，是男女对跳的传统阿罕贝。"达博"舞词：

  阿亨贝！秀喂！　　　　阿亨卡托你在哪儿？
  鹰一样回旋俯冲，　　　蛟龙模样盘绕翻腾。
  阿亨奔宝！　阿亨春卓！

  阿亨贝！秀喂！　　　　阿亨卡托你在哪儿？
  四面围绕来阻拦，　　　结伴比翼齐飞翔。
  阿亨奔宝！阿亨春卓！

  阿亨贝！德儿得呀！　　阿亨卡托你在哪儿？
  八方交错来回穿梭，　　像鸟一样结对飞翔。

阿亨奔宝！阿亨春卓！

阿亨贝！德儿得呀！　　弯下肩胛钻过去，
你像老虎跳蹿，　　　　侧着臂膀擦过去，
阿亨奔宝！阿亨春卓！

在跳"达博舞"时还齐呼："阿罕贝，秀喂！阿亨卡托在哪儿？"阿亨卡托指的是哥哥的姑娘你在哪儿？可见跳这个舞蹈不仅使人自娱自乐，还是青年人相互交流、谈情说爱的极好机会。从达斡尔族"阿罕贝"一词的解读，我们可以更好地理解民间歌谣的起源，不仅仅是劳动，而是多元的社会实践。

达斡尔族对"鲁日格勒"的称谓，与周围民族文化交流影响也有关。有些称谓与邻近民族的相关称谓相似或相同，如达斡尔族的"鲁日格勒"，鄂温克族则称为"奴日给勒"或"奴克格勒"，鄂伦春族称为"吕日格仁"。这说明三个民族在文化上的交流是很密切的。

二 "鲁日格勒"舞词的内容

"鲁日格勒"的舞词和舞蹈动作是紧密结合的，达斡尔族称为"鲁日格勒"的每一个阶段有每一个阶段的特点。下面以齐齐哈尔地区为例，结合它的表演程序来介绍舞词。

第一段，以歌为主、以舞为辅的赛歌阶段。舞者开始都是两个人。先是双方协商选曲，然后齐唱，有时也对唱。这一阶段唱的歌多缓慢悠扬、婉转动听，节奏明快，适合于舞蹈。乐句对称，曲式规整，如《五样热情的歌》中唱道：

走到原野上，鹌鹑在歌唱，
声声歌儿唱的是，为我祝福的歌。
（吉喂呀，吉喂呀）吉祥的歌，
（珠格日乌喂，珠格日乌喂）五样热情的歌，

去到大门前，天鹅在歌唱，
声声歌儿唱的是，为我祝福的歌。
（吉喂呀，吉喂呀）吉祥的歌，
（珠格日乌喂，珠格日乌喂）五样热情的歌。

走到菜园里，布谷在歌唱，
声声歌儿唱的是，为我祝福的歌。
（吉喂呀，吉喂呀）吉祥的歌，
（珠格日乌喂，珠格日乌喂）五样热情的歌。

走到院子里，鹅儿在歌唱，
声声歌儿唱的是，为我祝福的歌。
（吉喂呀，吉喂呀）吉祥的歌，
（珠格日乌喂，珠格日乌喂）五样热情的歌。

走到大树下，鸟儿在歌唱，
声声歌儿唱的是，为我祝福的歌。
（吉喂呀，吉喂呀）吉祥的歌，
（珠格日乌喂，珠格日乌喂）五样热情的歌。

在《什么最美丽》舞词中唱道：

"姑热斯""姑热斯"的中间，什么"姑热斯"最美丽？
"姑热斯""姑热斯"的中间，麒麟"姑热斯"最美丽。
"德哥伊""德哥伊"的中间，什么"德哥伊"最美丽？
"德哥伊""德哥伊"的中间，凤凰"德哥伊"最美丽。

"伊丽嘎""伊丽嘎"的中间，什么"伊丽嘎"最美丽？
"伊丽嘎""伊丽嘎"的中间，牡丹"伊丽嘎"最美丽。

"勃热波特""勃热波特"的中间，什么"勃热波特"最美丽？

"勃热波特""勃热波特"的中间,双飞"勃热波特"最美丽。

人哪人哪有各种各样人,什么"人哪"最美丽?
人哪人哪有各种各样人,心中的人儿最美丽。

这类舞词很多,几乎男女老少都会唱,多为抒情歌曲。在赛歌时,两个人尽情高歌,直到有一方放弃,表示唱不过对方,第一段才结束。这两首舞歌,生动地反映了达斡尔族人民的狩猎生活。由于长期狩猎采集劳动,他们对野兽鸟类的名称习性都非常熟悉,如歌中提到"原野上的鹌鹑""菜园里的布谷""院里的鹅""大树下的鸟儿"等,都是常见的鸟类。像这样的舞歌很多,如《逛昂齐街》《美露咧》《四色歌》等。《美露咧》中运用设问法,唱出歌者的爱情观,正好说明了情人眼中出西施的道理。

第二段,以舞为主以歌为辅的赛舞阶段。这个阶段的歌曲大多欢快、跳跃、短小精悍。舞者根据舞词内容常做出各种模仿动作。主要唱的歌曲有《姐妹俩》《沙滩上》《莫日根姐姐》等。在《夸山羊》中唱道:

看你那看你那脑门儿高高的,怀勒恩
但是你这样子还好看。怀勒恩

看你那嘴巴长得大,怀勒恩
但是吃起东西来特别能品味。怀勒恩

虽然你这耳朵竖得直,怀勒恩
听起声音来却很机灵。怀勒恩

看你的腿那样细,怀勒恩
但它盘起墙来却很好使。怀勒恩

你的肉啊嫩又红,怀勒恩
吃起来一定嫩又鲜。怀勒恩

看你身上的毛细又松软。
这件皮大衣一定好哟。

《莫日根姐姐歌》中唱道：

杭给"卡塔日"一声起飞的是什么？
杭给"康格尔"一声跟着的是什么？

"卡塔日"一声起飞的是野鸡。
"康格尔"一声跟着的是猎鹰。

墙上喳喳叫的是什么？
在那墙根盯视它的是什么？

墙上喳喳叫的是麻雀。
在那墙根盯视它的是小猫。

一蹦一跳惊慌逃的是什么？
紧紧追在后面的是什么？

一蹦一跳惊慌逃的是野兔。
紧紧追在后面是猎犬。

穿着黑布衫的是什么鸟？
穿着黑坎肩的是什么？

穿着黑布衫的是老鸹。
穿着黑坎肩的是喜鹊。

上面的两首歌是跳舞时经常选唱的歌。歌曲的曲调开朗、明快，句式对称、规整，全曲由两个乐句构成单乐段。

第三段，打斗阶段，以呼号烘托气氛。莫力达瓦旗的歌舞呼号声，模仿兽斗、鸟飞等舞蹈动作等方面比较丰富，"鲁日格勒"中的衬词也多，大约有几十种。反映了"鲁日格勒"产生于达斡尔族以狩猎和采集为生的时代。

三 "鲁日格勒"的艺术特点

首先，次生态歌舞的特点。

"鲁日格勒"是"诗、歌、舞"三位一体的原始文学艺术的形式。关于诗、歌、舞最早结合的形式，在《礼记·乐记》中说："诗言其志也，歌咏其声也，舞动其容也，三字本于心，然而乐器从之。""本于心"虽带有唯心主义的解释，但是对原始文学形态"诗、歌、舞"三者结合的论述，却给我们很大的启示。达斡尔族的"鲁日格勒"对我们研究原始的歌舞艺术具有重要的学术价值。

达斡尔族是在17世纪中期从黑龙江北岸迁徙到嫩江流域的，由于各种原因分别居住在四个方言区。从研究中可以看出，虽然他们分别居住在莫力达瓦旗、齐齐哈尔、海拉尔、新疆等地，由于时代的变迁、生活方式的改变，不可避免也会发生变异，但是万变不离其宗，"鲁日格勒"从题材、体裁、舞词、舞蹈动作等方面都有共同的特点。可以说达斡尔族的"鲁日格勒"有其共同的根脉。

其次，地域性。

四个地区的达斡尔族由于历史原因形成大分散小聚居的特点，因为自然环境及人文环境的影响，又各自形成了不同的地区特色。

莫力达瓦达斡尔族自治旗的"鲁日格勒"，狩猎文化的特点比较突出，较好地保留了传统"鲁日格勒"的古老特色。"鲁日格勒"开始时的赛歌部分曲目没有齐齐哈尔地区那么丰富，有的时候甚至不从唱歌开始。更为突出的是，莫力达瓦旗的歌舞呼号声、学鸟兽声音、动作等方面比较丰富，"鲁日格勒"中的衬词也多。

齐齐哈尔地区达斡尔族称"鲁日格勒"为"哈库麦勒"。他们的"哈库麦勒"，从表演到内容都比较成熟，体现出多年来该体裁发展和变化的轨迹。他们的表演有比较完整的三个程序，舞蹈的语汇比较丰富。

新疆地区达斡尔族系清朝乾隆年间从东北地区，到新疆驻防的达斡尔族官兵的后代。他们从1763年西迁到新疆后至今已有250多年，在此期间同哈萨克族、维吾尔族、蒙古族、满族各族人民相邻而居，在各个方面都有相互影响的情况。就民间舞蹈来说，在调查中看到的情况，与其他三个方言区有所不同。舞蹈的动作方面，受到了哈萨克族、维吾尔族舞蹈的影响。一旦跳起来气氛比较活跃，具有欢快的氛围。

再次，衬词的使用。

衬词是达斡尔族民歌中与歌词不同的独立词语，起着充实歌曲的情感色彩、烘托气氛、衔接段落的作用。分为两类，一类随民歌一起唱出，是诗歌的一部分；另一类为舞蹈伴歌，舞蹈进入高潮，取代歌曲而发出有节奏的呼号。大多数民歌有衬词，不同类型的民歌的词衬不同，有些衬词不能混用。"扎恩达勒"以"讷伊耶、尼伊耶"为基本衬词，不采用其他衬词。"鲁日格勒"的代表作品有呼号词的很多，呼号的形式变化也大，有齐呼、对呼、轮呼等。呼号词中还有学鸟兽声音，如布谷鸟的声音"格库德其格库德其"，熊的打斗"哈马哈马、扎嘿扎"等三十多种。可以分为象声衬词、语气衬词。

第四节 "扎恩达勒"

一 "扎恩达勒"的概念及产生

"扎恩达勒"是达斡尔族民歌的一种体裁。通常是在山林里采集、打柴、放排、放牧和野外行走途中，以及妇女在采集野菜时抒唱，歌曲的曲调高亢、奔放。达斡尔族的"扎恩达勒"是类似于蒙古族长调的民歌。它与一般意义上的山歌和小调类歌曲有所不同，尤其是与小调更不可同日而语。由于地区的差别，人们的认识也不一样，达斡尔族的"扎恩达勒"分为广义、狭义之分。布特哈地区将在野外即兴抒唱的无固定唱词的歌称为"扎恩达勒"；齐齐哈尔地区除以上的歌外，将民间歌曲亦称为"扎恩达勒"。本书就采纳"扎恩达勒"的狭义观点。

达斡尔族早期就已出现的原始的综合性艺术形式有"鲁日格勒"，它把"诗、歌、舞"融为一体,保持了达斡尔族童年时代的文学艺术。"扎恩达勒"的产生初期就与"鲁日格勒"有着密切的关系。随着生产的发展和社会的进步,从音乐本身(内因)也需要不断变化以适应时代的需要。因此,诗和歌与舞蹈就脱离了关系,使它由"鲁日格勒"中脱胎而出,这就产生了"扎恩达勒"。

从外因来看,"扎恩达勒"是古代达斡尔族狩猎、采集时代产生的。达斡尔族经济及现实生活的发展变化,要求民歌本身的内容也要适应这种变化,才能满足民众精神生活的需求。

二 "扎恩达勒"的内容

根据"扎恩达勒"不同的呈现方式、歌唱场合、演唱者的性别等视角,可以把"扎恩达勒"分为两类,即有词"扎恩达勒"和无词"扎恩达勒"。

第一类,无词"扎恩达勒",是一种以"讷耶尼耶"这类衬词来唱曲调的歌。歌者触景生情即兴吟唱,多在自我抒发情感时演唱。其歌曲的衬词还有"讷耶耶""讷耶呢耶讷耶耶""讷耶勒呢耶讷耶耶"等的变化形式。其结构方面有自由式、散板式,句式长短很不规则,类似蒙古族的长调。如"扎恩达勒"(见下页)

无词扎恩达勒

第二类,有词"扎恩达勒"。"扎恩达勒"的词曲是固定的,这类"扎恩达勒"不论在何地演唱,词曲基本不动。这类"扎恩达勒"演唱一段后,常用"讷耶耶呢耶哟"来补充。它的旋律悠扬舒展、起伏较大。常用的节拍有三拍子、四拍子和二拍子。结构以两句乐段、四句乐段和单二部曲式结构为多,有部分"扎恩达勒"有引子和补充乐句。"扎恩达勒"因为是在野外唱的,其歌腔舒展、节奏奔放、相对较自由;字少腔多、曲调高亢,具有较强的抒情性和即兴性。

"扎恩达勒"的内容有猎歌、渔歌、牧歌、放排歌、采集歌等,如《放排歌》中唱道:

装排号子

领:大家一起来,　　　众:讷耶纳呀嘿哟。
领:使上一把劲儿哟,　众:讷耶纳呀嘿哟。
领:编成排讷耶,　　　众:纳呀嘿哟。
领:上山放下去讷耶,　众:纳呀嘿哟。①

这是一首无固定唱词的"扎恩达勒"放排歌,表现了放木排者在激

---

① 安晓霞:《达斡尔族音乐志及研究》,黑龙江大学出版社2014年版,第83页。

流漩涡中不畏艰险、英勇拼搏的气概。放排是一种集体性的劳动，唱歌是为了协调劳动的动作，一人领唱一句，众人随唱一句，很有节奏感。历史上由于野外劳动主要由男人承担，所以"扎恩达勒"的内容偏重于反映男人的劳动生活及其喜怒哀乐的心情，如《放排歌》中唱道：

> 使上一把劲儿（讷呀哪呀嘿哟）。
> 编成排（讷呀哪呀嘿哟），
> 放下山（讷呀哪呀嘿哟）。

又如《快去撒网吧》中唱道：

> 咱们撒下渔网吧，把那鲤鱼捕捉吧。
> 咱们在深渊撒网吧，把那黑鱼捕捉吧。
> 咱们沿岸撒网吧，把那鲫鱼捕捉吧。
> 咱们撒下"阿贵"网吧，把那鳌花鱼捕捉吧。

这首歌在唱的过程中介绍了捕鱼的经验以及方法，表现了劳动者愉快的心情。达斡尔族除了打鱼、狩猎外，还善于采集野菜补充菜食。妇女们采集的野菜主要有柳蒿芽、野葱、江葱、韭菜、黄花菜等。其中柳蒿芽是达斡尔族传统的主要菜食，每年大量地采集，将吃不了的部分晒干储存。一般多是妇女们去采。妇女们好容易走出了家门，再加上家乡美丽的山河景色，很多人都会情不自禁地唱上几句，抒发自己的情感。姐妹们连说带唱不知不觉就会采到很多的野菜，满载而归，如《采野菜》中唱道：

> 青青的天空，
> 清澈的流水，
> 咱们姐妹四个人，
> 渡到河对面河湾。
> 讷耶勒呢耶，
> 讷耶勒尼耶耶，

讷耶呢耶讷耶耶，
　　讷耶呢耶耶。
　　去到野菜滩，
　　屈腿把腰弯，
　　采集那野菜，
　　芳香满衣衫。
　　讷耶勒呢耶，
　　讷耶勒尼耶耶，
　　讷耶呢耶讷耶耶，
　　讷耶呢耶耶。

三 "扎恩达勒"的一般特点

第一，《扎恩达勒》音乐方面的特点。

"扎恩达勒"的曲调高亢悠扬，字少腔长，歌词多为两句一段式，四句段往往可劈作两个两句段组合在一起。"扎恩达勒"因为是在野外唱的，具有较强的抒情性和即兴性。

"扎恩达勒"歌曲的曲体和曲体结构是自由、散板式的，句式长短不很规则，是类似蒙古长调风格的歌曲。另一种则是曲体规整、句式对称，以两句或四句为基础构成的单乐段体，节拍多为两拍和三拍。衬词有"讷耶耶耶""讷耶勒呢耶讷耶耶"等。上面介绍的"扎恩达勒"，是山野扎恩达勒，这是传统的"扎恩达勒"。

"扎恩达勒"歌腔舒展，节奏自由，高亢悠扬，字少腔长，不少乐句都有一个长长的拖音，唱起来豪放不羁，一泻千里。

第二，"扎恩达勒"流传方式的特点。

"扎恩达勒"不能脱离野外的劳动生活而生存。因为这样的生活条件所形成的"扎恩达勒"，有它一套形式特征。比如，高亢、辽阔的声调在野外才有它的美感，在屋内就很不协调。

由于"扎恩达勒"编唱的即时性很强，形式的稳定性和规范性很差，所以较难在外地流传。同时，也限制了对"扎恩达勒"的加工和提高，很难在形式上得到外来音乐素材、艺术表现手法的影响和补充,因而其发展与提高受到较大的影响。一般学起来也有一定的难度,不像"达奥"那样好学。所以"扎恩达勒"的流传受到了一定的影响。尤其在年轻人当中,会唱的越来越少了。

第六章　达斡尔族"乌春"

第一节　"乌春"概念的界定

"乌春"系达斡尔族民间文学中一种重要的体裁，又称为叙事长诗、故事歌。它是达斡尔族劳动人民口头创作和流传的长篇韵文作品。它和短篇的叙事民歌（仪式歌、生活歌）、抒情民歌（如情歌）相比，篇幅较长，以塑造人物形象为主，具有完整的故事情节。

莫力达瓦达斡尔族自治旗和新疆地区称为"乌春"（Uqun），齐齐哈尔和海拉尔地区称为乌钦（uqin），本书采用"乌春"一词。目前，达斡尔族学者关于乌春有两种定义，一种是文学界的定义，大都受了《达斡尔族社会历史调查》提出"乌春"是"叙事诗"[1]的引导，此后研究民间文学的人们大都沿袭此说。另一种是音乐界的定义，他们从体裁方面研究，认为"乌春是达斡尔族的说唱曲种"[2]，"是一种长篇说唱形式"[3]。两种界定从各自专业的角度出发，都有一些偏颇。

"乌春"这个名词是达斡尔语中的满语借词。《满和词典》中指出："Ucun［7. 乐三：歌］诗歌［7 书 2］：歌。"这里"Ucun"指的就是歌。[4]达斡尔语吸收该词后，词义有些扩大和延伸，不仅指歌，而且还指叙事歌。达斡尔族民歌中"扎恩达勒""达奥"舞词以外的民歌都属于乌春。随着社会的变化，乌春词义的范围又扩大了，除了指民间的乌春，又出现了文人"乌春"。

---

[1] 内蒙古自治区编写组：《达斡尔族社会历史调查》，内蒙古人民出版社1985年版，第277页。

[2] 内蒙古音乐家协会编：《内蒙古曲艺音乐集成》，中国ISBN中心1997年版。

[3] 毕力扬·士清：《达斡尔族民歌汇编》（内部资料），2000年。

[4] ［日］雨田亨编：《满和辞典》，国书刊行会，昭和四十七年，第442页。

"乌春"（叙事歌）从篇幅上可以分为短篇、中篇、长篇。根据孟志东编著的《中国达斡尔语韵文体文学作品选集》① 中乌春的粗略统计，长篇乌春约占一半。长篇乌春以塑造人物形象为主，具有较为完整的故事情节。

当我们理解"乌春"的概念时，还应该注意它与其他体裁之间的关系。如乌春和莫日根故事（英雄史诗）的异同。目前，在研究乌春时将它与莫日根故事相混，以至于将《绍郎和岱夫》也称为是英雄史诗，这是不应该的。作为研究民间口头文学的学科来说，应该明确两种体裁有所异同。

共性：它们都是劳动人民集体创作、口头流传的韵文体故事歌。从反映的内容上讲，史诗和《乌春》所反映的生活面较广泛。劳动人民的生产、社会生活、历史、重大的社会事件以及英雄人物，甚至达斡尔族的风俗习惯、礼仪等，在史诗和"乌春"中都有鲜明生动的反映。从形式上看，它们都通过一定的故事情节，通过对具体生活事件和生活场景的描绘，通过人物形象的刻画来表达一定的主题。因此，"乌春"和《莫日根故事》一般都有较长的篇幅、完整的故事情节和人物形象。

个性：从反映的内容来看，莫日根故事产生在达斡尔族的童年时期，主要反映他们早期的生活，歌颂的是莫日根的业绩。"乌春"主要是在封建社会里产生和发展的，重在表现日常生活中各种各样人物悲欢离合的命运，由封建制度所造成的悲剧。

2006年5月20日，国务院公布了我国首批"非物质文化遗产名录"，其中包括达斡尔族的"鲁日格勒"（哈库麦勒）和"乌春"（乌钦）两个项目。

第二节 "乌春"的产生及其流传

达斡尔族的"乌春"在我们面前展现出五彩缤纷、色彩斑斓的世界，令人不得不惊叹于达斡尔族民众的这种创造和智慧。达斡尔族的乌春为什么如此丰富多彩？它的产生有着许多条件，一是"乌春"产生的社会背景，二是"乌春"产生的文化背景，三是民间艺人的作用。

---

① 孟志东编：《中国达斡尔族语韵文体作品选集》（上、下），内蒙古文化出版社2007年版。

一 "乌春"产生的社会背景

达斡尔族社会生活的变化,为乌春的产生提供了广阔的创作题材。民间叙事长诗产生于奴隶社会末期和封建社会。入清以来,达斡尔族社会已开始走向封建化,达斡尔族同时也产生了很多叙事长诗("乌春")。如果说英雄时代,部落战争关系到部落命运而产生了英雄史诗的话,那么,封建社会中,个人和家庭的不幸遭遇便构成了乌春中最丰富多彩的内容。这一时期,达斡尔族的社会生活发生了巨大的变化,人和人之间关系也变得更为复杂。民间创作要求反映这已经变化了的生活,靠简短的韵文体民歌已不能满足客观生活的需要。它要求一种容量大、篇幅长,能反映曲折复杂的事件,又注意到刻画人物的新的艺术形式。达斡尔族的"乌春"正是为了满足这种要求而产生和发展起来的。它的出现和英雄史诗不同,英雄史诗着力表现部落和部落之间的战争,在战争中塑造英雄和勇士是史诗常用的手法。而"乌春"重在表现日常生活中各种人物悲欢离合的命运。因为封建制度所造成的个人的悲剧命运,是私有制经济和社会制度的必然产物。即便是那种反映真实历史事件和人物的叙事长诗,也总是在一系列的典型环境中完成人物形象塑造的。这种典型环境具有浓厚的生活气息,在叙述上也很少具有史诗的庄严性。这种社会背景,为"乌春"的产生提供了广阔的创作题材。只有运用新的体裁、用更长的篇幅,才能充分地表达自己的不幸和悲惨的命运。长篇叙事歌正是为满足这种强烈的愿望应运而生的。

二 "乌春"产生的文化背景

从民间文学发展的规律来看,达斡尔族长诗的产生有其深厚的文化背景。

"乌春"的产生离不开达斡尔族深厚的诗歌传统。达斡尔族的历史上,口头文学是他们唯一的文学。他们的神话、传说、故事、乌春、英雄史诗,都是靠口头传播、保存的。即兴创作是当时主要的创作方式。在一些民歌如狩猎歌、生活歌、迁徙歌中,尤其是莫日根故事中,就已经有了较多的叙事成分，可以说这是韵文体叙事作品的萌芽期。到了清代中晚期，"乌春"则是把散文体作品的叙事传统与韵文体作品的抒情、格律特点相结合而形成的一种新的文学样式。"乌春"（叙事歌）和短篇叙事民歌（如仪式歌、节令歌、生活歌）抒情民歌（如情歌）相比，篇幅有长有短。往往叙事中有抒情，以抒情为主的"乌春"中也有叙事的成分，韵散相间、有说有唱，说则侧重于叙事，唱则侧重于抒情，这样根据需要来变化的。

"乌春"产生和发展的外因，就是当达斡尔族南迁到嫩江流域后，社会制度封建化，人们之间的关系发生了变化。在文化教育方面也有了长足的进步，从17世纪70年代开始，达斡尔族中开始有了学校教育，主要学习满文。随着学习满文的深入和提高，达斡尔人中使用满文字母拼写达斡尔语的人渐渐多起来，其中一些人能用满文从事达斡尔语文学创作，达斡尔族中出现了一批用满文字母拼写达斡尔语创作的文人"乌春"，如敖拉·昌兴（1809—1885）、钦同普（1880—1938），以及许多无名氏的"乌春"。这种变化为达斡尔族民间"乌春"（叙事歌）的产生、发展起到了非常大的推动作用。

从以上所述可以看出"乌春"的发生、发展的内因和外因，但是，内因是有决定性的作用，如果没有达斡尔族民间文学史上的史诗和各种体裁，也不会有后来的乌春。再从外因方面看，文化环境的变化也起到了推波助澜的作用。

三　达斡尔族民间歌手的作用

达斡尔族是能歌善舞的民族，这种传统培育了无数的职业或半职业的民间歌手和艺人。他们形成了本民族民间文学创作的基本队伍。民间文学是集体口头创作的，但是，这种创作方式不是盲目的，它在群众性集体创作的基础上，形成了自己的文学传统、表现手法。歌手们受到民族文学传统的熏陶，再加上歌手本人的才华，超人的记忆和技能，他们不但能创作，而且不断地对传统的集体口头创作的作品进行加工、修饰，千锤百炼，精益求精，这样叙事歌才能一代一代地流传。在调查"乌春"流传情况时，看到"乌春"大都由达斡尔族优秀的歌手口头传唱，如长篇叙事歌《绍郎和岱夫》，最初唱得较早的是鄂克强，很多歌手都说是从他那儿学的，受到过他的影响，这些艺人再培养新人，使得这一长诗至今流传于达斡尔族民间。又如，齐齐哈尔地区的胡瑞宝、二布库、胡海轩、那音太等民间歌手，他们分别是省级或国家级乌钦传承人，虽然他们都已故去，但是他们的音容笑貌以及响亮的歌声仍然萦绕在我们的耳边，世世代代流传在这块土地上。可以看出，民间歌手在达斡尔族乌春的创作、流传中都做出了卓越的贡献。

第三节 "乌春"的思想内容

"乌春"对社会生活做了广泛的反映。历史上达斡尔族人民的爱与憎、理想与愿望、民族心理和生活习俗，以及达斡尔族在历史上形成的社会经济制度、婚姻形态、宗教观念、道德理想等，在"乌春"中都有反映，"乌春"丰富了我国各民族的民间叙事长诗的内容。从乌春反映的社会生活及表达的主题看，大致可以分为以下几类。

一 控诉清廷穷兵黩武政策的"乌春"

清代，在达斡尔族中产生了大量的谴责穷兵黩武政策的"乌春"。这绝不是空穴来风。

清代在达斡尔族地区实行了二百余年的八旗制度，民国初年才将八旗制改为县制。据《达斡尔族社会历史调查》介绍，在实行八旗制时期，达斡尔族八旗兵有三项义务。第一个义务就是应征参战。据官方档案和流传在民间的文献资料记载，达斡尔族八旗兵参加的大小战役有六十多次，他们的足迹从黑龙江流域到青藏高原，从新疆伊犁到台湾海峡。其中有1684年（康熙二十三年）的中俄雅克萨战役，1860年的第二次鸦片战争，1894年（光绪二十年）的中日战争，1900年（光绪二十六年）抗击八国联军的战争。这些战役有的是抵御外来侵略维护国家主权的正义战争，有的则是镇压人民起义的非正义战争。上述每次战争中被征调的达斡尔族官兵少则五百，多则一千多人。出征时间短则一年，长则达七年。几乎是有去无回。第二个义务是驻守边防城镇和卡伦（哨所）。达斡尔族官兵在驻守各城镇的同时，还要轮流驻守各卡伦。第三个义务是定期巡逻中俄国境线。①

由于达斡尔族兵丁频繁地出征，不仅影响了生产和人民正常生活，而且大批兵丁在战场上阵亡，往往死伤者十有八九，严重地影响了人口的发展和人民的生活，土地荒芜，到处是孤儿寡母。在这样的时代背景下，达斡尔族人民中产生了许多反映人民疾苦的作品，有的青年男子未成婚就离开了人世，或刚结婚就被逼应征战死沙场。清代繁重的征兵制度给达斡尔族人民的生活带来的动荡不安和生离死别的情景与杜甫的三吏三别颇为相似，杜甫的诗中深刻写出了民间疾苦，揭示了战争给人民带来的巨大不幸和困苦，表达了作者对倍受战祸摧残的老百姓的同情。在《兵车行》中描述的情况和达斡尔族完全一样："车辚辚，马萧萧，行人弓箭各在腰。爷娘妻子走相送，尘埃不见咸阳桥。牵衣顿足拦道哭，哭声直上干云霄。"在这种生活情况下，达斡尔族人民像杜甫诗中所写："君不见汉家山河二百州，千村万落生荆棘。纵有健妇把犁锄，禾生陇亩无东西。况复秦兵耐苦战，被驱不异与犬鸡……"

类似《新婚别》的"乌春"在《德都宝贝》中反映得淋漓尽致，"乌春"中唱道：

在家安闲度日，博什库匆匆来到，飞马前来的博什库跳下马背，怀里掏出章京军书，上面说得清楚：将军的紧急令，边境发生叛乱，三天内到兵营报到，超过三天按军法从严论处。父亲得知此情况，让儿子马上到岳父家，办完喜事再走。于是到亲家说明情况，两家匆匆操办了婚事。喜事刚刚办完，新郎就前往军营。新娘送行时深情地嘱咐道：

离开宁静的家园，
你当兵去征战。
离开安详的日子，
你从军去戍边。

走出村头的时候，

---

① 参见内蒙古编写组《达斡尔族社会历史调查》，内蒙古人民出版社1985年版，第15页。

不要迟疑留恋；
开出省城的时候，
不要情亲缠绵。

身为男儿的人哪，
遇事要刚强果断，
走南闯北的时候，
多加审慎检点。

看见鲜艳的花朵，
不要嫌弃家乡的亲人，
看见外面的花朵，
不要忘记家乡的亲人。①

这首《德都宝贝》"乌春"正像杜甫在《新婚别》中所写：

菟丝附蓬麻，引蔓故不长。
嫁女与征夫，不如弃路旁。
结发为君妻，席不暖君床。
暮婚晨告别，无乃太匆忙！
君行虽不远，守边赴河阳。
妾身未分明，何以拜姑嫜？
父母养我时，日夜令我藏。
生女有所归，鸡狗亦得将。
君今往死地，沉痛迫中肠。
誓欲随君去，形势反苍黄。
勿为新婚念，努力事戎行！
妇人在军中，兵气恐不扬。
自嗟贫家女，久致罗襦裳。

---

① 白杉：《齐齐哈尔地区传统乌钦十部》，黑龙江人民出版社 2012 年版，第 161—168 页。

罗襦不复施，对君洗红妆。
仰视百鸟飞，大小必双翔。
人事多错迕，与君永相望！[①]

杜甫所指所写与达斡尔族的《德都宝贝》不是如出一辙吗？

与《垂老别》相似的《博恒绰》长篇寓言"乌春"，是一首血泪控诉清廷穷兵黩武政策的寓言诗。听者无不潸然泪下。传说在某一战役中，敖拉·哈拉的博霍尔岱受了重伤，临死前托战友博恒绰把他的遗嘱转告其母亲。博恒绰回到家把博霍尔岱的遗嘱唱诵给阵亡者的母亲听。《博恒绰》唱道：

打进当阳城，得到七两银子；
打进南阳城，得到八两银子。
在春季里，我躺在黑缎褥上；
在夏季里，铺的是绿缎褥；
在雪季里，铺的是白缎褥子。
在炕柜前，有我两樽奶子（母亲），
不要以为我不在，疏忽了伺候。
在西面炕上，有我两个嘎什哈，
不要以为我不在，放弃了教养。
在大门外面，有两棵榆树，
不要以为我不在，停止了祭奠。
解开我红马的嚼子，让它搭拉缰绳吧。

年老的母亲听完儿子的遗嘱哭绝于地。醒过来又一句一句地给儿媳讲解，歌中所说"七八两银子"指的是负的伤；"夏季铺的绿缎子"则指的是他的遗骨在绿草地上。下面说的是好好照顾他的妈妈及儿女等。老人悲痛欲绝。

这首"乌春"利用假托的事物和故事，以谜语的方式表达了士兵无法明说的痛苦。作品没有文字记载，纯属口头流传，可见它已深深地扎根

[①] 萧涤非：《杜甫诗选注》，人民文学出版社2002年版。

于民间，博霍尔岱的悲歌和他母亲声声的呼唤，用一位母亲的口气，血泪控诉清廷为了自己的统治，不顾百姓的生死，逼迫人民充军，造成了"垂老别"的悲惨情景。

达斡尔族八旗兵的第二个义务是驻防边镇和卡伦。"乌春"中《在兵营》就是反映驻防边镇和卡伦情况的作品。乌春中唱述的是清代驻防莫日根边镇的达斡尔族官兵悲惨生活情况，长期艰苦的兵营生活，练兵的辛苦和劳累，面对长官的淫威和体罚，士兵们更加思念家乡和亲人。适逢一年一度的春节来临，兵营里更是充满了思念和悲伤的气氛。《在兵营》中唱道：

奉皇上之命，远离家乡来此地，
光阴疾如箭，不觉已数月，
掐指算一算，正适正月初春，
只因国家命令，不能守护祖茔。
无奈拜别父母，离开妻子和亲朋，
来到这兵营，备受练兵苦，
军纪特森严，操练挨体罚。
……
身临此地越受苦，越是想念父母，
记起妻子和儿女，倍感心中绞痛，
从乡间到城廓，别离亲朋好友，
只怨命苦来到将军城，尝尽严酷法纪，
虽然不是边僻壤疆，心中仍觉忐忑不安。
……
苦命人已死于非命，所幸大难临头时，
同营人百般照看，在这生死未卜地，
心中只有空惆怅，满腔苦楚向谁诉，
自怨命苦暗悲伤，祈求神灵来保佑，
保住性命返家乡，重见父母妻儿共享天伦。①

---

① 奥登挂、呼思乐：《达斡尔族传统诗歌选译》，内蒙古人民出版社1992年版，第157页。

这首"乌春"是驻防墨日根城（现嫩江地区的）的达斡尔族官兵，被朝廷调遣到将军驻防的城郭。八旗兵营的生活，严厉的军纪、长官的淫威，在万家灯火的喜庆节日，兵丁们寂寞无聊，思念亲人家园。传染病骤然漫延，兵丁生死未卜，就在兵营中煎熬。乌春中真实地描绘了兵营的苦难生活，深刻地反映了驻防边镇和卡伦的官兵"思念和悲伤"的惨景。

《思念远戍伊犁的亲人》也是与《垂老别》相类似的作品。它反映了更为残酷的现实。清乾隆二十年（1755），清廷为了征服新疆的准噶尔部，除抽调满族、蒙古族、汉族士兵外，并调达斡尔族、鄂温克族骑兵西征。1763年（清乾隆二十八年）时，清政府又大规模地迁移了达斡尔族、鄂温克族、锡伯族官兵及其家属。于1763年动身，1764年4月18日到达目的地。至今在新疆已生活260年。远离家乡的新疆亲人们时刻牵挂着老家，这种亲情反映在"乌春"中。

这首"乌春"是以一位母亲的口气写的，全篇充满了母亲对儿子的思念之情，其实它反映了所有去新疆的人及其亲人的心情。这位母亲，二十多岁守寡，养大了两个儿子。1763年驻防新疆伊犁时，他的大儿子和儿媳随军远去驻防新疆伊犁。老妈妈整日思念悲伤之际，一天的黄昏，她大儿子骑走的小黄马嘶鸣着跑回来了。老马识途返回故里，可离别而去的亲人，尚不知是死是活。这首乌春是佚名之作，金荣久老人用满文字母记录下来，以手抄本子形式流传下来的。《思念远戍伊犁的亲人》中当母亲送别儿子时唱道：

> 从二十多岁起，
> 就守护着这对儿子，
> 如今要将一个分伊犁，
> 已录下了我的大儿子，
> 小儿子留下来，
> 也不知能否永远相守于此。
>
> 两个兄弟分别时，
> 也将两匹黄马分开，
> 大的留给了弟弟，

小的哥哥带走心无猜。

走出大门送行时,
肝肠欲断险昏厥,
送儿送到菜园边,
心肾都像被撕裂。
大儿子和儿媳,
双双趴下给我叩了头,
我扶着他们的肩,
差点哭昏了头。

纵然哭死,
我如何留得住,
纵然嚎啕痛哭,
怎能使他们逃脱这征戍……

一天天近黄昏时,
突然传来马嘶声,
侧耳仔细听,
确是小黄马之声。
打开房门向外看,
确是小黄马无疑,
忙唤小二和儿媳,
慌忙举步向外移。
走出大门外,
真令我心惊肉跳,
我们的小黄马,
果然站着嘶叫。
我的大儿子和大儿媳,
不知如今在何地?
饲养的牲畜,

尚知留恋出生之地。
我亲自抚养的儿子啊,
不知在何处受罪。
虽说是牲畜,
也知想念自己的故宅。
从小抚养的儿子呀,
不知现在怎样生活着。

摸摸马的脊背,
肉削骨瘦不成样,
瘦削的马儿,
怎样跋涉了这长的路程,
不知经受了多少磨难,
才返回自家的门庭。

大儿子和儿媳,
一定是在承受着困苦和艰辛,
看见小黄马,
更令人悲愤难禁,
看着这小黄马啊,
更令我热泪横流。

要想见到儿子和儿媳,
恐怕只能在梦中,
要想活着时见面,
也恐怕只会落空。①

这首"乌春"用一位母亲的口气,血泪控诉清廷的穷兵黩武政策,为了自己的统治,不顾百姓的生死,逼迫人民充军远征,连小黄马都想念

---

① 奥登挂、呼思乐:《达斡尔族传统诗歌选译》,内蒙古人民出版社1992年版,第174页。

家乡，何况是人呢？这不正是"垂老别"的悲惨情景吗。

以上的作品仅仅是类似"乌春"的冰山一角，在这一书中哪能说尽呢？

二 反映婚姻爱情悲剧的"乌春"

歌颂纯真的爱情，争取婚姻自由，反抗不合理的婚姻制度及封建礼教，是达斡尔族民间"乌春"反映最多也最深刻的主题。

人类社会发展的历史上，曾出现过多种多样的婚姻形式和婚姻制度，如群婚制、血缘婚制、对偶婚制、一夫一妻制等。每一婚姻形态的出现，都与当时的政治、经济、社会形态相适应。当达斡尔族社会进入封建社会后，封建的婚姻制度逐渐建立、完善起来。所谓"父母之命，媒妁之言"的封建礼法及在此基础上形成的包办婚姻，便是套在青年男女身上的罪恶枷锁，门第观念、舅权观念、封建伦理道德在其中起着很大的作用。因此在社会上有许多买卖婚、逼婚的父母，同时也出现了以男女主人公不幸遭遇为主题的叙事长诗。但是，其意义往往超过了爱情婚姻本身，而具有更为广阔的社会内容及反封建意义。

关于争取婚姻自由的爱情叙事长诗，大都表现了反封建的意义。如《杨茂金姑娘》《海拉尔安本之媳》《雅里西翁》《呼热嗨！额吉民》《巴格扎雅德根》，都是较有代表性的作品。这种封建专制更表现在《巴格扎雅德根》[①]"乌春"中，情节如巴格扎雅德根是屯里的雅德根、屯长、巴音于一身的"老虎形象"。他的儿子艾欣宝与邻居家的女儿相爱，而巴格扎雅德根坚决反对。他们俩顽强地反抗，最终竟然把他们俩碾成了齑粉。

《呼热嗨！额吉民》（又名：《痛苦哇！妈妈！》）"乌春"很有代表性。据说这是一个根据19世纪二三十年代达斡尔族地区发生的真实的事件创作的作品。故事的主人公因家境贫寒，不得已嫁到远方一个有钱的人家。父母想去探望，没马没钱未能如愿，姑娘结婚后三天丈夫出走生死不明，只有婆母她俩在家，在婆婆的虐待下，实在忍受不了这种生活。有一天，她在树下休息，听见喜鹊在树上的叫声，她对喜鹊说："你成天飞来

---

① 白杉：《达斡尔族传统乌钦十部》，黑龙江人民出版社2012年版，第45—154页。

飞去，热情地给人们报着喜讯，你如果答应给我送一封信，就落在我的膝盖上。"喜鹊真的落下来了。姑娘咬破了小拇指，含着泪，用流出来的血给母亲写下一封血书。在《呼热嗨！额吉民》中哭诉道：

你说嫁到他家享富贵啊，
哪知道你女儿受尽了罪。
啊，亲爱的妈妈呀！

丈夫在家只三天，
出外三年没回来。
啊，亲爱的妈妈呀！

太阳没出就出外呀，
太阳落山才回来。
啊，亲爱的妈妈呀！

是风是雨都得去拣牛粪，
寒风撕裂了我的皮和肉。
啊，亲爱的妈妈呀！

回到家里来呀，
拿带刺的树条抽我身，
啊，亲爱的妈妈呀！

皮开肉烂不像人。
你能知道吗？
啊，亲爱的妈妈！

一年三百六十五天，
吃的竟是酸剩饭。
啊，亲爱的妈妈！

肚子里难受不敢说，
经常到房后去吐。
啊，亲爱的妈妈！

吐出来的酸剩饭，
把老空树都填满。
啊，亲爱的妈妈！

如果你还活在世上，
十天以内务必来哟，
啊，亲爱的妈妈！

……①

写完将信系在喜鹊腿上，喜鹊便飞往姑娘的家乡而去。妈妈看到信后赶紧驾着毛驴车赶来，可是由于路途太远，姑娘没等妈妈到达就服毒，在绝望中了却了无辜的年轻生命。这是一首控诉封建婚姻制度的"乌春"。乌春表现了达斡尔族妇女苦难的生活和对封建婚姻的不满和控诉。"乌春"不但表现了对以婆婆为代表的封建势力的强烈抗议，同时也表现了对以母亲为代表的旧婚姻习俗的血泪控诉。

三 反映劳动及日常生活的叙事长歌

达斡尔族的先祖契丹人原是游牧民族，建立辽朝后"喜稼，善畜牧，相地理以教民耕"。契丹人北迁后，将定居生活的农耕文化带到了黑龙江流域，形成了农牧狩猎渔业等多种经营的经济文化类型。

第一，反映劳动的"乌春"。

---

① 荷云唱、钢图木尔记词、舒野译，《呼热嗨！额吉民》原载《内蒙古文艺》第一卷第二期，1951 年 1 月 5 日，后转载于《人民文学》第四卷第二期总二十期，1951 年 6 月 1 日。

达斡尔族早期的经济中狩猎占据着重要的地位。因为狩猎生产本身有着丰歉难测的不确定性，旺季的狩猎生产以集体的形式进行。反映狩猎内容的"乌春"较多，《灰鹤》《猎鹰之歌》都是非常优秀的。如《灰鹤》中唱道：

唱者序：
细脖子颈的灰鹤，珠嘿，
八十只灰鹤的首领呦，
为填饱肚肠呦，珠嘿，
落到田地寻食呦，珠嘿。

灰鹤：
荞麦地里不能落呦，珠嘿，
要钻进谷子地呦，珠嘿，
谷子地里周边呦，珠嘿，
张着层层叠叠网络呦，珠嘿。

我那圆脸的小眼珠呦，珠嘿，
没发现密眼细网呦，珠嘿，
弯脖子找食的时候，珠嘿，
被挂在网上啦。珠嘿。

唱者：
正在想法挣脱呦，珠嘿，
一个穿皮筒的男人走过来，珠嘿。

灰鹤：
叫声前来的大哥呦，珠嘿，
我向他点头求饶呦，珠嘿，
如果放我一条生路呦，珠嘿，
永远忘不了你的恩德呦，珠嘿，

唱者：
穿皮筒的男人更生气呦，珠嘿，
拎着脖子把它摔在地呦，珠嘿。
你糟蹋了我的谷子地呦，珠嘿，
我今天非宰了你不可呦，珠嘿！
挥起手中的鞭子呦，珠嘿，
左右开弓狠命打呦，珠嘿。
……

这首"乌春"用灰鹤和唱者对话，唱出达斡尔族狩猎生产中的感受，表现出人道主义的精神和情感。这首《灰鹤》之歌在各地达斡尔族中都有流传。此乌春较完整并具有古代狩猎生活特点，但齐齐哈尔、莫力达瓦达斡尔族自治旗等介绍的作品中，猎人演变为地主了。

反映达斡尔族的狩猎生活的还有《猎鹰之歌》中唱道：

住在黑龙江畔，
罕查、班查两兄弟，
梅里莫，梅里莫！

生来身份高贵，
玩的是那飞禽，
梅里莫，梅里莫！

生来聪明精干，
驯养的是那猎鹰，
梅里莫，梅里莫！

驯养了整整三年的，
是我那青色的猎鹰，
梅里莫，梅里莫！

十月里喂食鼹鼠，
谷雨（四月）里喂食狗肉，
梅里莫，梅里莫！

秋天里把它放出去，
让它尝食鼹鼠的肉，
梅里莫，梅里莫！

喂足鲜嫩的狗肉，
羽毛长的光滑，
梅里莫，梅里莫！

翅膀上的羽毛丰满了，
尾巴上的羽毛张开了，
梅里莫，梅里莫！

……

在柳条丛生的地方，
在深草茂密之处，
梅里莫，梅里莫！

架在臂上的猎鹰，
猛地离座飞去，
梅里莫，梅里莫！

……

实在追寻不到，
把它长相说给大家听，
梅里莫，梅里莫！

我那青色的鹰,
长着十二根尾翎,
梅里莫,梅里莫!

锋利的利爪张开,
小腿粗壮有劲,
梅里莫,梅里莫!

长着圆圆的额头,
紫铜般闪亮的眼睛,
梅里莫,梅里莫!

微弯的脖颈,
尖钩般的利喙,
梅里莫,梅里莫!

……

谁要是抓到了它,
我愿把貂裘相送,
梅里莫,梅里莫!

……

我那健翅的猎鹰,
已经杳无音讯,
梅里莫,梅里莫!

我那远去的猎鹰,
怎不让我痛心,
梅里莫,梅里莫!

  费尽心血，操劳忙碌，
  到头来落了一场空，
  梅里莫，梅里莫！①

  这首流传较久的寻鹰歌有多种变体，但主题都是叙述驯鹰的艰辛和失去鹰后的痛惜之情。鹰在狩猎中是猎人的助手，一个猎人都应该有好马、猎鹰、猎犬等。所以猎人失掉鹰后一定是很痛苦的。这个"乌春"说明了狩猎生产在达斡尔族经济生活中具有悠久的历史，而且这种习俗一直保留到近代。

  达斡尔族的经济历来是以农为主的多种经营，即多元化的经济形态。达斡尔人赶庙会由来已久，在庙会上卖勒勒车是他们的一种副业。玛玛格其的《赴甘珠尔庙》中反映了达斡尔族劳动人民赶庙会的情景。去庙会的路途中的艰辛不言而喻，为了生计相互团结共同克服各种困难，表现了他们不屈不挠的斗争精神。甘珠尔庙即寿宁寺，落座在呼伦贝尔大草原新巴尔虎左旗，位置正处于各旗的中心地带。清代建寺后，每年一次的庙会规模浩大壮观。庙会上除了宗教活动外，还有游艺和交易活动。届时，燕、晋、辽宁、黑龙江、布特哈、察哈尔的多伦，还有俄罗斯各地商贾云集那里。由于达斡尔族善于制作勒勒车，这种车很受牧民的欢迎。因为木轮大，且方便，被誉为"草上飞"。因此，大兴安岭东路的达斡尔人，每年不远万里，横跨大岭，长途跋涉，历尽艰难，按时来到此地进行交易，换回牛马等牲畜，解决本地缺少役畜的问题。如《赴甘珠尔庙会》中唱道：

  过了阿荣河，
  前途多山岭，
  途遇一山崖，
  自古负盛名。

  山崖矗天立，
  昂然挡路程。

---

① 胡尔查主编：《中国歌谣集成·内蒙古卷》，中国ISBN中心2007年版，第803—806页。

何时之父辈，
竟踏此路程。
……
崖顶如云层，
清绝如隔世。

寂寞土地庙，
凄然一荒寺。
……①

　　一路上经过博克图、雅鲁河，还遇到红泥浆、巴汉岗、塔温浅平原，又到了伊敏河、哈希雅特等地，经过了无数的河流山川，千辛万苦才能到达甘珠尔庙。一路上大家相互帮助、互相鼓励，团结如一人，终于用车换回蒙古族的好牛和马。

　　基于达斡尔族经济生产的方式，文人钦同普曾写了《渔歌》《伐木歌》《农耕歌》等乌春，更全面地反映了达斡尔人以农为主多种经营的情况，其中都含有丰富的生产斗争经验以及对劳动生产环境、对象的生动描述。现仅举《伐木歌》来欣赏：

……

木材对千万人的益处
捡出几件叙一叙。
伐木人和它的不解之缘，
在这里略提一提。

赏心悦目的樟松，
枝叶秀美四季青葱。
高崖险峰的松树，

---

① 奥登挂、呼思乐：《达斡尔族传统诗歌选译》，内蒙古人民出版社1992年版，第205页。

第六章 达斡尔族"乌春"

笔直挺拔飞挂彩虹。

那结实直挺的树干，
是大梁柱角的用材。
盖房的檩木小椽，
也用大小松木选派。

青翠叶茂的红松，
树身几人合抱。
锯成厚薄的木板，
能做各种家具。

生就粗实的黑桦，
树根能凿车毂。
截取直直地树身，
能做结实的车轴。

那弯弯曲曲的部位，
是崴车辆的好料。
既使歪歪扭扭，
打做犁辕正好称手。

各种散生的白桦，
洁白的树皮就像敷粉。
剥下成张桦皮，
能做各种器皿。

长得直直的树干，
做成大车的双辕。
装着重载颠簸，
也不会使你作难。

要说不起眼的柞树，
更是布满群山。
它的各种用途，
同样列举不完。

山林树木百态千姿，
各自都有各自的用场。
要能用得恰到好处，
它们的利益难以估量。

各种树木都有用处，
其中果树更是宝贝。
若是再加挑选，
开花的树木惹人喜爱。

坐着唱一段乌春，
该说的话哪能都说清？
这里所唱的事项，
都是伐木人的见闻。[①]

第二，反映礼俗的"乌春"。

婚丧喜庆、节令仪式中所唱的各种类型的"乌春"，非常丰富。结婚前母亲对女儿的教诲就是非常好的作品，如《教诲女儿的歌》中唱道：

消闲静坐的时候，
女儿呀，听听母亲的说教：
你要是有心计的话，
就记住母亲的忠告。

[①] 中国歌谣集成内蒙古卷编委会：《中国歌谣集成·内蒙古卷》，中国 ISBN 中心 2007 年版，第 809 页。

> 母亲十月怀胎，
> 生下心肝女儿你，
> 在你皱眉啼哭的时候，
> 抱在胸脯上哄你；
> 在你咧嘴啼哭的时候，
> 背在脊背上哄你；
> 在你哭闹的时候，
> ……①

"乌春"中说明母亲从姑娘一两岁开始，如何含辛茹苦地养育了她，接着教诲女儿到了婆家的注意事项，诸如对客人的接待礼仪以及与人相处的注意事项等，都忠告之。

母亲说："母亲的教诲柔似春雨，婆母的管束严如寒冰。"到婆家要遵从礼仪。在封建社会里，婆婆对媳妇是非常严厉的，有各种规矩，诸如何伺候男人，如何对待婆母、客人及周围的人等，母亲怕女儿到了婆婆家受苦，提醒姑娘处处注意，可见母亲的一番苦心。从这些说教中看到，在旧社会里，妇女在家庭中的地位是何等的卑微，更无自由可言。

《出嫁后的悲歌》写的是一位姑娘在"父母之命，媒妁之言"的封建婚姻制度逼迫下，违心地嫁给了一个不称心的人。"乌春"唱出了姑娘内心说不完的痛苦之情，心里虽不愿意，也要忍气吞声地熬完这一辈子。

《海拉尔安本之媳》这首"乌春"中，更是揭露了封建礼教的虚伪性，给青年人造成了一辈子的痛苦。海拉尔安本的儿子娶了一个北京姑娘，但是，安本的儿子死后，姑娘满以为还能回北京娘家，哪曾想到，正如"乌春"所唱："正想返回故里时，朝廷却立了'海拉尔牌坊'；正想返回北京时，却立了断我归路的'贞女坊'。""海拉尔牌坊"，这些东西是清廷为表彰贞节女子所立的牌坊，凡官兵的遗孀被立了"牌坊"，再无改嫁的可能，只能死守至终。从此看出，妇女在旧社会的命运是何等的悲惨。

---

① 中国歌谣集成内蒙古卷编委会：《中国歌谣集成·内蒙古卷》，中国 ISBN 中心 2007 年版，第 841 页。

第四节　达斡尔族"乌春"的艺术特色

　　达斡尔族的"乌春"数量多，题材广泛，反映了不同时代达斡尔族人民丰富多彩的生活，刻画了众多个性鲜明的人物形象，而且在艺术上呈现出达斡尔族民族特色和地区特色。这种特色不是人为造成的，它是达斡尔族的社会生活、民族心理和文化传统的结晶。达斡尔族乌春表现出的这种特点，的确令人陶醉，甚至听着往往情不自禁地潸然泪下，进入故事的情节中不能自拔。

　　我们很难根据"乌春"总的方面对其艺术加以概括，为了讲述方便，分以下几个方面加以介绍。

一　人物形象的塑造

　　达斡尔族的"乌春"注重塑造人物形象，这是它的一个鲜明特征。"乌春"最引人注意和具有魅力的不是故事的情节，而是那些体现了民族精神和民众对美好理想追求的诗一般的人物形象。像绍郎和岱夫、博坤绰，那些远离家乡的新疆官兵等人物形象，都特别光彩照人。

　　达斡尔族长篇"乌春"中塑造的人物或其他形象、接近生活的真实，刻画人物形象运用多种艺术手法。用铺陈手法着意渲染，使人物血肉丰满，栩栩如生。

　　在《呼热嗨！额吉民》这首长篇爱情"乌春"中，塑造了一位美丽、善良、勤劳、能干的女主人公，她无法忍受痛苦、折磨走上了自绝之路。乌春运用第一人称，感情色彩极为浓厚，所塑造的形象光彩照人。她临死前给家里的每一人都留下了遗嘱。她对母亲说的是："你们从小养育了我长大，却没看见我怎么样生活的啊，我亲爱的爸爸妈妈啊！"唱给丈夫的是"虽然你不在身边，我把结婚的荷包留给你，我的丈夫啊！如果你回来看见它，就当我和你在一起吧，我的丈夫啊！"唱给婆婆的是："婆母啊！我就是死了以后，你也睁眼看看吧，婆母啊！"

　　这几段姑娘临死前给每一个人的遗言，充分表达了媳妇复杂的心理活动。首先想到的是妈妈，对妈妈是怨而不恨；对丈夫是恋而不舍，活着时未能一起活到白头偕老，死后望丈夫不要忘记她；对婆母的自私刻薄已看透，表现了自己的怨恨，让婆母受到应有的惩罚，以自己的死进行反抗，揭露她的狠毒。死者那种悲壮的哭诉，强烈地撞击人们的心灵，使听者对旧的封建婚姻制度、封建礼教产生强烈的不满，荡气回肠，这就是铺陈手法产生的艺术效果。

二 线索单纯，首尾完整

一首完整的达斡尔族"乌春"是由序曲、正文、收尾三个部分组成的。

达斡尔族"乌春"在长期的创作和流传过程中逐渐形成一套程式。在故事的开始前，有一段小的序——序曲即引子，在叙述故事之前，先点出故事的中心思想、主要人物或者是事件。这段短序与故事情节有关，有时只是起一种烘托气氛、引起听众注意的作用。接着是故事情节的开端、发展、高潮和结局，有的"乌春"还有尾声。在达斡尔族"乌春"中常见到这种结构方式。如《送夫参军》中开头就唱："若问我要说什么，只因你要去从军……"只用几句就把将唱的目的点破了。又如，一位母亲思念她的儿子时唱的："流淌的江水呦，远远地流去，怀中哺育过的儿子啊，留下妈妈远去。"一听就知道这个乌春要唱思念远征的儿子。又如《海拉尔安本之媳》的开头是这样唱的："我这单纯的心，好似苦房草一样单薄。我这单薄的身体，日日毫无乐趣地生活着。"这个开头，让听者产生急于听下去的想法，她的心情为什么这么坏呢？为什么她的生活如此无聊呢？开始就将这媳妇无聊寂寞的心情表现出来，点出了《乌春》的主题，下面在正文中展开唱述故事的情节。

"序歌"通过简短的几句话交代出歌的内容，起着沟通演唱者和听众之间感情交流的作用，十分引人入胜。好的序歌往往是正文的有力的铺垫。接着是正文部分，在这部分里主要唱述故事的内容。有的"乌春"以唱为主，辅以说；有的"乌春"一唱到底，一般曲调比较单一。也有的因人而异。故事的"收尾部分"也就是故事的结束。

达斡尔族的"乌春"，一般在内容上都有较大的容量，篇幅也长。有些"乌春"情节较简单，有些较复杂。但无论多复杂的情节，在叙事上都采取单线递进的结构方式，不枝不蔓。在结构上还有插叙、倒叙等手法。有首有尾，注重故事性。在交代故事情节时，往往以人物的行动和对话带动故事情节的发展，首尾相顾、脉络清楚、环环相扣。在塑造人物为主的"乌春"中，以主人公的身世作为主要线索，在故事的叙述中完成人物形象的塑造。

三　语言运用上的特色

叙事长诗"乌春"的语言呈现出比较明朗、清新、自然的特色。"乌春"的语言是口头语言，口头语言的文学性，就是它的形象性。为了加强作品中语言的感染力，民间歌手总是对生活细致观察、反复体会，从口头语言中提炼出简洁生动、富有表现力的语言；"乌春"中大量运用比兴、夸张、排比、拟人等手法，造成"乌春"强烈的抒情性，以情感人。如《猎鹰"乌春"》中就是运用了比喻、拟人化和排比的手法来描写鹰的："我那青色的鹰，长着十二根尾翎；锋利的爪张开，小腿粗壮有劲；长着圆圆的额头，紫铜般闪亮的眼睛；微弯的脖颈，尖钩般的利喙。"似乎一只活脱脱的鹰立在你的面前。这里用紫铜、尖钩比喻鹰的眼睛和利喙非常形象。作品用自然朴实的语言，唱出了失掉鹰之后猎人的痛苦的心情，给读者和听者留下了无穷的回味和遐想。

四　"乌春"的艺术手法

民歌手运用简洁生动的达斡尔语演唱长诗，为了要造成强烈的抒情性，大量地运用比兴、夸张、排比、拟人化等手法。如《出嫁后的悲哀》中唱道：

> 树枝多繁茂，
> 一片翠绿掩山岭；
> 我寂寞之心哪，
> 怎样才不悲伤？
> 柏树长得高，
> 远远望去真好看。

我这被捆绑住的心哪，
　　茫然若失无所见。

　　整个"乌春"都用"松树""柏树""牡丹花""梅花""喜鹊"起兴，表达自己的寂寞和捆住的心。同时，在韵律的使用上也起到了押韵合辙的作用。如下：

Sajigei tooj daudaa seini,	喜鹊喳喳叫时，
Saudel tegeeyee erinbie,	想念起我原来的家园，
Sar duurugu jak	结婚满月才能回娘家，
Sauj qig ul tesenbie	令我坐卧不宁日夜盼
Gaawuu toji daudaa seini,	乌鸦嘎嘎啼鸣时，
Gajir osoo erinbei,	思念我家乡的山和水，
Gaxkaa unquunee sanaas,	想到孤独和寂寞的我，
Gaserdewu qig yum kee.	令我如此惆怅悲哀。

　　从上面所举的例子看出，第一段中每一句第一个词的声韵都是"Sa"，还有第二句和第四句、第六句的最后一词都押的是尾韵"bie"。这样的押韵使得"乌春"唱起来朗朗上口，具有音乐之美。在第二段声韵是"Ga"，无尾韵。在"乌春"中，一首歌一韵到底的较少，大部分是上下两句相对，讲究句与句的对仗。歌词句数大部分是偶数，无奇数的。

　　"乌春"中重叠复沓、一唱三叹不仅是叙事、抒情、刻画人物的重要手段，而且形成"乌春"的音乐美，加深对人物形象的印象，似乎耳边余音缭绕、重叠复沓、一唱三叹，往往在作品情节关键的时刻出现，使"乌春"舒展结合、节奏明显。

　　总之，达斡尔族乌春无论在内容上还是在艺术表现方面，都已进入达斡尔族文学艺术的成熟期，所以也是至今流传下来的最多的文学作品。

第五节　《绍郎和岱夫》

　　《绍郎和岱夫》是达斡尔族"乌春"的经典作品，在达斡尔族地区无人不知、无人不晓，是一篇震撼人心的佳作。由于它篇幅长、内容丰富，故特设专节介绍。

一 《绍郎和岱夫》产生的背景

《绍郎和岱夫》是一曲赞颂达斡尔族人民抗暴斗争的英雄叙事歌。它是根据1917—1919年发生在龙江县（今齐齐哈尔市富拉尔基区）罕伯岱屯以绍郎和岱夫为首的达斡尔族农民起义事件，经过多年口头流传和民间歌手的演唱而形成的。

20世纪初叶，清末以来齐齐哈尔达斡尔族地区贫富分化加深，阶级矛盾和民族矛盾相互交错。当时齐齐哈尔地区，好些村子里少数人占有大部分的土地，阶级分化已很明显。没有田地的人只好为地主扛活维持生活，吃不饱穿不暖。在1903年中东铁路通车后，从齐齐哈尔等铁路沿线地区收购大量的粮食，加速了农产品的商业化，刺激了齐齐哈尔地区地主经济的发展，更加深了民族内部的贫富两极分化和阶级矛盾。在当时，雇佣劳动是达斡尔族地区剥削关系的主要形式。随着这种形式的发展，地主对广大达斡尔族农民的剥削也逐渐加重。从清末起，汉族人民进入达斡尔族地区，进一步形成了民族杂居的局面，达斡尔族居住地区普遍出现了小商小贩，出售各种杂货烟酒之类，并发放高利贷。他们表面上讲情义、交朋友，称兄道弟，并赊账卖货，暗中却造假账，利滚利；更可恨的是他们勾结官吏，欺压百姓，抢占债务人的房产、土地、牲畜，很多人倾家荡产、流离失所。黑龙江督军的军队到处抢劫民间财物，设赌抽头，为非作歹。在这样的情况下，达斡尔族人民无法维持生活，绍郎与岱夫终于因为不堪忍受反动军阀、土豪劣绅和地主的欺压和剥削，联合众弟兄举枪跃马揭竿起义。他们转战嫩江两岸，劫富济贫，打官兵砸响窑，使地主阶级闻风丧胆，反动军阀一筹莫展。

起义队伍为首的是绍郎，他是莫尔丁人氏，1879年出生在齐齐哈尔郊区罕伯岱村一个贫苦农民家庭，从18岁起就在地主家当长工，直到1913年（34岁）共当了16年长工。同时起义的又一个首领是孟岱夫，1889年生人，是绍郎的堂弟，他是从1904年至1912年给地主家当长工。起义队伍的骨干还有孟保全、孟三朋、单长连等，都是一些受苦受难的弟兄。1913年秋天绍郎以偷额尔门浅地主的一匹马的罪名被捕入狱,判处两年徒刑。第二年他的堂弟也因同一个罪名被捕入狱,判刑两年。罕伯岱和额尔门浅地主还不死心,继续罗织罪名联名告状。结果,又将弟兄俩改判七年徒刑,绍郎和其他在押犯被带到齐齐哈尔北郊割芦苇。有一天,哥俩趁看守未防备,夺了看守的枪并将他杀掉,犯人们一起逃散了。之后,哥俩逃回罕伯岱屯,聚集孟保全、孟三朋、单长连等一起起义。之后,他们连续攻破了几处地主响窑,攻破后,用缴获的枪支马匹武装队伍,开仓济贫。在一次战役中击毙打死敌人二十多,活动的范围越来越大了。在一次袭击泰来县兵营的战斗中,俘虏敌军百余人,灭了敌军的气焰,使地主、官吏寝食不安、惊恐万状。起义队伍从民国六年(1917)十月十一日起义时只有六七人,民国七年(1918)七月时增加到二十多人,八月同金善宝率领的三十五人合伙后增加到五十多人。他们失败的时间应是民国八年(1919)春季。他们的队伍最活跃的时间只是在民国七年和民国八年初,后来黑龙江省档案中再无记载,说明起义队伍已被打散。绍郎逃跑到嫩江县南奇岭匿居。绍郎就义的时间和地点应是在嫩江县,民国十年(1921)四月。绍郎和岱夫由于历史、时代和阶级的局限,他们的起义和历史上所有的农民起义一样,最终失败了。其中很重要的原因是领导人之间的矛盾和分歧导致了队伍的分裂,他们又不懂得发动和组织壮大自己的队伍,终因寡不敌众遭到失败。不久,绍郎和岱夫被官军追剿,突围队伍也被打散。无可奈何,绍郎和岱夫只好到嫩江南奇岭匿居,后被告发,被捕后英勇就义。据有关资料介绍,绍郎被害后,官军到他们的家乡搜查,到百姓家敲门就问姓啥,一说是姓孟,就格杀勿论,造成孟姓人颠破流离,四处逃生。后来人们想出了一个办法,即将"孟"姓改为"莫"姓,一说姓莫,官军就不杀了。

《绍郎和岱夫》就是以这次真实的农民起义故事为基础创作的"扎恩达勒""乌春",歌颂不衰。尤其是"乌春",在漫长的一个多世纪中,经无数民间艺人的加工修改再创作,在达斡尔族民众中口头传唱,终于形成了达斡尔族人民口头文学的经典之作,连缀起来的长歌叙述了少郎和岱夫起义的全过程。至今,长篇"乌春"深情、高亢、激越的旋律仍回荡在嫩江两岸,已经达到家喻户晓、人人皆知,至今不衰。2007年,已列入第一批达斡尔族非物质文化遗产国家级名录中。

二 《绍郎和岱夫》的搜集、整理、翻译出版简况

内蒙古搜集整理《绍郎和岱夫》的工作20世纪五六十年代就已开始了，在当时国家组织的少数民族语言第五调查队达斡尔族调查组曾赴绍郎、岱夫出生地及活动区域，小组成员有何什格图、巴达荣嘎、德玉海等，他们收集到了几位老人演唱的"乌春"，演唱者中有鄂兴海、金国才等老人，其中鄂兴海的唱本内容最丰富。他们将采录本整理成斯拉夫文后，由内蒙古语文研究所的奥登挂、呼思乐、孟和等将此斯拉夫文版本进行了初步的汉译。1958年，为了进一步掌握绍郎和岱夫起义的情况，奥登挂、呼思乐、恩克巴图等专程去了一趟罕伯岱、二里屯（他们就义的地方），当时拜访采录了五位艺人鄂兴海、金国才、多长林、鄂维清等的演唱，进一步搞清了起义者的一些情况，并写了《关于绍郎和岱夫事迹的调查和初步意见》的报告，还进一步修改了汉译稿，可惜未能出版。据哈斯那不琪（莫力达瓦达斡尔族自治旗广播站工作）说，她曾和一位同事带着苏联式的大录音机采访过叫胖小的老艺人，后整理成斯拉夫文的草稿，实际这个人就是鄂兴海。据说他唱得比较好，很多艺人都是从他那儿学到的。一般在打羊草休息时，大家请艺人给大家唱，听的时间长了，人们也就跟着学会了。

在20世纪60年代初期，黑龙江省的方行先生（诗人）曾到雅尔赛一带采录，耗时两个月。在当时"极左"思潮盛行的情况下，在一片"土匪说"混淆视听的年代，一位汉族同志能够这样欣赏、理解这首长篇巨著，真是难能可贵。遗憾的是所采录的资料在"文化大革命"时，全部失散。直到粉碎"四人帮"后，黑龙江省民研会非常重视搜集《绍郎和岱夫》工作，民研会主席王士媛女士（方行先生的爱人）亲自布置、亲自指挥，正式成立了民间文艺抢救小组，由齐齐哈尔市民研会领导、市民研会主席任组长。从1980年春末夏初开始，小组深入进行了调查。经过两年多的努力，走遍达斡尔族聚居的乡村屯落。通过对130人的采访和14位民间艺人歌手的采访记录，搜集整理了《绍郎和岱夫》的六种变体，原始资料40余万字。这六种变体分别发表于《黑龙江民间文学》第三期和第十期上，并于1983年12月获中国民间文艺学优秀作品奖。后来，由沃岭生主编的《绍郎和岱夫》于2002年由民族出版社出版，冯骥才写的

序,收入那音太、胡瑞宝、胡海轩、二布库、集体说唱、集体翻译等几种版本。担任翻译的是色热和何德林,由李福忠,刘兴业主笔汉译。黑龙江省民族研究会为研究《绍郎和岱夫》做出了很大的贡献,为我们研究达斡尔族叙事长歌提供了宝贵的资料。

吴刚于2010年8月17日到呼伦贝尔市鄂温克族自治旗巴彦托海镇的那音太家中进行了采访,那音太为他唱了整套的《绍郎和岱夫》,他又参考了发表于1981年《黑龙江民间文学》第三集中的那音太的版本,根据录音、翻译、整理为《达斡尔族英雄叙事》[1]一书出版,其中也有其他作品。更令人惊喜的是,2012年由民族出版社出版了张志刚的《达斡尔族乌钦叙事诗经典英译绍郎和岱夫》(英文版)。

三 《绍郎和岱夫》的思想内容

《绍郎和岱夫》记载了达斡尔族人民可歌可泣反抗官府的斗争史,集中体现了达斡尔族人民勇敢顽强的英雄主义精神,反映了达斡尔族民主意识的觉醒。

《绍郎和岱夫》内容很丰富。"乌春"中主要讲述了绍郎和岱夫与封建军阀、地主土豪英勇斗争的故事。绍郎和岱夫因不堪忍受土豪劣绅的压迫而走上反抗的道路。他们联合兄弟们,在嫩江两岸劫富济贫,打官兵,砸响窑,令反动军阀、地主土豪闻风丧胆。他们所到之处,得到贫苦农民的拥护与支持。该乌春主要包括以下情节:老西子欺压百姓,岱夫寻枪和马,火烧老西子,枪杀马师长,西莫胡屯庆功酒,大闹葛根庙佛堂,军德联合唐哥,袭击王家大院,英雄为了掩护百姓被捕,火烧芦苇塘。整个故事情节曲折,一环扣一环。

关于达斡尔族人民的生活情况,乌春中唱道:

> 嫩水清清嫩水汪讷耶,
> 一江嫩水空流淌;
> 可叹那是啥年月尼耶,

---

[1] 吴刚、孟志东、那音太合著:《达斡尔族英雄叙事》,民族出版社2013年版。

穷人蹲地狱富人登天堂。

穷人四季忙种地讷耶,
稷谷流进巴音仓;
穷人草原忙放牧尼耶,
全是巴音的牛和羊。

穷人江里忙撒网讷耶,
为给白音尝鲜汤;
穷人打猎得黑熊,
巴音上门收熊掌。

穷人家无隔日米讷耶,
巴音稷谷堆满仓;
穷人破衣难遮体尼耶,
巴音的绸缎装满箱。①

这里用对比的方法说出穷人和巴音的生活情况,穷人缺衣少食,而巴音吃香的喝辣的样样齐全。统治阶级和穷人矛盾对立,孕育着起义的根源。最终官逼民必反,绍郎和岱夫才揭竿而起了。

绍郎和岱夫起义后劫富济贫,与军阀周旋。乌春中唱道:

大院连连被打破讷耶,
响窑个个被端空;
巴音恨他入骨髓尼耶,
穷人见他喜相迎。

……

---

① 沃岭生主编:《少(绍)郎和岱夫》,民族出版社2002年版,第255页。本节所举的小段例子,不再一一作注。

富商不敢走大道讷耶，
巴音吓得躲进城；
种地没人敢收租尼耶，
渔猎没人敢抽成。

在乌春中有多处描写他们劫富济贫的情况。"穷苦百姓饿肚皮，大巴音家粮满仓；穷苦百姓断炊烟，大巴音家酒肉香。"但是，绍郎和岱夫"穷人缺钱他给钱，穷人没饭他送粮"。诗中还唱道："好汉杀富又济贫，不把穷苦百姓伤。"可以看出，这首乌春是有广泛的群众基础的，他们是一支为了维护百姓的利益而起义的队伍。老百姓编出乌春歌颂绍郎、岱夫，客观上就证明了他们是人民的英雄。

四 《绍郎和岱夫》的艺术特点

《绍郎和岱夫》是达斡尔族民间文学的经典作品，它显示了达斡尔族的民间文学已经走到了成熟阶段。

第一，人物形象的塑造。

《绍郎和岱夫》这首长歌的几种变体，都采用韵文前后贯穿，有的中间不乏插入道白叙事。道白叙事、对话、赞美，均一气呵成。开头以五节唱段作为引子，紧接着进入故事，把人物的刻画和情节的开展、过渡都紧紧地揉在一起，即便是较大情节的转换，演唱者也只是三言两语作一交代，便转入人物与人物之间的矛盾冲突的描写，因而故事紧凑曲折，引人入胜。作为一首千余行的诗歌，都显得浑然一体，不拖泥带水，可见演唱者和翻译者的匠心。

《绍郎和岱夫》对人物形象的塑造比较成功，作品中的绍郎和岱夫既有共性，又有个性。

绍郎是一位才智武略齐备，并具有一定的指挥才能和组织能力的领袖品质。从他的外表看，他"膀大腰圆"、浓眉大眼，红红的脸膛。他"爱跳罕伯爱唱歌，机警灵活热心肠"。正因为他具有如此多的优点，他能把起义队伍团结在自己周围，整个队伍形成了以他为核心的战斗集体。他沉着、老练、足智多谋，精于骑射，弹无虚发，在战斗中配合协调。

在攻打"响窑"的战斗中，由于他指挥得当，先有充分的调查研究，再加上他胆大心细，在战斗中出其不意、攻其不备，那样坚固的堡垒都一举攻破了。正如歌中所唱：

> 这个响窑不好打哟，四角炮台高院墙。
> 我有一个好朋友哟，汉族好汉他姓唐。
> "找他帮助做内应哟，里应外合怎么样？"
> 听到这里绍郎乐哟，心里暗暗想主张。

绍郎的胆识，不仅仅表现在运筹帷幄、指挥若定的军事指挥艺术上，更重要的是在生死关头能权衡轻重，做出恰当的决定。比如，在草甸打草的乡亲们被官兵围困，许多无辜百姓将要面临一场大的灾难时，哥俩商量：

> 官兵的目标是咱俩，
> 只要官兵闪条路哟，
> 放走弟兄众老乡，
> 我们哥俩就是死哟，
> 挺身而出又何妨？
> 脑袋掉了碗大个疤，
> 心挖出来够碗汤。

岱夫一听，欣然同意。他们虽然双双被擒，却使众多百姓幸免于难。绍郎这种为他人、为百姓肝脑涂地，将个人的生死置之度外的壮举，使他的英雄形象放射出奇光异彩，更显出两位英雄的形象高大挺拔。

岱夫，正如歌中所唱，他是"憨厚敦实的孟岱夫，鲁莽的黑汉脾气犟；一脚他能踢死牛，单手他能掐死羊。跑马能拾地上物，枪打飞鸟不落空。绍郎岱夫有武艺，十里八屯名声扬"。这个人物个性很突出，他快人快语、性格刚烈、心胸透明。老西子的妹夫是军阀队伍的师长，岱夫心中虽然知道，但丝毫不示弱。对奸商老西子的蛮横霸道，他寸步不让，以牙还牙、以眼还眼，绝不顾虑后果如何。对岱夫的性格，诗中早已点明，"好汉就是孟岱夫，好汉就是智绍郎"，他和绍郎相比显得有些莽撞，较为勇猛暴躁。然而，他又是一个粗中有细的人。如在计取婶子的枪支马匹那一节中，显得冷静，用计谋，又能周密安排而不露声色。当更夫盘问他时，略说几句便骗过了更夫，闯出了大院。当他看见绍郎带着妻子走时，快人快语，当面摊牌说，"要么一同报仇"，"要么给你一枪"，表现与绍郎共同抗敌的决心。这人物形象非常可爱。在以后的战斗中，他和绍郎生死相托、患难与共，成了绍郎得力的助手。

叙事长歌中除集中刻画绍郎和岱夫外，还有用"落马计"打死马师长的军兰，深入"响窑"善做群众工作的军德、三朋勒等人物，他们个个忠诚智慧、巧于言辞性格特点，都给读者留下了深刻的印象。另外，支持起义的唐哥、唐嫂也是各有个性的人物。特别是对唐嫂的描写更是入木三分，诙谐机灵。诗歌中还勾勒了老西子、吴大舌头等反面人物。诗中如是描写并唱道：

> 十冬腊月北风寒哟，老西子逼债进了房；
> 老西子心比豺狼狠哟，活像阴间活阎王。
> 嘎辛达和他拜把子哟，称兄道弟一炷香；
> 老西子妹夫在督军府哟，卜奎城里当师长。
> 他们都是一条心哟，他们都是一副肠；
> 小铺就是摇钱树哟，穷人百姓遭灾殃。
> 十冬腊月北风寒哟，老西子逼债进了房。

简单明了地交代了这个老西子奸商的本性、社会关系，指明了张作霖部下吴大舌头同本族内的上层勾结、利用商业手段盘剥达斡尔族人民的情况，深刻地揭示了绍郎和岱夫起义纯属于"官逼民反"的深刻道理。写吴督军时，在越狱部分这样唱道：

> 自从打败三百兵哟，
> 自从打死马师长，
> 坏嘎辛达吓破胆哟，
> 文官武将筛糠。

  督军府里一团糟哟,
  都因官兵来报丧;
  师长老婆放声哭哟,
  大帅叹息心惊慌。

  这个时候,督军吴大舌头"唔唔"说:"几个土匪没抓住哟,达斡力(达斡尔)也太猖狂!"寥寥几句便将吴大舌头的色厉内荏的纸老虎本质充分地表现出来了。

第二,叙事和抒情、写景相结合。

  这部近五千行的叙事歌,主要是以叙事为主,但是整个作品中,不乏写景和抒情的妙笔,真的做到了叙事和抒情、写景相结合,产生了强烈的艺术感染力。乌春中真实地描绘了人物活动的典型环境,嫩江两岸秀丽的风光,勾勒出了幅幅富有民族生活气息的风俗画面。如此唱道:

  西莫胡屯办萨满会讷耶,
  男女老少多欢畅;
  东屋玩起"嘎拉哈"讷耶,
  西屋纸牌甩三丈!

  老老少少跳罕伯讷耶,
  一片欢腾似海洋;
  老人拉起四弦琴讷耶,
  萨满曲儿高声唱:

  "嫩江边美丽的家乡讷耶,
  无边的田野五谷香;
  嫩江的鱼虾实在多尼耶,
  辽阔的草原牛羊肥壮。"

  在描写英雄们的形象时,还用达斡尔族的衣着、饮食方面衬托民族特色:

> 好马配着好鞍哟,
> 五彩绸带随风扬;
> 达族青年好威风哟,
> 魁梧的英雄真漂亮。
>
> 狐狸皮帽头上戴哟,
> 羊皮长袍过膝长;
> 腰扎宽幅红绸带哟,
> 足穿其卡密靴一双。

上述描写中活灵活现地反映了达斡尔族的衣着和饮食习俗。另外对大地主的"响窑",对嫩江两岸特别是夏日草场、南流的嫩江,以及方圆百里的哈拉乌苏大苇塘的描述,犹如一幅一幅移动着的画面,一一呈现在我们的面前。诗歌中这些风土人情、生活画面的描绘,使作品充满了浓郁的生活气息,反映出主人公活动舞台的历史真实性,烘托出的人物形象更加丰满和生动。

第三,叙事长歌结构上的特点。

《绍郎和岱夫》叙事歌内容丰富、情节复杂,但是整个歌中采用了单向递进的结构方式,即以主人公的活动、遭遇为主要线索,按着时间顺序单线向前发展,几乎不用大段的插叙或倒叙。结构单纯,有头有尾,注重故事性。在序歌中唱道:

> 好久流传的歌儿呐耶,
> 世世代代接着唱;
> 好久流传的故事尼耶,
> 祖祖辈辈接着唱。
>
> 歌儿出在罕伯岱呐耶,
> 故事出在达斡尔家乡;
> 孟家英雄兄弟俩尼耶,
> 绍郎岱夫美名扬。

在黑暗的年月里生呐耶，
在黑暗的年月里长；
十几岁的孩子就扛活尼耶，
在嘎新达（族长）家放牛羊。①

  以上几节唱段，作为朴素自然的开场白，紧接着便进入故事，把人物的刻画和情节的开展、过渡等都紧紧地揉在一起，即便是较大情节的转换，演唱者也只用三言两语作一交代，便转入人物与人物之间矛盾冲突的刻画，因而故事紧凑曲折，引人入胜。作为一首四千余行的诗歌，用韵文前后贯穿，显得浑然一体，不拖泥带水。接着一段一段地唱述与敌人的每个战斗的起因、经过、结果。整篇叙事歌一叙到底，线索简练单纯，不枝不蔓，将起义的事由，到婶子家弄到了两匹马、枪，几个人开始起义，后来逐渐地增加到多人，后因意见分歧，内部闹矛盾，力量受到削弱，最终被敌人打散。整个故事情节很完整，脉络清楚。当然不乏插入道白，中间插入些叙事。叙事、对话、赞美，均一气呵成。

  在表现手法方面，《绍郎和岱夫》乌春继承了达斡尔族民歌的表现手法，比、兴、夸张、渲染、排比等，体现了乌春表现手法的多样性，集达斡尔族民歌传统手法为一体，并有所发展。

  在语言的运用方面，全部作品通俗易懂、口语化，读起来朗朗上口，唱起来合辙押韵，富有音乐感。长歌中每一小节四句，用乌春调反复演唱，相得益彰，既有利于叙事，又符合达斡尔族人民的欣赏习惯。

---

① 沃岭生主编：《少（绍）郎和岱夫》（第一部），民族出版社2002年版，第127页。

第七章　达斡尔族的英雄史诗

第一节　达斡尔族英雄史诗的概念和产生背景

一　达斡尔族的英雄史诗

英雄史诗在达斡尔语中称为"Mergen urgil"（英雄故事诗、英雄叙事歌），"Mergen"即神箭手、猎手、英雄，汉语音译为"莫日根"。史诗是继神话以后出现的一种规模较为宏大、具有综合性特点的民间叙事体长诗。英雄史诗是以氏族和部落之间的战争为中心题材，以本民族和本部落英雄人物为主人公并作为第一歌颂对象的史诗。

目前史诗研究中，达斡尔族得到承认的史诗仅有两篇，即《阿尔腾嘎勒布日特》和《绰凯莫日根》。其实，达斡尔族还有14篇莫日根故事，也应该纳入史诗的范畴内。这个问题与对英雄史诗和英雄故事的理解有关，现在对此有不同的见解。仁钦道尔吉先生在《关于阿尔泰语系民族英雄史诗、英雄故事的一些共性问题》中探讨了英雄史诗、英雄故事在"题材、情节和结构""英雄与恶魔搏斗""英雄特征"等方面的共性，提出有的整体相似、有的部分相似，并没有把英雄故事与英雄史诗归为一类。[①] 但是，也有的人认为两者相同，如阿地利·居玛吐尔迪在《论突厥语族民族史诗类型及分类》中认为，两者虽然在术语上自相矛盾，但不能无视它们的关联。在2012年第四期IEL国际史诗学与口头传统研究讲习班报告上，

[①] 仁钦道尔吉、郎樱编：《阿尔泰语系民族叙事文学与萨满文化》，内蒙古大学出版社1990年版，第9页。

他提出要把英雄故事纳入英雄史诗范围，两者属于一个类型。① 就在这次史诗讲习班上，斯钦巴图先生也提出相同的观点，他以青海民众对蒙古英雄史诗与英雄故事散韵形式都认同为依据，提出英雄故事与英雄史诗没有分界线。吴刚在《英雄故事与英雄史诗同源，转换关系》一文中也提出两者为同源。两者归为同一类的观点较为符合达斡尔族史诗的实际。②

为了进一步研究这种观点，首先需要回顾一下对北亚史诗研究的简单情况。早在 30 多年前，马名超和郭崇林两位先生的《终结期北亚民族史诗诸类型及其文化》一文中提出："综合性应用比较文化学方法进行实地考察，使沿我国东北边缘区诸原住民（部落）中曾经长期地广布一条民族史诗传播纽带的论断，相继得到了更大范围的确证。"③ 我们可以从日本姬田忠义对北亚史诗带现存（30 年前）状貌的大体认定，进一步了解这一史诗带。

姬田忠义先生认为，以"莫日根"（中国北方）、"勇士""英雄"（日本北方阿伊奴族）"汗王"（以及蒙古诸部）等蒙古语、通古斯语族中较通行词语命名并以之作为主人公的长篇传奇性征战叙事文学，今天不论它们以哪种传播形式（口头的或文字的），也不论采取哪种形体（咏唱的、宣讲的、讲唱间杂的等），更不论其遗存在北亚冻土带哪一个国度哪一个原住民（或部落）之中，都非孤立的精神文化现象，完全相反，从他们各自纵向与横向的文化联系上，不难看出脉脉相通的诸多内在的共同点，从而形成一个跨地区跨疆界的原始文化（属于古人类精神文化生活领域）类型学整体。并在深入考察基础上，其布列空间大有朝向它东西两侧翼持续延长的总趋势。这一与本区间物质文化遗存相对应的古老精神文化沉积物的大面积覆盖，毋宁说是世界文化中的一大奇观。④

他又进一步谈到，前记民族叙事文化群体中，隶属于社会史比较深层

---

① 阿地里·居玛吐尔迪：《论突厥语族民族史诗类型及分类》，《西北民族大学学报》2011 年第 2 期。

② 吴刚：《英雄故事与英雄史诗同源，转换关系》，《社会科学家》2015 年第 4 期。

③ 仁钦道尔吉、郎樱编：《阿尔泰语系民族叙事文学与萨满文化》，内蒙古大学出版社 1990 年版，第 33 页。

④ 仁钦道尔吉、郎樱编：《阿尔泰语系民族叙事文学与萨满文化》，内蒙古大学出版社 1990 年版，第 33 页。

次的英雄史诗类型,最具有特征性意义。它集中分布区,乃在兼有着渔、猎、游牧等原始采集与驯养生产最佳环境的"满蒙文化区"腹地,既包括今大、小兴安岭系南沿、呼伦贝尔草原和三江水域(黑龙江、松花江、乌苏里江)在内的北纬四十五度线以北的冻土带。大量采集证明,这一古史文化宝库应属于北亚史诗带上的一大叙事文学中心传播区域。[①]

虽然这段话是 30 年前说的,但它较贴切地阐释了北亚英雄史诗带的情况。学界当时就有不同的观点,至今还影响着学界的认识。

在北亚史诗带居住的民族有满族、东部蒙古族(杜尔布特、郭尔罗斯)、达斡尔族、鄂温克族、鄂伦春族等,由于缺乏著录与调查,过去一直认为这里没有史诗,或者认为极少近似作品流传。所以,从整体文化联系上,似乎在这些地区之间出现了长诗彩练的空缺。事实上,后来在这些地区相继的调查采录,在巴尔虎蒙古族、赫哲族、鄂伦春族、鄂温克族、达斡尔族中早已剥离出了一批属于变异、衰变类型的史诗传承的线索,这也算是北亚史诗研究的新进展。

中国最早记录伊玛堪的书籍是著名的民族学者凌纯声先生,20 世纪 30 年代,凌纯声先生实地考察了赫哲族的文化、民间故事。他在 1934 年出版的《松花江下游的赫哲族》一书中记录的 19 篇故事,实际只有 14 篇为伊玛堪作品。[②] 近半个多世纪以来,我国各民族都挖掘出了一些英雄史诗。1958 年,中央少数民族社会历史调查小组,曾到各个民族地区调查,在民间文学方面也有很大收获,为后来的研究者提供了丰富的资料。

关于达斡尔族的史诗,从 20 世纪 80 年代就已开始搜集、翻译、出版。内蒙古社会科学院民族所的孟志东和奥登挂、呼思乐三位老先生都做了很多工作。他们多次到达斡尔地区调查研究,搜集到了不少莫日根故事,并已出版。他们说当时民间艺人都是唱的,遗憾的是当时没有录音设备,只好采取记笔记和用脑子记的方式采录,由于汉译成韵文体有一定的难度,只好在笔记基础上译为散文故事。同时,我国黑龙江地区先后出版了鄂伦春族"摩苏昆"和赫哲族"伊玛堪"等部分史诗。这方面黑龙江民间文艺家协会做了不少工作。还有许多东北地区研究人员和大学教授撰

[①] 仁钦道尔吉、郎樱编:《阿尔泰语系民族叙事文学与萨满文化》,内蒙古大学出版社 1990 年版,第 34 页。

[②] 凌纯声:《松花江下游的赫哲族》,中央研究院历史语言研究所 1934 年版。

写过许多评介该地区史诗的文章。这些成果说明北亚史诗带的考察研究从未停止过。

近些年，又有中青年学者们正深入研究这一带史诗，如中国社会科学院吴刚教授于2013年6月将达斡尔族两部英雄史诗搜集在一起出版了达斡尔语与汉语对照的《达斡尔族英雄叙事》（科学版本）一书①，并写论文阐释相关达斡尔族史诗的诸多问题，如提出"英雄史诗与英雄故事同源"的观点，值得关注。大连民族大学的郭淑云教授认为《乌布西奔妈妈》为满族英雄史诗的文章，反映很好，打开了一扇民族史诗的窗户。②这些文章更深入地探讨了近北极民族史诗的深层次问题。我们相信以后会有更多的年轻学子加入这个研究的行列，使我国史诗的研究领域更加开阔，理论上更加深入。有关的研究文章很多，不便一一介绍。现在，上述传统的民间文艺形式都已进入国家级或自治区级的非物质文化遗产名录，成为国家重点保护对象，引起各方面的注意开始得到保护和研究。

可喜的是，聊城大学的曲枫先生③从美国留学回来后，在聊城建立了北冰洋研究中心，把研究我国北方少数民族的学者组织起来，方便了相互的切磋和交流，已初现成果。值得注意的是他在一篇论文中提出"中国北方民族，如达斡尔族、鄂伦春族、鄂温克族、赫哲、布里亚特蒙古等民族生存在属于次北极生态系统的泰加林边缘地带，称他们为近北极民族"④。北极研究中心研究的方向就包括这些民族的各个方面，把近北极民族的文学也包括在内，其中不乏对他们的英雄史诗的研究。将我们近北极民族研究带入国际和国内研究的前沿阵地，这样，如果把北亚史诗带称为北极民族史诗带好像比较更合适。达斡尔族的史诗当然也包括在内。

2018年5月，为了加强我国三少民族各方面的研究，在内蒙古鄂伦

---

① 吴刚、孟志东、那音太合著：《达斡尔族英雄叙事》，民族出版社2013年版。

② 郭淑云：《满族萨满英雄史诗乌布西奔妈妈初探》，《黑龙江民族丛刊》2001年第1期。

③ 曲枫，聊城大学北冰洋研究中心主任，教授。分别于吉林大学获历史学学士学位，于荷兰莱顿大学获考古学硕士学位，于美国阿拉斯加大学获人类学博士学位。研究方向包括北极考古学、北极环境史、宗教人类学等。

④ 曲枫：《关于近北极民族研究框架的思考》，《渤海大学学报》2020年第2期。

春旗成立了达斡尔族、鄂温克族、鄂伦春族研究基地,对他们的研究提供了一个更好的平台。将在文化类型地理区位上展开一个更广阔的世界视野。这样小民族就不再是小民族,文化不再是碎片化、残存的文化,而是一个全球性的近北极民族的大文化。

这些科研成果及研究机构的成立,可以看出国家对这些少数民族文化的研究高度重视。相关的成果更是证明了"中国东北边缘区诸原住民族(部落)中曾经长期地广布的一条民族史诗传播纽带"① 的说法是准确的。但是时至今日,在我国史诗研究 70 年之际,一些综述类文章或论文中始终未得到充分关注。说明学界对这一史诗带的学术价值还没有引起足够的重视,在史诗观念与研究范式转移的今天,希望加强对近北极民族史诗带的关注,再一次转变一下史诗的观念,并将其列入史诗研究的范畴中,进一步拓展史诗研究的领域。

二 英雄史诗的产生

史诗和神话一样,是一种特定历史范畴的文学现象。考察达斡尔族史诗的内容,可以看出,它产生于达斡尔族社会发展的特定历史时期,即原始父系氏族社会分化、出现贫富的时期,不是任何历史阶段都能产生的。别林斯基曾明确说过:"史诗只能产生在一个民族的幼年期"②,它显示人类自我意识的觉醒。马克思说得更为明确:"就某些艺术形式,例如史诗来说,甚至谁都承认:当艺术生产一旦作为艺术生产出现,它们就不再能以那种在世界史上划时代的古典的形式创造出来;因此,在艺术本身的领域内,某些有重大意义的艺术形式只有在艺术发展的不发达阶段上才是可能的。"③ 这个时期人们更关心的是本氏族和本部落的生存和发展。这时母权制早已让位给父权制,私有制逐渐产生,氏族和部落之间经常爆发战争。随着贫富差别的产生,部落战争变成对财产、妇女的争夺。恩格斯在《家庭、私有制和国家的起源》中说,在那个时期"财富被当

---

① 仁钦道尔吉、郎樱编:《阿尔泰语系民族叙事文学与萨满文化》,内蒙古大学出版社 1990 年版,第 33 页。
② 《别林斯基论文学》,新文艺出版社 1958 年版,第 179 页。
③ 《马克思恩格斯选集》第 2 卷,人民出版社 1972 年版,第 113 页。

作最高的福利而受到赞扬和崇敬"①。这时人类由对自然力的崇拜开始转向对氏族祖先和本部落英雄人物的崇拜，这些英雄人物成为史诗的主人公，他们往往构成史诗的主要内容。史诗中融进了大量的神话传说、民间故事、歌谣及谚语等，是一座民间文学的宝库，是认识一个民族的百科全书。它对于民族文化传统的形成和发展，产生着巨大的、深远的影响。

第二节 达斡尔族英雄史诗的内容和类型

仁钦道尔吉先生在《关于阿尔泰语系民族英雄史诗、英雄故事的一些共性问题》中提出：我国阿尔泰各民族的英雄史诗与英雄故事之间存在着各种相似、相近和相同的现象。这种现象涉及作品的各个方面。如在题材、情节、结构、人物、母题和表现手法等方面都有不同程度的反映。这个共性在达斡尔族如何体现的呢？在达斡尔族史诗内容的分析中，可以看出其衰变、世俗化、故事化、散文化的轨迹。本节力图分征战型史诗、婚姻主题氏族的分化、家庭内部斗争型三个类型阐述。

一 征战型史诗

早期氏族社会实行生产资料公有制，人们共同劳动，平均分配劳动成果，没有明显的剥削和被压迫，还未出现氏族内部矛盾的现象。主要的矛盾是氏族与氏族之间的矛盾和人类同自然界的矛盾，早期的史诗正是反映了这种矛盾和斗争。因争夺的对象不同分为两种类型：一种仅仅是和社会恶势力的斗争，氏族复仇型，由一个或两个母题系列构成。另一种不仅仅是和社会恶势力的斗争，又增加了和自然界的斗争，有两个母题系列构成。

第一种，氏族复仇型史诗。

勇士与恶魔战斗题材的史诗，在史诗中勇士代表的是一个氏族的群体

---

① [德]恩格斯：《家庭，私有制和国家的起源》，《马克思恩格斯选集》第4卷，人民出版社1972年版，第104页。

力量，恶魔代表的是另一敌对氏族的力量。达斡尔族史诗中的恶魔主要有莽盖①、坏国王、恶魔等。两方斗争的结果，一个氏族战胜、消灭另一个氏族，反映了原始社会氏族复仇观。如《阿尔腾嘎勒布日特》（600余行）简介：

> 主人公有奇特出生和成长的经历。他是由仙女为无嗣的老两口投生的儿子，是从温贡呼兰老妈妈长在左膝上巨如牛头的肉瘤中蹦出来的，刚落地就能跑东跑西，孩子的前胸后背都有碗大的金痣闪闪发光，故起了名字"阿尔腾嘎勒布日特"（金痣的孩子）。不但能吃能喝，力气也非常大，长得快。5岁时，背着父母偷偷去北方杀死了经常危害百姓的花公野猪，解救了不少百姓的性命；10岁时，射死了遮天盖地飞来的巨凤，救活了黄骠马的黄骠马，得到了自己的助手；18岁时，一顿能吃一头牛、半斗米。有一天，白那查托梦说"在西海中央，簇立三棵宝树，你把它做弓箭"，在这过程中遇到巨蟒，英雄因为蛇中毒死了。天神知道后来救他，死而复活回到家。刚刚过上平安的日子不几天，西方的耶勒登给尔莽盖（九头莽盖）和哈日谢勒莽盖（十二头莽盖）却不让人们安生，经常抢劫财物，杀的人布满屯子城堡。阿尔腾嘎勒布日特拿着用宝树、巨凤的羽毛和花公野猪的筋做的弓箭，骑上黄骠马，率领二十屯的几千勇士，射死了从西方来的一群一群魔鬼，让百姓过上了安乐的日子。②

这篇史诗是由与自然界的斗争和恶魔斗争两个母题系列构成。有600余行。这篇史诗本来能唱几天几夜，在19世纪二三十年代还曾流传在达斡尔族民间，到五六十年代已无人会唱或系统讲述了。由此可以看出，达斡尔族的这首史诗是一种衰变期的史诗。从故事情节来看，我们看到的这

---

① "莽盖"一词是达斡尔族语，在远古史诗中莽盖的形象只代表当时不可战胜的自然力，后来有了自然力和社会邪恶势力的双重身份，后来它的社会属性完全消失，成了英雄或者作品中的负面形象了。莽盖因为是音译词，有各种写法，如满盖、蟒盖等。

② 中国民间文学集成内蒙古卷编委会，中国歌谣集成·内蒙古卷编辑委员会，胡尔查主编：《中国歌谣集成·内蒙古卷》，中国ISBN中心2007年版，第858—866页。本节所举莫日根故事均引自孟志东《达斡尔族民间故事选》，上海文艺出版社1983年版。下面不再一一注释。

部分，可能是原作的冰山一角。尽管如此，我们还是应该承认它是一部很有研究价值的早期史诗。

故事主要有英雄神奇诞生—苦难中成长—少年立功。一次在与自然界恶势力的斗争中被害死，获白那查、神骑的帮助死而复生。为保卫家乡，在与西方的莽盖斗争中获全胜。但是，因为在流传过程中佚失，打仗的细节，宏伟的场面，唱者未能提供，留下几多遗憾。

又如《昂格尔莫日根》更具有代表性：他一岁时爸爸就被抢走，到了20岁才从妈妈嘴中得知，昂格尔莫日根拿起当年爷爷曾用过的长矛和利箭，独身冲破进入敌人的地方，在坐骑的帮助下，找到了父亲，解救了许多莽盖欺压的百姓，凯旋。

第二种，掠夺财产型史诗。

随着社会的发展，由于私有制的产生和阶级的分化，在社会上产生了贫富分化的现象，出现了对财产、人力争夺的情况。在这类史诗中，勇士的敌对势力恶魔已被国王代替，他们不仅抢劫女子，还要掠夺牲畜和财产、主人。如《德洪莫日根》中讲道：

> 德洪莫日根是一位为民除害的英雄。在他们部落的西北有一个残暴可恨的国王，他用武力征服了很多部族，劫掠财产；每天还杀害无辜的百姓。这时，德洪莫日根挺身而出，在神骑的帮助下战胜了坏国王。解救了自己部落的民众。

从上面史诗的比较中看出，两类征战型史诗是有区别的，主要表现在争夺的对象上。

二　婚姻主题与氏族制的分化

这类史诗分为两种情况，一是抢婚型史诗，二是在此基础上又增加了考验型史诗。

第一，抢婚型史诗。

为妻室而远征反映了父权制氏族的族外婚风俗，这种史诗歌颂了勇士在远征途中先后战胜种种自然力和社会敌对势力，在到达目的地后，以自己的力量打败情敌和女方父亲的阻挠而得到未婚妻的英雄行为。这种史诗我们称为"抢婚型史诗"。如《库楚尼莫日根》的情节内容是：

> 库楚尼莫日根的姐姐被苏加尼莫日根抢走，他在白那查帮助下了解到情况，又得到了神奇的坐骑火红马。在火红马和白那查的帮助下顺利克服了三大难题：过天剪、过天铡、打败一群乌鸦的围攻，终于找到了苏加尼莫日根的住处，并在与其激烈的战斗中最终获得胜利。将姐姐从苦海中解救出来。

这种类型的史诗属于单一母体类型，情节并不复杂。还有一种复合型抢婚史诗。

第二，考验型史诗。

在抢婚型史诗基础上，出现了岳父考验的情节。考验型史诗出现的原因，是由于古代社会向前发展，原始抢婚制不适应于社会现实，出现了新的社会意识和新的婚姻观，于是就出现了种种有偿的和有条件的婚姻形态。在这种有条件有偿的婚姻形态基础上，便出现了用种种不同形式考验女婿的史诗。

在抢婚考验基础上，不但有考验的情节，而且有的更为复杂。如《绰凯莫日根》：岳父以掠夺财产为目的，把女儿当成摇钱树想掠夺对方的财富还杀了不少人。只有遇到了绰凯莫日根后才被铲除。这首史诗是20世纪60年代孟志东先生从达斡尔地区民间收集到的，在达斡尔族史诗中属于较为精彩的作品。《绰凯莫日根》共有2000行。情节内容是：

> 绰凯莫日根和纳日勒托莫日根两者都是部落的首领。先是纳日勒托莫日根偷走绰凯莫日根的70匹白马。为了找回自己的马，在管家陪同下出发。半路上被管家害死。后被纳日勒托莫日根的女儿安楚莲卡托和仙女救活。与安楚莲卡托结为夫妻。纳日勒托莫日根设毒计想害死他，他提出个难题考验他，在妻子的提醒下，他才识破岳父的阴谋。据说岳父世世代代惯用招女婿为名陷害年轻人。绰凯莫日根在妻子和仙女神骑的帮助下，终于铲除了这个披着人皮的恶魔，将他四马分尸。

从上述史诗的比较中，可以看到两种不同类型的史诗。第一种是《库楚尼莫日根》这种抢婚型英雄史诗；第二种在抢婚型情节基础上，又增加了考验型的情节，如《洪都尔迪莫日根》和《绰凯莫日根》中都有了考验型情节，而且《绰凯莫日根》中有一种有偿婚姻的观念。

三 家庭、氏族内部斗争型英雄史诗

家庭内部斗争型史诗是晚期出现的史诗类型。这类史诗描述的是氏族内部的斗争、家庭内部的斗争以及亲人之间的谋杀。它有新题材、新内容、新的情节结构和新的人物形象，并继承和发展了古老的英雄史诗的传统，丰富了史诗的内容，开拓了英雄史诗新的理论。

从题材上讲，其内容已从广阔的社会生活开始转向家庭生活中的伦理道德、价值观。故事中的矛盾世俗化，更加接近现实。如《阿波卡提（柞木）莫日根》的故事由两个母题系列构成，第一部分是哥俩型的故事，弟弟死后哥哥和嫂子嫌弟妹（眼瞎）是累赘，害死了她。第二部分，与英雄史诗的情节相似。讲述了《阿波卡提（柞木）莫日根》和伯父斗争的故事。

> 阿波卡提（柞木）莫日根神奇的诞生。他妈妈被大哥大嫂扔到荒山野林中，喝了一股泉水后生的他，故给孩子起了名"柞木英雄"。妈妈的眼睛也好了。在妈妈的精心养育下，白那查送给他弓箭、神骑赤红马，他奇迹般地成长为一位战无不胜的英雄。伯父看到后还不甘心，和一位富人勾结想害死他。他在天狗、天鸟还有嘎拉斯鹰的帮助下，战胜了他的伯父和哈拉巴热汗。

这个史诗中的矛盾就是伯父和侄儿之间的矛盾，其实还是和家庭之间的经济利益有关。勇敢机智的阿波卡提莫日根在众人帮助下，终于战胜了狠心的伯父。

又如，《珠贵莫日根》等，由于篇幅的关系，不再介绍。这些作品大都反映了家庭成员之间的矛盾，在这类史诗中鞭挞了多疑、嫉妒、自私自利的人，肯定了大公无私、主持正义、助人为乐的传统美

第三节 达斡尔族英雄史诗的民族特色

关于达斡尔族英雄史诗的民族特色，从史诗的模式以及反映的萨满教观念来介绍。

一 具有与国内其他民族史诗相同的模式

第一，叙事模式。

达斡尔族的史诗基本上采取由本及末的叙事方式，即不打破自然顺序，按照人物的生命节奏、事件发生时序，对于人物与事件进行叙述。达斡尔族英雄史诗的叙述模式如下：英雄特异诞生—苦难的童年—少年立功—娶妻成家—外出征战—家乡被劫—再次征战—杀死入侵之敌—英雄凯旋。有的史诗包括上述模式的各个部分，而有的史诗则缺少其中的一部分或两部分。

第二，回归模式。

达斡尔族的史诗与其他民族的史诗比较，可以看出，在史诗中都有一种叙事回归模式。这就是"英雄出发—劫难—回归—报应—成婚"回归模式。在反映家庭斗争型史诗《绰库日迪莫日根》中，既有抢婚的情节，又有征战的情节。英雄出发时遇到的三个难题，被一个一个地克服，在多方的帮助下取胜回归，使贪心的国王得到了报应。而他却得到了两个妻子，过上了幸福生活。许多史诗中都有这种模式。莫日根往往在一次战斗中因为某种原因失利，因而死去，但通过爱人或仙女和神骑的救助死而复生，并恢复如初，继续战斗，终于获胜。

二 英雄史诗与萨满教观念

从作品的内容看，英雄史诗是在萨满教世界观指导下产生的。在史诗中包含着图腾崇拜、三界观念、万物有灵观等。下面我们通过对勇士、莽盖、白那查和马的形象的介绍来了解这个问题。

第一，勇士的形象。

勇士的形象是根据萨满教观念创作的。他既是现实生活中的人，又是超自然的人物；既有人的性格，又有神的功能，是人性与神性相结合的半人半神似的人物。《蒙古人民的英雄史诗》① 一书对英雄史诗中主人公特征的概括，也符合达斡尔族史诗的实际：法伊特在研究"勇士"这个概念的局部含义时，列举了蒙古阶级社会叙事文学主人公（勇士）的以下特征，同样也符合达斡尔族勇士的形象：他生来就有神奇的本领；他生活在他和他的人民的幸福存在受到外敌破坏的变化时期；他受到双亲和夫人的挚爱和信任，并肩负着对他们的责任；预言、占卜或梦兆向主人公预示了他的历险活动或冒险经历；他无限勇敢，但缺少智谋，从不说谎；诡计和魔法往往出自他的骏马；它的勇敢很少是一种纯粹的冒险愿望，其目的是恢复被破坏了的秩序。

达斡尔族的勇士莫日根也具有类似的品质和能力。这些勇士的形象是在萨满教观念指导下创作的。尤其是关于英雄起死回生的情况，与萨满教有密切的关系。萨满教信仰的因素还表现在英雄的妻子和仙女的形象上。

第二，莽盖形象和萨满教的关系。

达斡尔族的英雄史诗和其他阿尔泰语系各族一样，他们按着萨满教观念创造了这个形象。他们认为人有三种灵魂，一是生存的灵魂，人死它不死，照样和人们一起生存，帮助子孙后代；二是临时性的灵魂，它可以附身，也可以暂时离开人体，在睡眠中它离开躯体去各处活动，返回来时人才能醒过来；三是投胎转生灵魂。莽盖的灵魂就是在这种灵魂观支配下产生的。

莽盖在史诗中的形象最早只代表当时不可能战胜的自然力，后来具有了自然力和社会邪恶势力的双重性质。中古时期的史诗中自然属性基本消失，只留下社会属性，完全变成了邪恶势力的代表。

莽盖是史诗中英雄的对立面，它在阿尔泰语族史诗中的名称、外貌、神力和性格等方面都有不同程度的相似现象。它是人格化的形象，它的相貌丑恶无比，既有思维，也懂人的语言，力气非常大，经常夺人妻、抢人

---

① ［苏］谢·尤·涅克留多夫：《蒙古人民的英雄史诗》，徐昌翰、高文凤、张积智译，刘魁立、仁钦道尔基校，内蒙古大学出版社 1991 年版，第 110 页。

财；在达斡尔族史诗中还有九头（耶勒登该莽盖）或十二头（哈日谢勒莽盖）。达斡尔族认为莽盖多头外，还有几个灵魂或多个灵魂，如《德洪莫日根》。在史诗中有附体的或离开身体而存在的几个灵魂，达斡尔族莽盖各种各样的灵魂，有的是放在一棵树上面的一个盒子里，或是在大拇指里，或在马尾巴的一根毛里等。如果不先消灭这些灵魂就不能彻底消灭它的躯体。从上面的分析来看，莽盖的形象是萨满教魂灵观支配下所产生的。

第三，白那查的形象。

达斡尔族民间故事中以及史诗中，经常出现白那查的形象。他是一位达斡尔族供奉的山林神，这是达斡尔族萨满教自然崇拜观念的反映。达斡尔语中词义为"巴音·阿查"（Bayin aqaa），意为"富有的父亲"。在达斡尔人意识中，白那查是隐居深山密林中的白发老人，他主宰山林和山林中的飞禽走兽。对于曾世代从事狩猎生产的人们来讲，白那查就是他们的财神爷和保护神。因此，达斡尔人认为他们所获之猎物及采伐的木材都是白那查所赐。所以，猎人进山有许多禁忌。在达斡尔人心目中白那查是善神，从不无端加害于人。过去猎人或伐木者所到深山密林处都有白那查的画像。通常是在离地面高数尺的桦树上用斧头劈成两个交面，以墨线绘成老人像。猎人或进山采伐者，都要在像前停步祈祷，祈求保佑，同时将猎物奉献于像前，再祈祷后方可离去。

在史诗中经常出现白发老人，它帮助英雄出谋划策、送战马和弓箭、预测战况、战胜敌人。当英雄遇难时，他就会出来相救。根据情况变化，白那查的形象可以变化为房子，给勇士准备一屋的吃喝；他可以变成老太太、老头，或站在天上，或在河边给搭桥帮助过河。总之，勇士在哪儿有困难，白那查随时随地来帮助，克服困难、战胜困难。

第四，马的形象。

达斡尔族莫日根故事中的英雄有三宝：骏马、妻子和弓箭。不仅达斡尔族的史诗如此，阿尔泰语系各民族的史诗大都有此情节，不过所持的武器不同而已。三宝中骏马是首位的，充分反映了马在英雄心目中的位置。莫日根故事中蕴藏着丰富的马文化，自然属性的马、人格化的马、神性化的马。

自然属性的马。达斡尔族历来善于养马和调教马，故他们的马一般都比较粗壮结实、膘肥、肌腱发达。在史诗中处处看到对马的赞美之词。达斡尔族对马情有独钟，他们用尽世界上最美的语言根据马的颜色、走的步法、年龄各方面给马起名字。在达斡尔语中有关马的词汇非常丰富。这是由于马在达斡尔族生活中的重要性，尤其早期生活中，征战、打猎、赶车，拉东西都离不开马，有重要的实用价值。日常生活中，在男子三项比赛中也有一项赛马。在史诗中马是英雄寸步不离的坐骑。

人格化的马。在史诗中马与人能说话，和人一样会考虑问题，有感情。所以在史诗中马就成了英雄的伙伴和助手，帮助主人出谋划策，替主人排除困难。在《绰凯莫日根》中黄骏马"在主人休息时，它一边把马尾当蝇甩子，驱赶来回扑来的大瞎虻蚊子，又用身体挡阳光"。种种的描述，反映了马与人之间几乎是一种亲兄弟般的关系。

神性化的马。从史诗中可以看到马在征战中，在攻克考验时，在与恶魔激战中，它能起到关键性的作用，为胜利立下汗马功劳。这样人们对马就产生崇拜的心理，神化它。如在描写马的特异功能时，往往写到它具有感知和预知能力，有"非凡的神力"和"神奇的魔力"，它们能在天上飞翔、在水中酣战、在大地上奔跑。这些马都不是一般的马，主人在生命危急的时刻，它与魔鬼决战，舍身救主人，具有神奇的本领。更为神奇的是，在达斡尔族民间故事中多次出现白马和多腿马的形象。

由于马在达斡尔族生活和生产中得到了升华，它与人们的财产和生命密切相关，于是马在达斡尔族心目中成了具有神性的马，成了英雄的保护神。我们从对马的感情，可以看出在马身上寄托了美好的理想和追求，象征的是达斡尔民族的精神。

综上所述，可以得出如下结论：

第一，在达斡尔族中流传着与英雄史诗相似或相同的莫日根故事，有两篇被公认为是英雄史诗外，对其他的莫日根故事仍有不同的看法。主要的观点是"韵文还是散文"的问题。关于该问题在上文中已经说清楚了，这是翻译的问题。采录时民间艺人是以唱的形式表现出来的，但是以散文形式出版的。这样我们就能否认它是史诗吗？回答是"否"。航柯先生说："我们可以保留一个统一的史诗的定义，但不必非把它放在世界上每一个史诗传统。"① 这个说法应该引起学者们的重视。学界对待达斡尔族莫日根故事上，也应该如此。

第二，达斡尔族的莫日根故事，有的是残缺不全、有的已变异、世俗化、散文化，但是，从它们的本质上来看，包括所有北亚史诗带的作品，都保留着史诗的遗迹和特质，仍然可以将它们纳入史诗的范畴。它们对我国史诗学科体系及史诗史的研究都具有重要的学术价值。我们不应该抛弃世界文化中的这一大奇观——近北极民族的史诗带。

---

① ［芬兰］航柯：《史诗与认知表达》，孟慧英译，《民族文学研究》2001 年第 1 期。

第八章 达斡尔族的谚语和谜语

第一节 达斡尔族民间谚语

一 达斡尔族民间谚语的概念及内容

民间谚语是人民口头创作中很有特点的体裁。它形式短小，形象生动，是劳动人民智慧的结晶，其中不少包含着丰富的生产知识和生活经验，有的还具有深刻的哲理和教训的意味。《中国谚语集成总序》说："谚语是民间集体创作广为口传、言简意赅并较为定型的艺术语句，是民众丰富智慧和普遍经验的规律性总结。"①达斡尔族的民间谚语是达斡尔族民间文学的一种体裁，是达斡尔族人民智慧的结晶，在指导人们明辨是非、提倡和启发民族传统美德方面起到重要作用。

达斡尔族谚语反映民族生活的各方面题材丰富，带有民族传统道德观念和不同地域经济生活的鲜明色彩。民间文艺学界对谚语的分类不完全相同，比较之下概括性分类比较适合达斡尔族的民间谚语的实际。本书拟从认识自然、总结生产经验和生活谚语三方面加以介绍。

第一，关于认识自然的谚语。

一年四季春夏秋冬不断更替，风霜雨雪变幻无常。有关这些气候季节的谚语是达斡尔族人民智慧的结晶，在达斡尔族人民中广泛流传、使用。达斡尔族人民通过生产实践，在从事狩猎、放牧、打鱼、放排劳动中，观察到动物、植物、鱼类等与气候的联系，总结出来以便指导劳动实践。在达斡尔族中有很多有关气象的谚语，如：

---

① 中国民间文学集成全国编辑委员会、中国谚语集成内蒙古卷编辑委员会：《中国谚语集成·内蒙古卷》，中国 ISBN 中心 2007 年版，第 3 页。

关于天阴和晴：
日头出山早，天气肯定好，
早起看天天没云，日头出来天气晴。
云彩随风北去，晴天随风而来，
晨云下山来，午后要晴天。

关于风、雨、雷：
半夜打雷，起早下雨。
春雷打的早，秋收必定好。
雷大的天，没有雨。
太阳出风圈雪灾，月亮起风圈有大风。

关于四季的变化：
一冬没大雪，明年没收成。
春鸟鸣叫，夏柳枝美，秋月清丽，冬雪洁白。
夏热冬冻，风调雨顺。
过了清明要种田，过了芒种不可种。

达斡尔族人民在长期与自然的接触中，已经掌握了天气变化的规律，适应当地的气候，繁衍生息多少年，已经有了自己的生活方式，形成了自己的各种风俗习惯。

第二，关于生产经验的谚语。

达斡尔族的生产方式是以农为主多种经营的方式，所以相关的谚语就包括气象、时令、耕作技术、牧业、渔业、打猎、森林采伐等方面的内容。由于这种经济形态，达斡尔族有关狩猎、农耕、打鱼、放排木等的生活经验的谚语比较丰富，也很有特色。

达斡尔族关于狩猎的谚语反映了打猎的经验，如下：

不去猎场，看不出好猎手。
猎鹰的本领，调教人技能。
猎人离不开狗，农夫离不开牛。

放排人顺河水下，打猎人顺野兽足迹走。
不叫好马去狩猎场，不叫好儿去放排。

关于农业谚语：

人哄地一天，地哄人一年。
大秋时节坐一坐，来年春天要挨饿。
春风送暖准备种大豆，种籽耕牛草料要备齐。
与其吃你的种子，不如吃你的耕牛。
锄草选种，像修身学礼仪。

渔猎谚语：

放长线，钓鲤鱼。
水深有大鱼，林深有猛兽。
冬天捕鱼凿冰叉鱼下大网。
水藻好的河鱼儿多，脾气好的人朋友多。
鱼叉能叉出深水里的鱼，酒盅里的酒能勾出心里的话。

畜牧业谚语：

要想看住牛群，先看住领头的牛。
奶牛的心，总在牛犊身上。
伤了脊背的马，爱落苍蝇；身体弱的人，爱得疾病。
好马在于缰绳，好汉在于志气。
不失蹄的马能成龙，不失灵的人能成仙。

这些谚语充满着狩猎、畜牧、渔猎生产的气息，语言朴实，却含有丰富的经验和智慧。在狩猎、打鱼、畜牧、农耕等方面，劳动人民都积累了丰富的经验。一个好猎人必须要有好马、鹰、猎犬，但它们得训练、调教才行。同时告诫人们，当一个好猎手要不怕苦不怕累，不能有丝毫的懒惰。

第三，一般生活经验的谚语。

一般生活经验的谚语题材广泛，内容丰富，几乎涉及人类社会生活的各个方面，反映了人民的世界观、生活态度和高尚的道德品质。这些谚语往往是人民判断是非的标准和指导行动的指南。我们从内容出发，将它分为事理类谚语、道德谚语、学习谚语、生活谚语等来介绍。

事理谚语：这些谚语说的主要是人的行为规范、价值标准、品德修养等内容。这类谚语往往借助于某个具体事物进行比喻，说明一个道理，进而给人以教益和启发。语句虽不长，寓意却很深刻。

> 衣裸长了会缠脚，舌头长了会缠脖子。
> 腿虽瘸，心并不瘸。
> 与其养坏人，不如养条好狗。
> 沿着江沿住，无百病。
> 欲知儿子的好坏，就看他的朋友。
> 一千个朋友胜过一千两黄金。
> 甩丈夫的女人嘴厉害，刚出云的太阳晒得厉害。
> 白水上熬奶皮子。

道德谚语：达斡尔族人民具有高尚的道德情操。道德谚语的主要内容是劝诫人们修身养性、表彰美德、讽刺恶习，感情是真挚淳朴的，总结了为人处世的经验。

> 身正不怕影子斜，众人拾柴火焰高。
> 莫用雨水洗脸，莫以谎言骗人。
> 软地使马栽跟头，甜言使人跌跟头。
> 即使夜幕罩大地，牛奶也是白的。
> 宁失骏马，勿失己言。

学习谚语：

生下来的知识齐腰深，学习的知识齐胳肢窝。
与其存金银，不如给孩子教"A、E、Y,"（阿、额、义）。
留下金山银山，不如识文断字。
学好如登山，学坏如下坡。
猎枪越擦越亮，脑子越用越灵。

生活谚语：

写离婚书的地方，三年不长草。
娘家的狗，都是舅亲。
达斡尔人说几句话就能沾亲。
别靠当官的人，别靠湿的柳条。
离群的羔羊，是狼的美餐。

以上的谚语从不同方面教育人们。"宁失骏马，不失己言"这条谚语说，马是狩猎民族的宝贝，他们须臾不可没有马，谚语中把一个人的信用，用马来比喻，说明做人信用是多么的重要，这里主张人们真诚相待，与汉族谚语"言必信、行必果"是一个道理。又如，"生下来的知识齐腰深，学习的知识齐胳肢窝"，这条谚语教诲人们学习对一个人的重要性。人不是生下来就什么都懂，即使是聪明的人，后天勤奋学习才能学到更多的知识。尤其是对年轻人来说更有指导意义，提倡的是要好好学习，不能骄傲自满。这些谚语语句虽短，道理却很深，在培养达斡尔民族优秀品德方面，发挥了重大作用。

二　达斡尔族谚语的艺术特点

达斡尔族谚语是达斡尔族劳动人民在日常生活中运用最广泛、形态很简短的民间文学形式。这样的作品大多数语言精练，形象生动，句式整齐，音韵和谐，通俗易懂，耐人寻味。

从语言形式上看，达斡尔族民间谚语具有三个突出的特点。

一是语言的简洁性。这是谚语最显著的特征。谚语往往一般只用三两句话就讲出一条经验，阐明一个道理，或者引起人们丰富的联想，悟出更深刻的内蕴。三四句话以上的谚语很少。如"宁失骏马，勿失己言"，仅用八个字却讲到了做人的准则。"莫以雨水洗脸，莫以谎言骗人""软地让马栽跟头，甜言使人跌跟头"，这样的谚语很多。鲁迅称谚语是"炼话"，是"现世相的神髓"，非常恰当。高尔基也曾说："谚语和歌曲总是简短的，然而在它们里面却包含着可以写出整部整部书的思想和情感。"[1] 均说出了谚语简洁的特点。

二是谚语的形象性。这一点主要是通过各种修辞手法的运用来表现的。其中用得最多的是比喻和对比。往往把生活的经验、深刻的哲理寓于具体的形象中，从而增强表达效果，加强感染力。如："与其吃你的种子，不如吃你的耕牛"，"欲知儿子的好坏，就看它的朋友"，这里的对比，给人以鲜明而强烈的印象，话虽短，意却深。"别靠当官的人，别靠湿的柳条""笔直的木材主人多"，这里通过比喻把具体和抽象的事物形象地描绘出来，给人以深刻的印象，增强语言的说服力。

达斡尔族谚语的句式运用各种对比、对应手法，如"病人怕说死人，懒汉怕讲劳动""腿虽瘸，心不瘸""与其养坏人，不如养一条狗"。谚语的词句对比、对应或重叠是两句式结构对称整齐的重要手法，而句式的对称整齐是谚语语言和谐美的重要条件。

三是节奏鲜明、音韵铿锵。达斡尔族的语言属于阿尔泰语系蒙古语族，属于粘着语。达斡尔族的谚语大多是两个短句，也有一些三、四句的句式。音韵方面的特点如下：

Botoolei   buu   barie   塔头墩子别去抓，
Brgaasei   buu   naaqilaa. 柳条子别去靠
Huadal   udur   duand,   说谎的在白天
Hualeg   suni   duand,   东西偷的在晚间
Nuwaayaa ujijie bada yiide 看着菜多少吃饭
Nembesee kulie   pexekelee, 看被子长短伸腿

---

[1] 《材料和研究》卷一，1934年，转引自［苏］克拉耶夫斯基《苏联口头文学概论》，东方书店1954年版，第68页。

这些谚语中按前后顺序来看，"B""Hua""N"各谚语的第一个词的声母，可称为是押头韵。这使谚语听起来具有音乐美。

第二节　达斡尔族民间谜语

一　民间谜语的含义

谜语是民间文学中一种特殊的韵文形式的作品。它是表现人民智慧、培养和测试人民智慧的民间语言艺术。

谜，"从言、从迷"（《说文解字》），它是一种有迷惑作用的语言艺术。主要特征是：对事物不作直接描写，主要通过隐喻和暗示去表现，让人根据暗示提供的根据、线索，经过思考猜出这个事物。因此，它在结构上具有和其他民间文学作品不同的特点。

民间谜语由谜面和谜底两部分构成，谜面是喻体，谜底是本体。谜面是提出问题，而谜底是答案，面和底之间是由事物的共同点联系起来的。达斡尔族有些问答歌的一部分，往往也具有谜语的特征，如"四样回答歌"："四样尖都是什么尖？四样尖你给我说周全！穿冰窖的凿子尖，种地的犁杖铧子尖，母猪钻障子嘴儿尖，说闲话的女人舌头尖。……四样唠叨都是什么？四样唠叨你给我说周全！街上走的大车唠叨，院子里的猪唠叨，大门口的狗唠叨，坐在炕上的婆婆唠叨。"有人认为可以说它是谜语，有人认为不能这么说，这些问答歌可能是在谜语的基础上发展来的。只能说它们有一些共同的特点而已。

谜语的作用，它是一种有趣、有益的活动，深受人民的喜爱。它的主要作用在于培养智力、活跃思维、丰富精神生活。具有一定的思想教育和认识作用，对于儿童的教育作用更为突出。

二　民间谜语的分类

达斡尔族的谜语题材广泛，包罗万象，自然界和社会生活中的各种事物和现象，在谜语中都有反映，根据谜底反映事物的性质。达斡尔族的谜语可分为物谜、事谜两类。

第一，物谜。

物谜以具体事物为谜底，有关于自然现象和动植物的、有关于生产劳动、社会生活和家庭生活等各种必需品的，也有关于人、人体器官和各种职业的迷语。这是数量最多的一类谜语。如：

  山上升金碗，冰上落银碗。

太阳从东向西，朝起暮落，给人们带来了光明。用金碗和银碗比喻太阳和月亮，十分恰当。暗示太阳金光闪闪，而月亮如银子般的月光，在黑夜里给人们照亮，如此美丽的画面，充满了生活的气息。如：

  爸爸搓的绳子量不完，
  妈妈叠的被子叠不完，
  奶奶烙的饼数不完。（路、云、星）

谜语通过绳子、被子、饼形象地比喻道路、云和星星，还根据爸爸和妈妈的不同劳动情况比喻，符合生活实际的情况，让人们感到亲切。

有关动植物的谜语：

  地里有一条钢鞭。（蚯蚓）
  草丛里有一条藤鞭。（蛇）

  山上来的有羊皮袄，
  丘陵里来的有羔皮袄，
  甸子来的有礼帽。（柞树、榛子树、稠李子）

有关日常用的器具的谜语：

  老大脾气大，老二的胃不好，老三光溜溜。（烟袋锅、杆、烟嘴）
  打架的是石头和铁，却要草人来劝解。（打火镰）

这些都是根据达斡尔族地区的动物或生活习惯编创的谜语。反映了当地人们的实际生活情况。利用钢鞭和藤鞭作比喻，非常符合蚯蚓和蛇形态的特点。

第二，事谜。

事谜，以人们的行为动作或某些自然现象作谜底。其中有关于社会生活、家庭生活、劳动过程的，有自然现象的。如以一定的动作、行为为谜底的谜语："狗绕着房子拉屎"（抹房子）。"天天起来上吊"（扣衣）。"从腰上吃饭，从肚子拉屎"（压饸饹的床子）。"峭壁上打羊草"（剃头）。"无山之地，无水之河，无魂之官，无血之战。"（下棋）。"走走喊喳，骨头没有喊喳；跑跑喊喳，胃没有喊喳；站站喊喳，肾没有喊喳。"（达斡尔族的勒勒车）。

事谜反映了人民丰富的生活。劳动是人民主要的社会实践，人们常把日常生活用劳动来作比，如上面举的"抹房子"谜语。劳动被当作很有趣味的事情，如"峭壁上打羊草"的谜语。

谜语与人民生活紧紧相连，根植于人们生活中经常接触和熟悉的事物。不仅如此，人们将自己的生活态度、思想感情、兴趣爱好，也都编织到谜语中，特别值得注意的是达斡尔族的谜语具有自己民族的特色。

三 民间谜语的艺术特点及构成法

第一，民间谜语的艺术特点，在于谜面与谜底的巧妙结合。

谜语不是一般地描述事物的特点，而是曲折隐喻地把谜底藏起来，绕开谜底。说东道西的，使人不能轻易猜出来。谜面在隐藏的同时，又尽可能地把谜面和谜底相似之处显露出来，给猜的人提供点线索，能引起读者的联想、分析、猜测。

第二，谜语的构成法就是谜面表现谜底的方法，主要有三种构成方法。

描写法。通过隐喻，暗示对谜底事物的特点（形状、性质、功能、声色等），进行具体形象的描绘。这是运用最多的一种方法。有的直接白描，有的借助比喻、夸张、拟人等各种修辞手法，能更生动有趣地描写谜底。如"地里有一条钢鞭"（蚯蚓）、"草丛里有一条藤鞭"（蛇）。由于选择角度、构思方法等的不同，同一个谜底可能出现几个谜面的情况。

连缀法。它用排比的句式，把几个事物（一般是同类事物）联合在一起，通过一个谜面表现出来，如"无山之地，无水之河，无魂之官，无血之战"（下棋），"老大脾气大，老二的胃不好，老三光溜溜"（烟袋锅、杆、烟嘴）等，都是用排比的方法来说谜面的。这类连缀体谜语三个事物相连的较多。

诡词法。这是用费解的、反常的矛盾现象表现谜底。不对谜底作隐喻描写，而是抓住谜底事物的一个特征加以夸张、突出的描述，给人一种荒唐、怪谬、不可理解的感觉，使人迷惑。当然，描写法和诡词法可以在一个谜语中交错使用。民间谜语不仅具有谜的性质，而且具有诗的特点。

附　　录

附录一　达斡尔语记音符号①

字母	读音		字母	读音	
	国际音标	汉字		国际音标	汉字
Aa	[a]	阿	Nn	[n]	讷
Bb	[b]	波	Oo	[ɔ]	哦
Cc	[ts]	赐	Pp	[p]	颇
Dd	[d]	得	Qq	[kju:]	其
Ee	[ə]	鄂	Rr	[r]	日
Ff	[f]	浮	Ss	[s]	思
Gg	[g]	格	Tt	[t]	特
Hh	[x]	荷	Uu	[u]	乌
Ii	[i]	怡	Vv	[v]	
Jj	[dʒ]	吉	Ww	[w]	蛙
Kk	[k]	柯	Xx	[ks]	希
Ll	[l]	乐	Yy	[j]	呀
Mm	[m]	茉	Zz	[ ]	姿

附录二　达斡尔族民间文学作品一览

孟希舜：《达斡尔族乌春辑录》（资料本），1953年油印本。

额尔很巴雅尔：《敖拉·昌兴诗歌选》（资料本），1926年整理。

孟志东：《达斡尔族民间故事选》，上海文艺出版社1979年版。

呼思乐、雪鹰：《达斡尔族民间故事集》，内蒙古人民出版社1981年版。

---

① 恩和巴图：《达汉小词典》，内蒙古人民出版社1983年版，第1页。

赛音塔娜：《达斡尔族民间故事选》，内蒙古出版社 1987 年版。
娜日斯：《达斡尔族民间故事百篇》，内蒙古文化出版社 1992 年版。
苏勇：《达斡尔族神话故事》，内蒙古文化出版社 1998 年版。
乔志成：《中国达斡尔族民间故事集》，内蒙古文化出版社 2001 年版。
《中国达斡尔物语》（日语本），珠荣嘎、［日］竹中良二译，日本侨报社 2002 年版。该书所收故事均选自孟志东的《达斡尔族民间故事选》。
《达斡尔族民间故事选》（英文版），马克·本德、苏华译，新世纪出版社 1984 年版。该书所收故事均选自孟志东的《达斡尔族民间故事选》。
苏勇：《内蒙古三少民族民间故事·达斡尔族卷》，内蒙古远方出版社 2003 年版。
何文钧、吴刚锁：《达斡尔族民间故事》，哈尔滨出版社 2009 年版。
苏都日·图木热：《达斡尔民间故事》，内蒙古文化出版社 2010 年版。
德红英：《达斡尔族民间故事选》（内部资料），内蒙古北方印务 2021 年版。
黄任远：《达斡尔族经典民间故事选编》，黑龙江人民出版社 2021 年版。
奥登挂、呼思乐：《达斡尔族传统诗歌选译》，内蒙古人民出版社 1991 年版。
赛音塔娜、陈雨云：《敖拉·昌兴诗选》，内蒙古教育出版社 1992 年版。
《达斡尔族诗歌》（蒙文版），莫·门都苏荣、德·巴达荣嘎译，内蒙古人民出版社 1981 年版。
白杉：《齐齐哈尔地区达斡尔族传统乌钦十部》，黑龙江人民出版社 2012 年版。
《达斡尔传统文学》，毕力德、毕力格、索亚译，内蒙古文化出版社 1987 年版。
敖·毕力格：《达斡尔族文学宗师敖拉·昌兴资料专辑》，内蒙古文化出版社 2010 年版。
敖登挂：《映山红花满山坡》，内蒙古文化出版社 2019 年版。
沃岭生、执行主编庄树谦：《少郎和岱夫》，民族出版社 2002 年版。
黑龙江省民研会：《黑龙江民间文学》系列丛书第三集、第十集收入各种版本的绍郎和岱夫的乌春，1981年。

色热：《色热乌钦集》，黑龙江美术出版社2008年版。

杨士清：《达斡尔族民歌汇编》（资料本），黑龙江达斡尔族学会、齐齐哈尔学会编辑委员会2006年。

中国民间文学集成黑龙江编辑委员会：《中国歌谣集成·黑龙江卷》中国ISBN中心2007年。

中国民间文学集成新疆编辑委员会：《中国民歌集成·新疆卷》：中国ISBN中心2007年。

中国民间文学集成内蒙古编辑委员会：《中国歌谣集成·内蒙古卷》，中国ISBN中心2007年。

中国民间文学集成内蒙古编辑委员会：《中国谚语集成·内蒙古卷》，中国ISBN中心2007年。

中国民间文学集成内蒙古编辑委员会：《中国故事集成·内蒙古卷》，中国ISBN中心2007年。

《达斡尔族资料集》编辑委员会，全国少数民族古籍整理研究室编：《达斡尔族资料集》第三集，民族出版社2001年版。

《达斡尔族资料集》编辑委员会，全国少数民族古籍整理研究室编：《达斡尔族资料集》第四集，民族出版社2003年版。

《达斡尔族资料集》编辑委员会，全国少数民族古籍整理研究室编：《达斡尔族资料集》第五集，民族出版社2004年版。

内蒙古文化艺术长廊建设计划重点项目，《达斡尔族民歌精选》编辑委员会主任乌兰：《达斡尔族民歌精选》，为庆祝莫力达瓦达斡尔族自治旗成立60（2018年）周年版。

杨士清：《达斡尔族民歌选》，内蒙古人民出版社1981年版。

何今声：《达斡尔族传统民歌选》，黑龙江少数民族古籍丛书之一1987年版。

沃秀芝：《达斡尔语传唱传统民歌选》，内蒙古文化出版社2015年版。

内蒙古文化艺术长廊建设计划重点项目：《达斡尔族民歌精选》，内蒙古文化音像出版社2018年版。

孟志东：《中国达斡尔族民间故事选集》，内蒙古文化出版社2007年版。

孟志东：《中国达斡尔族韵文体作品选集》（上、下），内蒙古文化出版社 2007 年版。

吴刚、孟志东、那音太合著：《达斡尔英雄叙事》，民族出版社 2013 年版。

吴刚：《汉族题材少数民族叙事诗译著（达斡尔、锡伯族、满族）》，民族出版社 2015 年版。

陶铸、敖登挂、仁亲：《达斡尔民歌选》（油印本），莫力达瓦达斡尔族自治旗文化馆编印，1978 年 8 月。

陶铸、敖登挂、仁亲：《达斡尔民歌选》（铅印本），莫力达瓦达斡尔族自治旗文化馆编印，1979 年 10 月。

呼伦贝尔文联、呼伦贝尔文化局编选：《达斡尔 鄂温克 鄂伦春民歌选》，内蒙古人民出版社 1981 年版。

郭纯、仁亲、敖登挂：《达斡尔民歌 105 首》，载《达斡尔族资料集》第四集，民族出版社 2003 年版。

莫德尔图：《战罗刹与奇三告状》，香港天马出版有限公司 2013 年版。

郭丽茹等：《达斡尔乌春》，内蒙古文化音像出版社 2018 年版。

海燕：《郭中华、郭同山乌春专辑》（资料本），梅里斯达斡尔族学会协助出版 2021 年版。

李树新：《达斡尔族、鄂温克、鄂伦春谚语文化研究》，商务印书馆 2019 年版。

巴音何西格、萨音卓日格：《达斡尔族谚语》，载《达斡尔资料集》第二集，民族出版社 1998 年版。

《塔吉克、俄罗斯、满、达斡尔、塔塔尔族谚语选》，贺灵等译，新疆人民出版社 1991 年版。

那日斯：《达斡尔、鄂温克、鄂伦春谚语选》，内蒙古文化出版社 1993 年版。

附录三　作品鉴赏

为了读者更好地了解达斡尔族的英雄史诗，特将 600 余行的史诗《阿拉坦噶乐布尔特》（节选）附录于后。

一

　　相传很早很早以前,
　　在辽阔丰饶的草原,
　　有两位老人相依为命,
　　放牧的牛羊满山满野。

　　老头子十分勤劳忠厚,
　　名字叫乌勒迪罕;
　　老婆子心地纯洁善良,
　　名字称为温恭呼兰。

　　他们的草房朝霞辉映,
　　他们的牧场鲜花烂漫,
　　他们的日子牧歌般和谐,
　　他们的生活奶酪般香甜。

　　天气不总是晴空万里,
　　白玉也总是有着瑕点。
　　老夫妇俩一直没有儿女,
　　像清空中的一团乌云。

　　每当想起这件事情,
　　心里的忧愁难消散。
　　老两口为了得个儿子,
　　就烧香磕头祈祷苍天。

　　在老两口住房的东边,
　　长着果树林子一片,
　　有一个圆圆的湖泊,
　　就在这果树林中间。

夏季湖水湛蓝湛蓝，
盛开的荷花夺目耀眼，
金翅银麟在水里游荡，
百鸟歌舞在花果之间。

一天中午赤日炎炎，
牛角也晒得出了油汗，
五个仙女化作天鹅，
飞到了这天然的花园。

她们脱下美丽的羽衣，
露出透明的白纱长衫，
她们追逐金鱼银鱼，
嬉戏洗浴在荷花丛间。

忽然姐妹五个看到了青烟，
袅袅腾空来自西边，
一股清香扑鼻而来，
他们停止游戏，发出惊叹。

伶俐的五仙女说：
"有对老夫妇住在西边，
因为忧愁无儿无女，
正向老天爷祈求恩典。"

于是姐妹几个穿好衣服，
又变成天鹅飞向云间。
回到天庭五仙女去见父王，
陈述了自己美好的心愿：

"那对老人多么悲苦，

他们烧香磕头诚意可感,
我去给他们一儿子吧。"
玉帝点头,仙女喜欢。

就在这一天的后晌,
一个小伙子来到老人的房间,
老婆子高兴地拿起坦古拉(桦木碗),
一边倒奶茶一边开言:

"你是谁家的漂亮儿子?
来我家有何贵干?"
小伙子说了个屯子和人名,
老妈妈信了他的欺骗。

"怎么不见老大爷的面?"
小伙子又问温恭呼兰。
"出门去收拢畜群去了,
再过两个月才能回还。

你真像有富人家的孩子,
长得又壮实又好看,
我们要是有这样个儿子,
那可真是洪福通天!"

小伙子一本正经地说:
"你们的夙愿就要实现,
我把二老祈求的东西带来了,
不是玩笑,不是谎言。"

温恭呼兰一听恼火了,
拿起长烟袋竖眉瞪眼地说:

"你这孩子太不正经,
闭住你的嘴赶快滚蛋!"

小伙子哈哈笑了一阵,
心理依旧十分坦荡;
他拍了一下老人的左膝盖,
霎时间踪影不见了。

老妈妈不知道是仙女下凡,
心中的疑云久久不散;
更奇怪左膝盖长了肉瘤,
几天就更跟头一般!

这是得了什么病呢?
出出进进都受着煎熬。
老妈妈不知是福是祸,
整日价提心吊胆。

乌勒迪汗回来了,
一进园就听见呻吟,
老头一看吃惊了,
便问肉瘤生长的原因。

老头抽着烟琢磨了半天,
对老伴说出了自己的打算:
"你这病可是天下少有。
我给你治治看吧!"

说罢,从腰间拔出猎刀,
猎刀锋利寒光闪闪。

"哧"地一声割开了肉瘤，
一个赤身男孩跑出房间。

乌勒迪汗撒腿追赶，
一时顾不得老伴，
等到从大门口抓回孩子，
老伴的伤口已合严。

乌勒迪罕乐了，
乐得两眼眯成一条线！
温恭呼兰笑了，
笑得皱纹像菊花开绽。

他们亲呀吻呀，
吻不够孩子的小脸；
他们搂呀抱呀，
心理真像蜜一样的甜！

在你搂我抱我的时候，
他们发现了一个奇观；
孩子胸背上各有碗大的痦子，
竟照得满屋子光彩照耀！

老两口认为这是吉祥的征兆，
这孩子一定奇特不凡。
他们起名阿尔坦嘎乐布尔特，
意思是这个儿子金光闪闪。

四

树木又落了八次叶，

山丹又开了八次花,
阿拉坦噶乐布尔特已成魁梧的青年,
金色宝驹也长成了雄壮的骏马。

阿拉坦噶乐布尔特饭量惊人,
一斗米一头牛一天就能吃下;
他的臂力实在超凡出众,
任何硬弓都经不住他的一拉。

阿拉坦噶乐布尔特梦见一位老汉,
长着积雪似的苍苍白发,
拄着龙头拐杖徐步走来,
理着修长的银须对他说话:

"西海中央并长着三颗宝树,
你若做弓箭必须用它。
把巨凤的羽毛贴为箭翎,
花公野猪筋弦才堪你拉!"

升空的朝阳像鲜红的绒团,
出圈的马如彩色的浪花,
阿拉坦噶乐布尔特召唤坐骑,
金黄骏驾着白云顷刻落下:

"我喝饱树丛梢喝足山泉水,
应招赶来了,有事就说吧!"
主人牢记着梦中的奇遇,
便问黄金驹能不能帮他:

"你知道西海离这儿有多远?
需要多少天才能回到家?"

"我想用西海的宝树做弓箭,
你能不能驮着我取回它呀?"

黄金驹听完赶快回答:
"此去西海要过万水千峡,
可我往返只需要半天,
帮你这点忙还算个啥!"

"你是有福门的骄子,
我是有七畜群的神马,
周游世界是莫大的快乐,
主人啊咱们何时出发呀?"

"那好,你就听我的召唤吧",
阿拉坦噶乐布尔特答罢,
兴冲冲地转身回到屋里,
把取宝树的事告诉给爸妈。

爸爸一听大发雷霆:
"西海近在鼻子底下吗?
那是连雄鹰都飞不到的地方!
难道你是疯了?傻了吗?"

妈妈一听更是着急:
"你竟敢去闯海角天涯!
要是妈妈见不着你,
能不把我给愁死了。"

壮士的决心九牛也难拉回,
父母双亲就是不许儿子离家。
额沃拿着剪子坐在屋门口,

阿查握着刀子在院里巡查。

当月亮第九次从东山升起，
当太阳第九次从西山落下，
看门守户老两口，
已经开始不堪的困乏。

阿尔坦噶乐布尔特夺门而出，
温恭呼兰的力气无法拦住他，
只铰下儿子哈日米下褛的一块，
只好祈祷骄子能平安回来。

当乌勒迪罕惊醒一瞅，
儿子已经跑出老远老远了，
他急得又是跺脚又是搓手，
但愿儿子别出任何错差。

脱身的阿拉坦噶乐布尔特，
唤骑了带有弓箭的金色神马。
他便向西海扬鞭飞驰，
霎时停在一座入云的山崖。

他把弓弦一直拉到耳后，
迅速将箭朝西射发，
金黄骏追箭跑到西海上空，
海面上翻腾着触蹄的浪花。

贺箭正好横叉在宝树干上，
金黄骏便在箭干上停下，
阿拉坦噶乐布尔特这小子，
腋夹三颗宝树连根拔下！

阿拉坦嘎乐布尔特,
调转马头准备回家,
一条大缸粗的蟒蛇蹿出水面,
伸着三叉毒舌追来刺他。

一场恶战在空中展开,
海水立溅好似漫天尘沙。
大蟒蛇盘旋飞绕,
勇士左右挥鞭抽打。

阿拉坦嘎乐布尔特越战越勇,
金黄骏也斗志倍增,
蟒蛇的三棱脑袋被击成碎片,
身葬波涛喂了鱼虾。

阿拉坦嘎乐布尔特累了,
在荒野里枕宝树躺下,
金黄骏精心地守护着主人,
为驱赶蚊虻甩动着尾巴。

它用身子做墙挡住主人,
以免爆烈的阳光晒着他,
主人安稳地睡了一觉,
便消除了战蟒的疲乏。

阿拉坦嘎乐布尔特,
夹起三颗宝树跃上了马。
当它胜利地返回家中,
西方正是半天的晚霞。

……

演唱者：杜仁
搜集者：孟志东
翻译整理：莫日根迪、包百乙拉、川子

附录四　达斡尔族非物质文化遗产中民间文学方面的传承人简介

一　国家级传承人

那音太（1935—2011），男，达斡尔族，齐齐哈尔市梅里斯达斡尔族区哈拉屯敖拉哈拉人氏。出身贫寒，中学肄业。他自幼聪明好学。在少年时代曾跟随徐文章（山东人）学唱京剧和评剧，跟随杜秀亭学唱达斡尔族歌曲。后来，又受到著名艺人二布库的影响，跟他学了乌钦，如《绍郎和岱夫》《德莫日根》等。1953 年参加哈拉屯民间剧团当编导，自学拉华昌斯（四胡），还自己动手制作四胡，演唱时自拉自唱。1955 年跟小学音乐老师德新学会简谱后开始尝试创作歌曲。1955 年，与著名民间艺人喜荣合作表演男女对唱《达斡尔族情歌》，参加了省、市会演，荣获大奖，他的名字传遍了黑龙江、内蒙古、新疆、北京等地。同年，又创作了对唱"丰收"。1956 年与朱奎合作《毛主席的恩情比水长》。那音太多次参加省、市、区文艺会演并获得优秀作品奖。1958 年，他与胡瑞宝合作了《马上的哥哥在何方》，被选用为电影《傲蕾·一兰》主题歌的素材基调。1980 年，由他演唱、色热翻译、李福忠和刘兴业共同记录整理的《绍郎和岱夫》（第一部）荣获全国民间文艺作品二等奖。

色热（1931—2009），男，达斡尔族，又名鄂成利，黑龙江省齐齐哈尔市梅里斯达斡尔族区瑞廷乡哈什哈村（哈斯该阿拉热），鄂勒特哈拉人。黑龙江省政协第六届委员、齐齐哈尔市梅里斯达斡尔族区政协第三届常委、中国民主同盟盟员、黑龙江省达斡尔族学会理事。退休前任梅里斯达斡尔族区文化局副局长，兼文化馆馆长。著名的民间文学家。1950 年毕业于黑龙江省蒙古师范学校，曾担任小学和中学教师。1956 年调入齐齐哈尔市文化局，1981 年调入梅里斯区文化馆工作。他从 1951 年起从事民间文学的收集、研究、翻译工作。他还用本民族的语言创作了一些作品，如《歌唱黄继光》《歌唱邱少云》《进京路上》等，曾在群众中广泛流传。党的十届三中全会以后，他的创作进入了高峰期，他用母语创作了

《春到乡来》《祖国啊母亲》《各族人民聚北京》等30多首乌钦。

与他人合作翻译达斡尔族长篇乌钦（乌春）《绍郎和岱夫》，已于2002年正式出版，并于2008年出版了个人编创的《色热乌钦集》。

图木热（1927—2018），男，达斡尔族，齐齐哈尔市甘南县东阳区绰尔哈村苏都日哈拉人。他精通满语满文，参与翻译了孟希舜搜集、整理的《达斡尔族乌春辑》以及参与翻译《达呼尔故事》（该作品系住在台湾的一位老人用满文所写），是一部小说性质的作品，反映达斡尔族在黑龙江北岸时期与沙俄斗争的故事。2007年起写有《达斡尔语分类词汇》等著作。他被邀请到中国音乐学院，录制他所唱乌春，并收入资料库。

陶贵水（1954.2—），黑龙江省齐齐哈尔市梅里斯区音钦屯陶木哈拉人。曾任梅里斯达斡尔族区政府办公室主任、文化局局长、司法局局长，现任计划生育局局长。中国民俗摄影家协会会员、中国艺术摄影家协会会员、黑龙江省少数民族体育协会常务理事、齐齐哈尔市民间文艺家协会副主席、梅里斯达斡尔族学会理事长。2000年8月在全国首届达斡尔族民间文化艺术研讨会期间，举办了陶贵水的达斡尔族民俗摄影展。2001年春节内地在香港举办的少数民族民俗摄影作品展中有其5幅作品参展。1997年有4幅作品参加了在沈阳鲁迅美术学院举办的民俗摄影展。2002年8月梅里斯达斡尔族区政府编辑出版的民俗集邮摄影画册，收入其106副摄影作品。

莫金忠（1944—?），齐齐哈尔市富拉尔基区罕伯岱村莫日登哈拉人。早年为罕伯岱村文工队的骨干，多次参加省市级各级少数民族汇演。经常在区群众艺术馆举办的培训班上教唱传统民歌和乌钦。能唱20首民歌、乌钦。

二　民间老艺人、老故事家

胡瑞宝（1900—1980），男，达斡尔族。齐齐哈尔市梅里斯区胡尔拉斯哈拉人，农民。他自幼喜欢唱扎恩达勒。上山放牛、下江打鱼、打柴赶车时总是哼哼个不停。后来随老艺人学唱乌春《三国》《绍郎和岱夫》等。他的嗓音明亮，韵味十足。每逢过年过节，达斡尔族百姓都邀请他去家里唱乌春。1957年，他家从音钦屯迁至雅尔赛乡哈拉村，成为村里的文艺骨干。1959年代表哈拉村参加区里和市里的文艺会演，获优秀表演奖。他和民间歌手那音太联手沿着嫩江两岸的达斡尔族屯落演唱乌春和民歌。尤其是他和那音太到富裕县几个村演唱《绍郎和岱夫》，使该乌春，家喻户晓，妇孺皆知。得到了传播。他的演唱深受达斡尔族广大群众的喜欢。

胡海轩（1918—1994），男，达斡尔族。齐齐哈尔市郊区地房子村人，是有影响的达斡尔族歌手之一。他在年轻时就是歌舞爱好者。他的爱人吴其珍也是有名的歌手，能歌善舞，对胡海轩的影响很大。据他的女儿讲，她的母亲能唱整套的《绍郎和岱夫》。胡海轩受到爱人的影响，也能唱《绍郎和岱夫》，音调淳朴感人，民族特色浓厚。由于他的演唱具有很强的感染力，能吸引很多人听他的演唱。

二布库（1925—?），男，达斡尔族。齐齐哈尔郊区卧牛吐村人，在达斡尔族中是一位颇有影响的艺人。他八岁因得天花病，双目失明；接着父母相继离世。孤苦伶仃的他过着流浪的生活。后来，一位民间艺人收留了他，并给起了艺名叫"二布库"。于是，师徒二人奔波在乡里演唱，勉强糊口。可是，就在十五岁那年，师傅又不幸去世。从此，他就开始了乞讨的生活。生活的艰难，并未减少他的锐气，他仍然向别人学习，学会了汉族的"打哈拉巴"和打快板的技艺，并自制四弦琴、二胡，一位双目失明的人，能做到这样真是难能可贵。他演唱的《放排歌》《鹰舞曲》等，抒情味浓。由于他唱出了人民的心声，听者无不落泪。解放后他获得了新生，人民政府妥善安排他的生活，也获得了真正的艺术生命。他演唱的《绍郎和岱夫》《阿伦河传奇》，这是控诉黑暗社会的段子，为贫困农民鸣不平。他演唱的乌春都有强烈的感染力、声调粗犷感人，故事性强；他演奏的四弦琴技法娴熟、曲调和谐。因而，他唱的乌春和"罕伯调"，深受群众的欢迎。群众称他为"唱情的艺人"。

鄂义和（1925—1983），女，达斡尔族。内蒙古自治区莫力达瓦达斡尔族自治旗阿尔拉屯鄂嫩哈拉人，著名的民间艺人。她会唱很多民歌，会讲很多民间故事。她从小受到达斡尔族文化的熏陶，十分喜爱民间文艺。中华人民共和国成立后，多次参加莫力达瓦旗文艺会演。1955年全国群众文艺汇演中表演的乌春《歌唱共产党》，鲁日格勒获表演奖。

赛吉拉乎（1917—1992），男，达斡尔族。又名奇克日，内蒙古莫力达瓦达斡尔族自治旗后霍日里村鄂嫩哈拉人。自幼喜爱听老人讲故事，随着听的故事的增加，他也能绘声绘色地讲故事、唱乌春。成为达斡尔族有名的故事家。深受群众的欢迎。他会满文，给档案局、文化部门翻译满文资料。

郭·巴尔登（1933—2021），男，达斡尔族，新疆塔城市郭布勒哈拉人。毕业于新疆维吾尔自治区党校中专班，曾任塔城地区电影公司经理，民间文学工作者、经济师。1952年在新疆维吾尔自治区电影公司工作。1957年10月以后在塔城地区电影公司工作，先后被吸收为中国少数民族文学学会会员、新疆维吾尔自治区民间文艺界协会会员、中国电影家协会新疆分会会员、伊犁哈萨克自治州民间文艺研究会会员、中国电影发行放映学会会员。著有民族出版社出版的《新疆达斡尔族》。《新疆民歌集成》《新疆故事集成》中都收入了他和甲子所搜集的作品。

甲子（1949—2013），新疆塔城市阿西尔达斡尔族民族乡郭布勒哈拉人，初中文化，任过塔城市文化馆阿西尔乡分馆馆长。1990年获文化部"全国先进文化站长"称号，1992年被评为"自治区农牧区文化工作先进个人"。甲子1973年以来挖掘、收集、整理民族文化遗产，创作反映达斡尔族民族风情的文艺作品，多次在自治区文艺汇演中获奖，受到了广泛赞誉。主要获奖作品有《彩云之乡》《西部之春》《归》《我的故乡》，及笛子独奏曲《农家乐》等。

三　黑龙江省省级传承人

鄂彩凤（1939—　）女，齐齐哈尔梅里斯区雅尔赛乡哈拉村鄂嫩哈拉人。黑龙江非物质文化遗产"扎恩达勒"传承人。早年参加雅尔赛哈拉剧团活动，主要歌手。晚年致力于达斡尔族传统音乐的传承，搜集民歌、培养年轻人。她所唱的歌多首收入《黑龙江省少数民族民歌集成·达斡尔族民歌卷》。同时，还创作了一些新民歌，如《歌唱新生活》《庆祝民族区恢复》《北京行》等多篇乌春。

何银柱（1943—　），父母达斡尔语说得比较好，给了他语言方面的优势。齐齐哈尔民族中学毕业后，于1988年在黑龙江省民族学院进修，获得大专学历。2007年开始参加梅里斯区文化馆举办的"达斡尔族'哈库麦勒'歌舞、乌钦说唱培训班",从此走上了乌钦创作的道路,在梅里斯区达斡尔族学会会长陶贵水的鼓励下,创作了歌颂达斡尔族英雄的《马布岱》,赞美家乡及新生活的《赞美莽格吐》《寒冷的冬天》《歌唱新生活》等。何银柱创作的音乐旋律来自两个方面,一方面来自梅里斯区流传的扎恩达勒调;另一方面来自民间艺术家色热乌钦的旋律。他创作的乌钦唱词富有达斡尔语的韵律美。

何丽霞(1976—),女,黑龙江齐齐哈尔市梅里斯达斡尔族区雅尔塞镇哈拉村何斯热哈拉人。中共党员,省级声乐比赛一等奖获得者。黑龙江省非物质文化遗产"扎恩达勒"项目传承人。

安宏(1964—),女,梅里斯达斡尔族区莽格吐村阿尔丹哈拉德热根莫昆人。梅里斯区文化馆研究员。自幼具有"哈库麦"表演天赋。由参加群舞开始,在领舞、独舞编导的成长过程中,始终在传播着"哈库麦"。其编导的"哈库麦"多次荣获各级奖项。她编导的土风舞,代表国家参加了环日本海的国际民间艺术节活动,受到国际的好评。20世纪80年代初,她作为民族舞蹈的使者,参加了黑龙江达斡尔族学会组织的访问新疆达斡尔族的代表团,将故乡的歌舞带到了新疆。已开办了20期"哈库麦"培训班,培养了大批歌舞人才。

安艳华(1958—2012),女,达斡尔族,黑龙江富裕县友谊民族乡阿尔丹哈拉德日根莫昆人。她是达斡尔族著名的歌唱家,国家一级歌唱演员,优秀文化工作者,成绩斐然。少年时代显露出歌唱的天赋,先后在齐齐哈尔泰来县街基乡文化站、杜尔伯特蒙古族自治县民族歌舞团及齐齐哈尔市群众艺术馆等单位担任声乐表演和辅导工作。她曾以《嫩水渔歌》一举成名,在全国各级各类少数民族文艺汇演中获得金奖等奖项。1994年,曾随黑龙江省代表团去日本参加国际民间艺术节。在音乐展示活动中,其演唱的达斡尔族民歌受到好评。

沃玉丽(1960—),女,达斡尔族,齐齐哈尔市富拉尔基区海雅村沃勒哈拉好替莫昆。自幼受父亲和舅舅的影响,又通过那音太、色热的录音带学会了不少《乌春》,她能演唱20多首《乌春》。她是梅里斯区文化馆《乌春》培训的主要老师,每年举行两次培训,已连续传授十余首《乌春》。在富拉尔基区举办的培训班上教了20多首民歌。在民间音乐活动中,既是演员,又是组织者。还带领老、中、青组成的演出队伍,到各地演出，很受群众的欢迎。在齐齐哈尔地区有较高的声望。

杜贵祥（1946— ），男，达斡尔族，齐齐哈尔市富裕县登科村都狋莫昆人。黑龙江省省级"扎恩达勒"项目传承人。梅里斯区大修厂工人，著名男高音歌手，从20世纪70年代起，始终活跃在全市、全区的音乐赛事活动中，取得优异的成绩。他演唱的《放排人》《愿把毛主席天天歌唱》，深受群众的喜爱。

四　莫力达瓦旗及塔城达斡尔族省级传承人

敖登挂（1933— ），女，达斡尔族，莫力达瓦达斡尔族自治旗尼尔基镇敖拉哈拉人。内蒙古非物质文化遗产省级达斡尔族"鲁日格勒"项目传承人。她能歌善舞，是当地文艺活动的骨干和组织者。对达斡尔族民间歌舞、民歌都有较深造诣，在旗里、呼伦贝尔市都有一定的影响。1955年她创编的《布谷鸟》曾获自治区文艺会演创作奖。1983年，她与金花、金杏芳、其木格、鄂菊红等编创的达斡尔族民间舞蹈，在全盟、全旗推广，深受群众的欢迎。她所搜集、所唱的民歌，均收入《内蒙古民歌集成》《内蒙古歌谣集成》《达斡尔资料集》中。于2019年出版《映山红花满山坡》民歌集。

阿尔腾桑（1954—2010），男，达斡尔族，莫力达瓦旗腾克乡人。内蒙古自治区省级《乌春》传承人。1971年入伍成为特种兵，复员后调入莫力达瓦旗乌兰牧骑，参加声乐、器乐、话剧、舞蹈等节目的演出。他曾经参加《傲蕾·一兰》电影的拍摄工作，担任诺布蒂一角色。1984年调入税务局任人秘股长、党委书记、副局长等职。2006年退休。同年被莫力达瓦旗电视台聘为顾问。在中央电视台制作的大型民歌综合类节目《民歌中国》中曾三次邀他为嘉宾，介绍达斡尔族民歌。2008年，出版了《乌日格勒》演播专辑光盘，收入32篇故事。2009年6月，被呼伦贝尔市授予"达斡尔族文化传承人"的称号。

郭·斯琴挂（1965—2020），女，达斡尔族。内蒙古自治区莫力达瓦旗阿尔拉镇郭布勒哈拉满乃莫昆人。内蒙古非物质文化遗产省级达斡尔族"乌春"项目传承人。1982年参加工作，在文化馆、文化站从事文化工作。历任创编、辅导员、非遗保护等工作。1995年参加内蒙古呼伦贝尔市乌兰牧骑会演获二等奖；1999年在呼伦贝尔市作曲比赛中，以《春种秋收是幸福》获得创编二等奖；2000年在香港中文大学举办的21世纪中国少数民族音乐国际学术研讨会上，进行了"乌春"演唱；在香港大学举办的古乐器展览开幕式上，弹奏木库连演奏曲《欢乐的回忆》；2002年黑龙江省文化音像出版社将她多年演唱的"乌春"录制成专辑《遥远的回忆》出版。斯琴挂长期致力于萨满舞的搜集、整理、保护工作，绘出意象动作图100多种。创作了萨满音乐多首，搜集了很多"鲁日格勒"呼号词、衬词。

鄂灵巧（1951— ），女，达斡尔族，内蒙古自治区莫力达瓦达斡尔族自治旗腾克乡鄂嫩哈拉人。他的妈妈是当地有名的民间艺人，会唱许多乌春和民歌。她自幼受到母亲的熏陶，学会了许多民歌、"乌春"，独树一帜的演唱风格，受到人们的喜爱。在业余时间，她还组织"鲁日格勒"舞蹈队，参加过旗里和外地的演出。内蒙古自治区省级《乌春》传承人。

安宏（1964— ），非物质文化遗产"鲁日格勒"传承人。她擅长演唱《乌春》、吹木库连。早年参加乌兰牧骑成为演员，曾到人民大会堂演出，受到国家领导人乌兰夫的接见。曾创作小舞剧《山区小哨兵》及各种舞蹈。组织编创了广场舞并得到推广。在职期间为民族音乐事业做出了贡献。

金翠英（1954— ），齐齐哈尔市富拉尔基区洪河村金克日哈拉人。内蒙古自治区级"乌春"传承人。受奶奶、母亲的影响从小就爱唱爱跳。随父母迁到鄂温克族自治旗后，她的学业被迫中断。她用自己熟悉的民歌曲调，编成乌春《思念故乡》，表达自己对父亲的抱怨、自己的委屈以及思念故乡之情。2010年，她主持成立了《鄂温克自治旗巴音塔拉乡达斡尔族乌春文化艺术协会》，成员有十多人，是一个老中青结合的队伍。她带领会员们参加演唱、教唱、表演等活动。

金树林（1960— ），男，达斡尔族，内蒙古自治区区级传承人。原籍黑龙江省齐齐哈尔市梅里斯区，是鄂温克旗巴音托海镇所辖团结嘎查牧民。自幼在姥姥的影响下，对达斡尔族民歌等产生了浓厚的兴趣。每当参加老人们的活动，他就认真地听，并记在脑海里。12岁就开始放羊至今，每当放羊之际，便放声歌唱，这样，他练就了一副好嗓子，会唱很多曲目。2005年10月，应中国音乐学院邀请参加"呼伦贝尔在呼唤——达斡尔、鄂温克、鄂伦春、布里亚特蒙古族民歌演唱会"。2007年4月，应内蒙古大学艺术学院的邀请，到呼和浩特市参加"天籁之声"音乐会。他演唱的代表作有《喜庆花》《四样问答歌》《忠实的心哪想念你》《绍郎和岱夫》等近30首传统歌曲。

吴玉华（1961— ），女，达斡尔族，中共党员，莫力达瓦旗吴然哈拉人，内蒙古自治区级非物质文化遗产"鲁日格勒"传承人，文化馆的研究员。1977年考入莫旗乌兰牧骑，1997年改行，调入文化馆工作至今，历任副馆长、馆长职务。几十年来，创编了舞蹈《乌音》《敖包盛会》"鲁日格勒"并获得了内蒙古自治区二等奖、优秀创编奖，参加表演的舞蹈有"鲁日格勒"、广场舞《高高的兴安岭》获两届全国群星奖金奖，个人获得全国群文之星奖。论文《关于抢救和保护达斡尔族传统民间文化艺术遗产的思考》，发表在国家级非物质文化遗产刊物上。带领文化馆"鲁日格勒"表演队参加了国内的各种演出和比赛，还赴许多国家如俄罗斯、泰国、韩国、日本等参加国际民间艺术节及文化交流活动。

孟丽芳（1969.8— ），达斡尔族，内蒙古自治区非物质文化遗产项目达斡尔族"乌春"传承人。1990年毕业于尼尔基一中，2004年8月12日参加黑龙江省研究会齐齐哈尔市达斡尔学会举办的中青年"扎恩达勒"演唱比赛荣获二等奖；2008年参加中央电视台的《民歌中国》栏目；2019年参加莫旗文旅局主办的庆祝中华人民共和国成立70周年民族团结进步宣传活动月"乌春"比赛获金奖；2022年5月17日参加由莫旗文化馆和旅游局主办的为铸牢中华民族共同体意识促进民族大团结乌春演唱大赛中获金奖。

孟满荣（1962— ），男，达斡尔族，莫力达瓦达斡尔族自治旗库如奇乡政府退休干部。非物质文化遗产"扎恩达勒"传承人。他曾在2016年组织达斡尔族文化世态艺术团，任团长。艺术团于2018年被授予自治区文旅厅优秀"文化志愿服务团队"，2021年获自治区"十佳民间剧团"荣誉称号，2019年参加了文旅部举办的"中国原生民歌节"活动，2020年参加了内蒙古文旅厅"志愿者才艺大赛"等。自艺术团成立以来已有6年，其间全体成员积极参加过旗内外大小演出几百场次，完成了上级交给的各项任务，取得了可喜的成就。

郭志英（1968— ），男，达斡尔族，内蒙古自治区达斡尔族第三批

"扎恩达勒"省级传承人。

满洲里地区

何伶俐（1966—　），女，达斡尔族，内蒙古自治区达斡尔族第五批省级民歌传承人。

索德玛（1948.10—　），女，达斡尔族，内蒙古自治区达斡尔族省级第五批民歌传承人。

新吉玛（1952.6—　）女，达斡尔族，内蒙古自治区达斡尔族省级第四批民歌传承人。

敖淑珍（1953.6—　），女，达斡尔族，内蒙古自治区达斡尔族省级第四批民歌传承人。

由于各种原因，对民间文学传承人的介绍难免会有遗漏或介绍不准确之处，请谅解。

新疆地区传承人

孟英（1954—　）女，达斡尔族，中共党员，正科级。敖拉·哈拉白格日浅。曾任阿布都拉乡文化站站长，塔城市图书馆馆长，塔城市达斡尔族学会副理事长并担任学会艺术团团长兼顾问。曾多次评为单位先进个人，塔城市优秀党员，荣获塔城地区"民族之花"的称号。2010年被评为自治区达斡尔族民间舞"毕力多尔舞蹈"传承人。曾在《社会科学信息》发表两篇论文。

五　当代著名萨满文化传承人

斯琴挂（1951—　），女，达斡尔族。当代著名的达斡尔族呼伦贝尔市市级萨满文化传承人，鄂嫩哈拉博斯胡浅莫昆第七代霍卓日雅德根。1967年初中毕业。1967—1989年先后在鄂温克族自治旗、新巴尔虎右旗任小学教员，1989年调鄂温克族自治旗老干部局工作，1998年退休。1998年农历三月三日，依照达斡尔族萨满文化的传统习俗正式成为雅德根。此后，经过2004年、2007年、2010年三次斡米南仪式，终于成为戴上12权鹿角帽的最高级别的雅德根。自1998年以来，她先后多次接待过各民族萨满文化信仰者；接受民间和政府部门文化活动的委托，举办过各种萨满仪式多场；多次参加国内外萨满文化学术会议，曾参加第七、八、九和十一届国际萨满文化研讨会,并提交和宣读多篇论文,引起与会学者的关注。因此吸引了国内以及美国、德国、匈牙利、俄罗斯、蒙古国、日本、韩国等多个国家的学者前来考察、学习和研究,发表有关她在萨满文化传承方面的研究论文和专著三十多篇(部)。同时,她还得到了新闻媒体的关注,匈牙利布达佩斯都那电视台、凤凰卫视文化大观园栏目、中央电视台纪录片频道《中国草原》《诗词中国》等都对她进行过专访。2008年2月7日,她被美国萨满研究基金会授予"当代著名萨满"称号。评为呼伦贝尔市市级萨满文化传承人。

参考文献

阿尔丁夫：《匈奴史研究及其他》，中国社会科学出版社2012年版。
陈述：《契丹史论证稿》，山西人民出版社2014年版。
程蔷：《中国民间传说》，浙江教育出版社1995年版。
《达斡尔族简史》编写组：《达斡尔族简史》，内蒙古人民出版社1986年版。
邓敏文：《中国多民族文学史论》，社会科学文献出版社1995年版。
丁石庆、赛音塔娜：《达斡尔族萨满文化遗存调查》北京民族出版社2011年版。
富育光：《萨满教与神话》，辽宁大学出版社1990年版。
富育光：《萨满教论》，辽宁人民出版社2009年版。
金铁红：《内蒙古蒙古、达斡尔、鄂温克、鄂伦春传统音乐比较研究》，人民音乐出版社2014年版。
郎樱：《中国少数民族英雄史诗〈玛纳斯〉》，浙江教育出版社1995年版。
刘守华：《比较故事学》，上海文艺出版社1995年版。
刘守华、陈建宪主编：《民间文学教程》，华中师范大学出版社2002年版。
刘锡城：《20世纪中国民间文学学术史》，河南大学出版社2006年版。
吕萍、邱时遇：《达斡尔族萨满文化传承人斯琴挂和她的弟子们》，辽宁民族出版社2009年版。
洛秦主编：《音乐中的文化与文化中的音乐》，上海音乐学院出版社2010年版。
毛星主编：《中国少数民族文学》（上、中、下），湖南人民出版社1983年版。

孟志东：《云南契丹后裔研究》，中国社会科学出版社1995年版。

那木吉拉：《阿尔泰神话研究回眸》，民族出版社2011年版。

农学冠主编：《民间文学导论》，民族出版社2005年版。

祁连休、程蔷：《中华民间文学史》，河北教育出版社1999年版。

仁钦道尔吉：《中国少数民族英雄史詩〈江格尔〉》，浙江教育出版社1995年版。

荣苏和、赵永铣、梁一儒、扎拉嘎主编：《蒙古族文学史》，内蒙古人民出版社2000年版。

陶立璠：《民族民间文学概论》，广西民族出版社1984年版。

陶立璠：《民族民间文学理论基础》，中央民族大学出版社1990年版。

滕绍箴：《达斡尔族文化研究》，辽宁民族出版社2014年版。

乌丙安：《民间文学概论》，花山文艺出版社1980年版。

吴超：《中国民歌》，浙江教育出版社1995年版。

伍国栋：《民族音乐学概论》，人民音乐出版社2012年版。

张光直：《中国青铜时代》，三联出版社1999年版。

钟敬文主编：《民间文学概论》，上海文艺出版社1979年版。

钟敬文：《钟敬文民间文学论集》（上、下），上海文艺出版社1985年版。

朱天顺：《中国古代宗教初探》，上海辞书出版社1992年版。

后 记

《达斡尔族民间文学概论》是内蒙古自治区社科规划特别项目《内蒙古民族文化研究建设工程》中的研究系列第一批项目。

《达斡尔族民间文学概论》对达斡尔族的神话、民间传说、民间故事、歌谣、"乌春"（叙事长诗）、英雄史诗、谚语和谜语的概念、内容、类型、特征以及各民族间的交流，进行了较为整体系统的阐述，是迄今一部系统的研究达斡尔族民间文学的概论性著作。本书充分吸取了学界在少数民族民间文学、达斡尔族民间文学领域的丰硕研究成果。使用的文献、田野资料较为丰富翔实，为深化达斡尔族民间文学研究提供了颇为坚实的基础。本著作是研究达斡尔族文学领域较新、较全面系统的成果，书稿内容涉及民族民间文学的观念、范畴、类型、特征及其田野调查、传统保护等方法和实践问题，对开拓少数民族民间文学研究领域，完善少数民族民间文学学科学术体系、学术体系具有比较重要的学术价值。本书作为《内蒙古民族文化建设研究工程》中的研究系列，不仅对达斡尔族民间文学传承保护和发展利用及研究具有较高的应用价值，尤其是活态神话，是研究原始社会文化的活化石，对我国少数民族文学，以及民族多元文化遗产、各民族文化交流等具有重要的参考价值。

为了完成本课题，我们先后多次到达斡尔族四个方言区做过田野调查，走访了50多位民间文学传承人及专家学者，同时了解已故著名民间艺人的情况，还采访了当代达斡尔族萨满文化传承人斯琴挂、沃菊芬等大萨满。了解到当代非物质文化遗产现状及保护和传承情况，受益匪浅，为本书提供了宝贵的原始资料。在此感谢四个地区的达斡尔族学会的负责人以及各地族人对我们的大力支持、关怀，使我们得以顺利地完成调研，特别值得提出的是新疆地区的达斡尔族同胞热情的支持，此情此意让我们难以忘怀，它深深地铭刻在我们的心里，永志不忘。

课题分工情况如下，郭咏梅承担了第三章、第四章、第五章的写作以及校对清样以及写作方面的技术性工作，赛音塔娜承担了其余各章的写作并最后通稿。由于理论水平及各方面的局限，我们对各种文学现象的解读不免有不当之处，还有许多问题需要近一步的深入探讨。本书只能说是抛砖引玉之作，愿与同人共勉。

　　在此付梓之际，我们感谢负责内蒙古民族文化建设研究工程的内蒙古社会科学院给我们提供了这么好的平台，得以表达我们在达斡尔族民间文学研究方面的心得和体会，实现我们多年夙愿。感谢各位专家和学者，如果没有他们提供的著作和资料，本课题是无法完成的。同时，还得到了内蒙古师范大学阿尔丁夫教授有关理论方面的指导，在此深表谢意。特别感谢中国社会科学出版社的宫京蕾老师和诸位工作人员，他们竭尽全力促成本书的出版。

　　望达斡尔族和所有关心达斡尔族民间文学的学者们共同努力，让达斡尔族的民间文学的研究更上一层楼。

2016 年 12 月 20 日完成初稿

2018 年 6 月 20 日定稿

2024 年 5 月 15 日修订